La memoria

95

Manuel Vázquez Montalbán

Assassinio al Comitato Centrale

Traduzione di
Lucrezia Panunzio Cipriani

Sellerio editore
Palermo

1996 Nona edizione

Titolo originale: *Asesinato en el Comité Central*

« ... ci siamo liberati dalla fede cieca antiscientifica, e si è rafforzata in noi quella fede alla quale si riferiva Marx quando diceva che i comunisti sono capaci di " dare l'assalto al cielo ". Quando viene meno quella fede, quando si comincia a dubitare, quando non si crede più, si comincia a non essere più comunista. Questa è la verità ».

IRENE FALCÓN
citato da Jorge Semprún
in *Autobiografia di Federico Sánchez*

Ma la morte mostra all'improvviso che la società reale mentiva.

GEORGES BATAILLE
Teoria della religione

Assassinio al Comitato Centrale

A Josefina Sallés perché sì
e a Javier Alfaya come d'accordo

Nota dell'Autore

Davanti alla prevedibile e subdola intenzione di identificare i personaggi di questo romanzo con personaggi reali, l'autore dichiara che si è limitato a utilizzare degli archetipi, anche se riconosce che a volte i personaggi reali si comportano come archetipi.

ARCHETIPO: Immagine sovrana ed eterna che serve da esempio e da modello all'intelletto e alla volontà degli uomini.

(Dal *Dizionario della Real Academia*)

Santos mescolò distrattamente le cartelle. Fingere di avere un'attività qualsiasi lo dispensava dal salutare uno per uno quelli che stavano arrivando.

– Queste qui sono rimaste sole e abbandonate dall'ultima riunione.

La segretaria gli indicava un pacco di cartelle: derelitte, ammucchiate in un angolo del bancone pieno di schedari e di nuovi fascicoli dove i membri del Comitato Centrale del Partito Comunista Spagnolo avrebbero trovato l'ordine del giorno, lo schema del rapporto del segretario generale e l'intervento completo del responsabile di Movimento Operaio.

– Ai tempi miei si dava la vita per essere membri del Comitato Centrale, e oggi si fanno tante storie per un fine settimana.

Santos sorrise a Julián Mir, responsabile del servizio d'ordine.

– Io non cambio quei tempi con questi.

– No, Santos, nemmeno io, però mi fa rabbia la mancanza di responsabilità di certi compagni. C'è chi si fa settecento chilometri di treno per venire alla riunione e chi invece se ne resta ad Argüelles, a mezz'ora di taxi.

– Allora che ci faccio con le cartelle di quelli che non sono venuti all'ultima riunione?

– Mettile con quelle di oggi.

La ragazza obbedì a Santos, e Julián Mir tornò al suo compito di responsabile del servizio d'ordine, esaminando con occhio esperto le entrate e le uscite dei suoi subordinati, identificabili per un bracciale rosso.

– Un giorno o l'altro ci capiterà qualche guaio. Non mi piace questo posto.

Santos assecondò il malumore critico di Mir con un cenno ambiguo della testa, che poteva dargli ugualmente ragione o torto. Era lo stesso cenno che riservava a Mir dai tempi del Quinto Reggimento. A Julián non piacevano le ombre della sera, gravide, secondo lui, di soldati franchisti. E neanche le luci del mattino, che aprivano la strada alle avanguardie delle truppe governative. Come più tardi non gli sarebbero piaciute per niente, ma proprio per niente, le boscaglie del Tarn, boscaglie fatte fin dal pleistocene a misura delle pattuglie tedesche. Dopo, non gli erano piaciute nemmeno le missioni che gli avevano affidate all'« interno », ma le aveva eseguite con la sdegnosa sicurezza di un eroe del Far West.

– Molte difficoltà?

– Quattro neri morti di paura – rispondeva invariabilmente Mir al ritorno da ogni spedizione nella Spagna franchista.

Era sempre stato così. Probabilmente era nato così, pensò Santos, sorpreso d'un tratto davanti all'evidenza che Julián Mir era pur nato un certo giorno, molto tempo fa, troppo tempo fa: tempo accumulato ora nei suoi capelli fitti e bianchi, nella sua muscolatura di vecchio atleta, da troppo tempo responsabile di una faccia da galletto rissoso.

– Non mi piace questo posto.

– E dàgli. Dove vorresti riunire il Comitato Centrale?

– Troppi locali sparsi qua e là, è questo che non mi garba. E invece una bella sala in centro come ce l'hanno tutti i partiti comunisti che si rispettino. Non lo trovi giusto? Proprio ieri si è tenuta qui una riunione degli anabattisti della base di Torrejón de Ardoz. E guarda quel pannello: che c'è scritto lì sopra?

– Dovrei mettermi gli occhiali per vedere.

– Uffa. Da quando sei diventato uno scribacchino del partito vai perdendo colpi. Io lo leggo perfettamente. Conferenza: « Il sentiero dello spirito nel cammino del corpo » dello yoghi Sundra Baschuarti. Questo ieri. Io non so più se questa è una riunione del Comitato Centrale o un raduno di fachiri. I comunisti in un hotel, come se fossimo turisti o rappresentanti di biancheria intima.

– Ti gira male, oggi.

– Una di queste sere ci viene dentro un commando di neri travestiti da orchestra tropicale: ogni tanto arriva fin qui la musica del night.

– È musica d'ambiente.

Santos lasciò Mir al suo malumore per ricevere un frenetico abbraccio dal compagno sindaco di Liñán de la Frontera. Non aveva perduto colpi. La memoria di Santos restava quell'argilla fresca nella quale erano scolpiti tutti i volti del partito, e le sue braccia continuavano a rispondere con disperata forza erculea agli abbracci sovietici, con i quali anche i compagni più lontani si ostinavano a mettere alla prova la resistenza del suo scheletro ormai vecchio.

– Ma perché ci abbracciano così forte? – domandò un giorno a Fernando Garrido.

Questi alzò le spalle:

– Probabilmente dalla guerra. Allora ogni commiato e ogni incontro aveva qualcosa di miracoloso.

– Io credo che sia l'influenza sovietica. I sovietici salutano sempre così. E meno male che non ci ha preso la manìa di baciarci come fanno loro.

– A chi lo dici, caro mio. Ogni volta che mi davano un bacio in bocca non sapevo cosa fare, se dargli un calcio nelle palle o abbozzare.

Naturalmente, Garrido era in ritardo. I compagni facevano gruppo nell'atrio dell'albergo dove si sarebbe tenuta la riunione, e lì sarebbero rimasti, finché la porta non si fosse aperta per lasciare il passo alla corrente galvanica che da sempre annunciava l'arrivo di Garrido. Allora i gruppi si sarebbero aperti come occhi per contemplare ancora una volta l'eterno miracolo dell'incarnazione dell'avanguardia della classe operaia nella persona di un segretario generale. Santos decise di fare un'ultima ispezione nella sala delle riunioni prima che si annunciasse l'ingresso di Garrido sotto il baldacchino invisibile della Storia. Al limite della soglia, alle sue spalle, il brusìo crescente delle conversazioni fervide come una digestione e davanti a lui la solitudine della sala delle riunioni dell'albergo Continental, la profilattica concentrazione geometrica dei tavoli e delle sedie che circondavano, senza il calore del cuoio o del tessuto, la bassa pedana; là troneggiava il tavolo al quale si sarebbe seduto Garrido, al centro, due compagni del Comitato Esecutivo alla destra e altri due alla sinistra.

– L'audio va bene? Avete provato il registratore?

Le teste responsabili annuirono verso Santos.

– Chi siede oggi vicino a Garrido?

– Martialay, Bouza, Helena Subirats ed io.

– L'unione degli uomini e delle terre di Spagna.

– Martialay siede là non perché è basco ma perché è responsabile di Movimento Operaio.

– Lo so, lo so, era solo una battuta.

– È che oggi è diventato un chiodo fisso...

Santos replicava al giovanotto ironico, e intanto ripassava mentalmente la sua scheda: Paco Leveder, professore di Diritto Pubblico, proveniente dal Sindacato Democratico. « Sarà un buon deputato » era stato il commento di Garrido dopo aver ascoltato un suo intervento in quel famoso istituto di Ivry, messo a disposizione dal Partito Comunista Francese per una riunione clandestina con i quadri universitari spagnoli. Adesso era soltanto un deputato.

– Garrido ritarda.

– Non solo Garrido. Manca un quaranta per cento del Comitato Centrale. Il senso della puntualità è il primo che va a pallino nella legalità. Pure tu non sei venuto alla riunione precedente, e non hai nemmeno giustificato la tua assenza.

– L'ho detto per telefono a Paloma. Avevo un comizio.

– Sai bene che le riunioni del Comitato Centrale vengono prima di qualsiasi cosa, anche dei comizi.

– Vorresti dirmi che il Comitato Centrale è l'organo supremo di direzione del partito?

– Non credo sia necessario.

– Dì, ti dice niente « La terra a chi lavora » o « Tutto il potere ai soviets »?

– Mi diceva qualcosa prima ancora che tu nascessi.

– Allora ti conservi bene assai, Santos.

Si liberò di Leveder con un sorriso e rispose ai saluti e ai richiami che gli arrivavano dai diversi gruppi mentre si avviava, sempre più leggero, verso l'entrata dalla quale Julián Mir gli faceva segno che Garrido era arrivato. E come se tutto fosse stato regolato da un cronometro onnipotente, Julián lasciò la porta libera e Santos la raggiunse nel preciso momento in cui vi si stagliava Garrido. Questi sorrideva e avanzava. Avanzava e salutava. Salutava con la mano e parlava agli uni e agli altri come se recitasse un discorso perfettamente calcolato per la durata del tragitto tra la porta dell'atrio e quella della sala delle riunioni. I gruppi si allargavano fino a rompersi per colpa dei più ostinati a voler stringere la mano di Garrido, a raccogliere una confidenza o a sussurrarne un'altra davanti alla sollecita testa inclinata di un segretario generale senza segreti e pronto a riceverli tutti, ma senza fermarsi, tra Santos e Julián, tallonato da due ragazzi del servizio d'ordine che lasciavano appena un varco per Martialay nello stretto corridoio umano. Garrido fece una fermata speciale per affrontare l'abbraccio mortale di Harguinday, ed ebbe per Helena Subirats una facezia che scatenò uno scoppio generale di risate tali da sembrare piuttosto un'ovazione. Ancora non riusciamo a credere che possiamo riunirci. Che Fernando sia qui con noi. Che fuori ci sia una camionetta piena di poliziotti per proteggere l'entrata laterale dell'albergo. Santos continuava a pensare. Rispettava le fermate della processione pur cercando di far accelerare il passo. Si fermò perché Martialay non rimanesse indietro.

– Non abbiamo potuto distribuire in tempo le copie del tuo intervento. Le abbiamo date oggi.

– Come sempre.

– Come quasi sempre.

Garrido si era fatto tagliare i capelli; dalle sue spalle saliva un effluvio di doccia appena fatta e di lozione after-shave. Chi se lo sarebbe immaginato. Santos ebbe per un momento l'impressione di seguire un Fernando

Garrido di più di quarant'anni prima, il leader congenito, che nelle riunioni preparatorie dell'ottobre 1934 gli aveva detto: « Lascia tutto e seguimi »; e Santos lo aveva seguito in quarant'anni di guerra, di esilio, di prigione, d'identità false, comprese alcune vacanze in Crimea e qualche partita di poker strategico con i sovietici.

– Santos.

– Sì, Fernando.

– Vorrei parlare con te e con Martialay prima che inizi la riunione.

Entrarono tutti e tre nella sala. Julián Mir chiuse la porta alle loro spalle.

– Continuo a non capire perché si rinvii ancora l'intesa con i socialisti.

– Insisto: a quindici giorni dalle elezioni sindacali bisogna mantenere le distanze. Ci sarà buriana, e il PSOE si butterà nella campagna dell'UGT.

– Comunque a qualsiasi intervento o domanda che si faccia durante la riunione si dovrà rispondere con una certa ambiguità. Le posizioni chiare e precise nascondono spesso oscurità ed esitazioni.

– Credevo che tutto fosse chiaro.

– Forse è proprio per questo che rischia d'essere tutto oscuro. Come la vedi tu, Santos?

– Non è necessario rimettere in discussione l'intesa con i socialisti. Sembrerà logico sia che la facciamo sia che non la facciamo.

– Appunto.

– Mi pare un problema bizantino.

– Dite sempre di non voler essere una cinghia di trasmissione del partito, ma nemmeno il partito può essere una cinghia di trasmissione vostra.

Martialay si strinse nelle spalle e andò a prendere

posto intorno al tavolo, tuffandosi nelle acque dattiloscritte del suo intervento.

– È nervoso.

– Ha i suoi motivi.

Garrido tirò fuori dalla tasca della giacca una sigaretta, come se tutta la tasca fosse un pacchetto di sigarette. « Sembra che le tiri fuori già accese », aveva scritto un intervistatore.

– Non ti lasceranno fumare.

– E diranno che sono un dittatore.

Rimise la sigaretta in tasca:

– Cominciamo.

Santos aprì la porta ed andò ad occupare il suo posto alla destra di Garrido. Di là vide l'ingresso ciarliero e rumoroso dei membri del Comitato Centrale.

– Quasi un *plenum*. Si vede che c'è aspettativa. Hai visto quello che dice « El País »?

– Loro ci sfottono con educazione. Però quelli di « Cambio 16 » hanno ripreso il solito titolo *Il riscatto sindacale*.

Garrido si alzò per salutare Helena Subirats.

– Ottima la tua intervista su « La Calle ».

– Sono contenta che ti sia piaciuta: lo schematismo dei giornali continua ad irritarmi.

Santos fece sentire il primo *sss* seguito dal coro dei *sss* dei membri più anziani e disciplinati del Comitato Centrale. Santos batté con un dito sul microfono, e quel rumore tossicoloso, elettronico, amplificato, fu più efficace dei *sss* umani.

– Nelle cartelle troverete l'ordine del giorno.

Un sessanta per cento dei partecipanti ritenne indispensabile accertarlo. Julián Mir dette via libera in sala a un quartetto di operatori della Televisione Spagnola.

Inondarono di luci la presidenza e le prime file di tavoli, mentre la telecamera ingoiava la realtà con un brusìo continuo, come fosse un animale incapace di modulazioni.

– Se volete potete restare – rispose Garrido al saluto dei tecnici della televisione.

– Sarebbe molto interessante, ma dobbiamo andare a filmare l'inizio della riunione dell'Esecutivo del PSOE.

– Certo, andate. Però qui capireste molte più cose.

– Senza dubbio.

Santos sosteneva col suo sorriso le battute di Garrido. Martialay continuava a combattere con i fogli del suo intervento. Usciti quelli della televisione, si chiusero le porte e si fece silenzio.

– Faremo presto, perché sapete bene che non posso resistere a lungo senza fumare.

Risate.

E come se le risate fossero dispiaciute agli dei dell'energia elettrica, la luce se ne andò e una coltre di oscurità, solida, incontestabile, discese nel salone.

– Quelli delle Commissioni Operaie sempre in sciopero – commentò Garrido, ma i microfoni non moltiplicarono la sua battuta.

Volle ripeterla a voce più alta, ma non poté. Un dolore di ghiaccio attraversò il suo gilè di lana inglese e gli svuotò la vita senza che la potesse trattenere tra le mani.

La luce tornò, e Santos fu il primo a comprendere che la scena era cambiata: non era normale che Fernando Garrido posasse la testa sulla cartella, una testa piegata, con la bocca aperta e gli occhi più vetrosi delle grosse lenti dei suoi occhiali scivolati sulla fronte. Santos si alzò come se qualcosa gli avesse punto dolorosamente le gambe e gli altri comunisti si alzarono uno dopo l'altro, stupefatti, prima di rovesciare le loro sedie e precipitarsi avanti, incontro all'evidenza della morte.

Lo risvegliò la volontà di svegliarsi. Mise la radio in sintonia col programma *Spagna alle otto.* « Profonde ripercussioni nazionali e internazionali per l'assassinio di Fernando Garrido, segretario del Partito Comunista Spagnolo ». Condoglianze e lutto nazionale e internazionale. Ma dove sono le profonde ripercussioni? « Il governo spagnolo ha smentito che le truppe siano state mobilitate e che la divisione blindata Brunete abbia iniziato manovre speciali. Il capo del governo si è incontrato con il segretario generale del PSOE e con José Santos Pacheco, del Comitato Esecutivo del Partito Comunista Spagnolo. Il commissario Fonseca è stato designato dal governo a condurre l'inchiesta sull'assassinio di Fernando Garrido ».

« Di nuovo tra i piedi, quel maledetto Fonseca », borbottò Carvalho, e spense la radio. Gli occhi acquosi senza palpebre di Fonseca, quel coniglietto dolce e sanguinario. E, in sovrimpressione, un Fernando Garrido di venticinque anni prima, avanti e indietro sulla ghiaia di una villa vicino alla Marna, circondato da studenti venuti dall'« interno » della Spagna, come si diceva, per il corso estivo 1956.

– Se la borghesia spagnola non è disposta a sostenere il nostro progetto di riconciliazione nazionale, noi non esiteremo a riprendere il fucile e ad andare in montagna.

– Quale montagna?

Garrido lo guardò col sorriso sulle labbra ma con la dura freddezza del suo sguardo glaciale.

– Cosa studi, tu? Non hai ancora imparato che la Spagna è uno dei paesi più montuosi d'Europa?

Le risate degli altri allentarono la tensione, però Carvalho sentiva di tanto in tanto gli occhi di Garrido posati su di lui, quasi volesse avvertirlo in silenzio, a distanza. Attento, ragazzo, non fare troppo lo spiritoso. Questa è una faccenda seria. Durante l'intervallo, mentre cercava la solitudine e il fresco sotto i frassini, Carvalho si trovò accanto un vecchio dirigente con la vita e la Storia piene di cicatrici. Una vita così esemplare ridicolizzava implicitamente la piccola ironia che lo studente si era permessa poco prima, sdrammatizzando quella cosa tanto drammatica come l'essere o il non essere della rivoluzione spagnola.

– A te sembra assurdo che Garrido proponga di tornare in montagna, ma pensa che non più di sette, otto anni fa noi stavamo ancora lì, braccati come bestie, e che un comunista in Spagna è torturato a morte e condannato a cento anni di carcere.

Carvalho era ancora troppo giovane per scusarsi e troppo affascinato per indignarsi. Lasciò parlare il vecchio compagno e da allora seguì le riunioni senza il minimo sarcasmo. Il regime sarebbe caduto ad ottobre e una compagna li informò che la forza del partito era tale che a Barcellona i comunisti erano in grado di mettere la città in stato d'assedio. L'influenza di Camus, pensò il giovane Carvalho, però non lo disse, ed osservò la donna con l'interesse che meritano le specie in via di estinzione.

– L'ho controllato io stessa, e i compagni di Barcellona possono confermarlo.

Come se avessero potuto fare altrimenti: i compagni di Barcellona confermarono, magari con una certa mancanza di passione, però confermarono, ingarbugliandosi un tantino tra condizioni obiettive e soggettive, tenuto conto della dose di soggettività necessaria per credere a quello che dicevano. Poi i saluti, gli addii, le canzoni:

Devo scendere al porto
e salire al Tibidabo
per gridare col mio popolo
Via gli yankees! Morte a Franco!
Il sangue spagnolo
non è sangue di schiavi!

Canzoni cantate male perché solo gli organizzatori del corso le conoscevano, veterani comunisti che dovevano ricorrere a un notevole volontarismo giovanile quando cantavano.

Giovane Guardia, Giovane Guardia,
non dargli pace né tregua.

Carvalho si rendeva conto che non si poteva andare a un corso del genere con lo spirito marcato dalla consegna di Machado: « Dubita, figlio mio, del tuo stesso dubbio ».

La primavera è venuta
sulle ali di una colomba,
voci del popolo si alzano
sulla terra spagnola.
Viva gli scioperi di Barcellona!

Devo scendere al porto
e salire al Tibidabo.

Precisamente quello che faceva ora. Scendere verso il porto in cerca di relax tra lunghe attese e noiosi casi di indagini paracriminali, o salire al Tibidabo per raggiungere la sua tana in Vallvidrera, dalla quale contemplare una città più vecchia, più saggia, più cinica, inaccessibile alla speranza di nessuna giovinezza, né oggi né domani. Era l'unica volta che aveva visto Garrido da militante. Venticinque anni più tardi era andato a vederlo ad un comizio solo per scoprire che gli anni non passano impunemente. « Lui sì che sa toreare a mezza distanza », disse al suo fianco un tipetto bruno da verde luna, travestito da bambino alla prima comunione. « Dove cacchio stavi tu quell'estate del cinquantasei? » gli domandò Carvalho con lo sguardo, ma senza la minima speranza di risposta. Le migliaia e migliaia di persone che assistevano al comizio erano forse il frutto di anni ed anni di esercizi spirituali in Francia o nelle catacombe del nostro paese; ma il discorso di Garrido era rimasto lo stesso, sempre lo stesso appello alla borghesia per un patto di progresso se non voleva ritornare al fascismo o correre il rischio di un caos prerivoluzionario. Là sì che c'erano abbastanza comunisti per mettere la città in stato d'assedio: però che si fa dopo aver messo una città in stato d'assedio? Vicino a Garrido stava la compagna che venticinque anni prima assediava la città con la fantasia e il desiderio. Allora si chiamava Irene, ora si chiama Helena Subirats, rigore parlamentare e dichiarazioni balsamiche.

– Niente dittatura, nemmeno quella del proletariato.

Cercò un'altra stazione radio per vedere se completavano o commentavano il comunicato di Radio Nazionale. Una emittente locale cercava di intervistare José Santos Pacheco, inaspettatamente giunto a Barcellona con il primo volo da Madrid. Santos cercava di evitare le domande, ma riusciva soltanto ad evitare le risposte.

– È il delitto di un fanatico o l'inizio di un vasto piano di destabilizzazione della democrazia?

– Cerchi di capire. Nessuno ne sa ancora niente. Chiedetelo al governo. È stato un gesto contro la democrazia.

– Perché è venuto a Barcellona?

– Ci vengo spesso.

– Come interpreta lei la nomina del commissario Fonseca a investigatore ufficiale dell'assassinio?

– Come uno scherzo di cattivo gusto. Fonseca rimane nella memoria dei comunisti come uno dei carnefici prediletti del franchismo.

Fonseca offriva sigarette mezze fuori del pacchetto, con il braccio mezzo teso, a mezza voce, con un mezzo sguardo di quei suoi occhietti feriti dalla realtà, piccoli occhi pieni d'acqua e di minacce. Carvalho lo rivedeva camminare per il corridoio guardando curiosamente gli arrestati della retata, chiedendo spiegazioni ai suoi sbirri barcellonesi.

– Questo?

– José Carvalho. Un rosso pericoloso.

Fonseca chiuse perfino gli occhi per la nausea quando lo sbirro sferrò un pugno nello stomaco impreparato di Carvalho.

– Lei ed io parleremo a lungo e con calma – gli disse mentre continuava la sua rassegna della selvaggina. – Abbiamo tutta la notte davanti a noi.

– È la guerra, capo.

Biscuter aveva acceso il transistor e ascoltava un servizio in diretta dalla camera ardente del Partito Comunista Spagnolo a Madrid. Migliaia di cittadini erano sfilati davanti alle spoglie mortali di Fernando Garrido in mezzo a un impressionante spiegamento di polizia, rafforzato dal pattugliamento militare presente nei quartieri periferici della capitale.

– Senta, per favore. Un'inchiesta di Radio Nazionale. Lei, a chi attribuisce questo assassinio?

– Al fascismo internazionale. A chi, sennò?

– Però il fatto che sia stato assassinato in un luogo chiuso, in cui c'erano soltanto comunisti, membri del Comitato Centrale, come lo spiega?

– Lo spiego unicamente come può spiegarselo un buon comunista: è stato il fascismo internazionale.

– Lei è un militante.

– Certo che lo sono. Da molto tempo, sissignore.

– Conosceva personalmente Fernando Garrido?

– Ho avuto l'onore di stringergli la mano in più di un'occasione e sono stato delegato della mia sezione al congresso del '78.

– Il contrasto in quel congresso tra leninisti e non leninisti può essere sfociato in questo delitto?

– Lei ci conosce molto male. Noi non andiamo in giro a ucciderci fra di noi. Lei vede troppa televisione e troppo cinema americano. Di che radio ha detto che è?

– Di Radio Nazionale.

– Allora non mi meraviglia.

– Ben detto, cazzo – gridò Biscuter.

– Ma a te che te ne frega, Biscuter?

– Ma questa è proprio una cazzata, capo. Bisogna riconoscere che Garrido era in gamba.

Biscuter non aveva avuto tempo né di ripulirsi né di mettere un po' d'ordine sul tavolo dell'ufficio.

– Pranza qui, capo? Ho delle salsicce di Perol che sono la fine del mondo, e fagioli lessi avanzati ieri.

– O penso o mangio. Devo scegliere.

– La disturba la radio quando pensa?

– Poi vediamo.

Carvalho prese il telefono, fece un numero storcendo il naso come se il numero avesse un cattivo odore.

– Il signor Dotras? Sì, aspetto.

– Io non sono comunista – dichiarava un altro intervistato alla radio – però sono venuto a rendere omaggio a Garrido perché sono un democratico, e quel che hanno fatto è inqualificabile. È un attentato alla democrazia. Chi l'ha fatto? La CIA, i russi, va' a sapere, con tutta la merda, scusi il termine, che c'è nella politica.

– Signor Dotras? Sono Carvalho, il detective. La sua bambina sta in una comune di attori di teatro che rappresenta *Il circolo di gesso caucasiano* a Riudellots de la Selva. Sta bene. Danno soltanto uno spettacolo al giorno. Nemmeno a parlarne: io non vado a prenderla di certo, questo è affar suo. Di niente. Le manderò la fattura. La commedia? Decente. Un po' sovversiva ma senza nudo. Non si preoccupi. Bene. Poteva andare molto peggio. Nell'ultimo caso che mi è capitato, simile al suo, la ragazza stava a Goa con una diarrea che non le dico. Hanno dovuto rimandarla a casa con un aereo sanitario. A sua disposizione.

– Capo, senta che dice questo minchione! Ascolti!

– ... bisogna smetterla con questo incubo politico. Io non sono contro i politici come persone, ma contro i politici come politici. Da quando è morto Franco ci sono venuti addosso come un flagello.

– Voglio mangiare, Biscuter. Però non quel tufo che mi hai preparato. Pane e pomodoro, salsiccia catalana ben tartufata, un po' di olive ripiene, un chiaretto fresco in caraffa. Roba leggera. Sono pieno di tossine.

Biscuter si ritirò nella cucinetta rimediata nel corridoio che portava al gabinetto. Fischiava contento e canticchiava il motivo di *Tre soldi nella fontana*. Carvalho spense la radio e si mise ad ordinare le carte sul suo tavolo d'ufficio anni quaranta e lucidato a specchio, quasi una brillantina per quei mobili a mezza strada tra il neoclassico e il funzionale. Tirò fuori un foglietto dove Biscuter aveva scritto: *Visita importante alle undici*.

– Perché è importante questa visita?

– Perché così mi hanno detto.

– Loro ti hanno detto che erano importanti?

– Mi hanno detto che era una faccenda molto confidenziale e molto importante. Mi hanno anche chiesto se lei sarebbe stato completamente solo.

Saliva chiasso dalle Ramblas. Carvalho si affacciò alla finestra. Due o trecento persone avanzavano in fila, con le mani giunte: « Voi, fascisti, siete i terroristi! » « Garrido, fratello, non ti scorderemo! ».

– Tieni, Biscuter.

– Ventimila pesetas! Che ci faccio?

– Compra da mangiare per due settimane. Non si sa mai...

– Qui si mette male. Io lo sapevo.

– Forse non succede niente, ma guarda le code che cominciano a formarsi davanti alle pizzicherie.

Una piccola fila di donne con la borsa della spesa carica usciva dalla pizzicheria d'angolo.

– Applica lo stesso piano d'acquisti di quando morì Franco. Unico piatto pronto: fagioli. È la sola cosa che resiste in scatola.

Biscuter si passò le mani sui pelucci biondi che resistevano sulle tempie, si sfregò le mani, inarcò le gambe, predispose il corpo al movimento che la situazione esigeva, il magro petto teso a sottolineare la risolutezza di due spalle da bambino linfatico. Sulla tavola aveva lasciato il pranzo di Carvalho e prima di uscire sistemò la bottiglia di acquavite ghiacciata vicino alla caraffa.

– Mi sa che ne avrà bisogno, capo.

Strizzò un occhio con un temerario sforzo muscolare, che quasi gli paralizzava mezzo lato della faccia, e si lanciò nella giungla urbana con il suo paracadute mentale e l'ambizione di eroismo che un collaboratore di un uomo come Carvalho doveva avere per forza. L'investigatore mangiò senza pensare a quello che ingoiava. Aveva scelto un pranzo che non aveva bisogno né di riflessione né di qualsivoglia preparazione spirituale. Un pranzo compagno discreto di qualunque meditazione trascendentale. Neppure il prosciutto sarebbe stato un compagno adeguato. Il prosciutto esige una degustazione critica, ponderata. Invece la salsiccia catalana è un insaccato cotto che si adatta alla meccanica del gusto e della masticazione senza grandi pretese. Esigerla ben farcita era il minimo necessario perché il sapore lo sorprendesse di tanto in tanto, quando i pezzettini di tartufo aromatizzavano bruscamente la cavità boccale e gli solleticavano la punta del naso. Qualsiasi cosa mangiasse, doveva sempre lasciare uno spazio alla dialettica, o partendo dal sapore oppure dagli ingredienti del cibo. Con molto meno tempo di riflessione, Brillat-Savarin aveva scritto *Fisiologia del gusto*; Brillat-Savarin, quell'uomo celebre e sciocco ad un tempo, secondo Baudelaire, « ... due cose che vanno molto bene assieme... », postillava il gracile mangiadroghe Baudelaire, quell'ometto che beveva vino e fumava droga soltanto per angosciare sua madre e punirla per essersi sposata con un altro.

« Scrivi una tesi di laurea su un qualcosa talmente

arbitrario da rendere impossibile ogni tesi e ogni antitesi, e poi cambia mestiere » si disse Carvalho mentre tratteneva in bocca un pezzettino di tartufo fino ad assorbirne tutto il sapore e a trasformarlo in un semplice ostacolo che la lingua lasciò cadere negli abissi, senz'altro orrendi, dello stomaco. Bevve direttamente dalla caraffa, fino a sentire ben lubrificato il macchinario dello stomaco, e riempì un bicchiere di acquavite che lasciò davanti a sé come un animale ringhioso, attraente e minaccioso.

– Tu sarai la mia rovina, bestiaccia.

Però la tracannò d'un colpo e dallo stomaco gli salì al naso un fuoco fresco, insomma una contraddizione equivalente a quella materializzata in un qualsiasi soufflé di gelato alla vaniglia.

– Se vuole, torniamo più tardi.

Uno degli uomini indicò con un cenno della testa i resti del cibo sulla tavola.

– Ho già finito.

– È l'ora migliore per il pranzo.

Non aveva mai sentito dire una cosa più banale. Carvalho lo ricordava ventidue anni prima, davanti al Tribunale Militare, imputato del reato di ribellione. Salvatella aveva dichiarato di non riconoscere il tribunale che lo giudicava. Riconosceva soltanto i tribunali della Repubblica. Irritati certamente per il suo disprezzo, i giudici militari aggravarono la pena richiesta dal pubblico ministero. Salvatella uscì dal Tribunale Militare cercando di salutare con i pugni alzati e uniti dalle manette, mentre Carvalho ed altre persone venivano spintonati dai poliziotti in borghese. Salvatella si girò verso il suo compagno e lo presentò a Carvalho:

– José Santos Pacheco, membro del Comitato Esecutivo del Partito Comunista Spagnolo. Io sono Floreal Salvatella, appartengo al Comitato Esecutivo del PSUC e al Comitato Centrale del PCE.

– Il mio nome è sulla targa giù all'ingresso.

– Non era necessario che ci fosse. Ci manda Marcos Núñoz, un compagno che la conosce bene.

– Ci siamo conosciuti di sfuggita, mentre cercavamo di risolvere il misterioso assassinio di un manager.

– Un caso difficile?

– Tanto difficile che l'hanno fatto fuori tutti ma lui solo è morto.

Santos Pacheco aveva la faccia di uno ripreso da una foto di giornale o da un fugace fotogramma televisivo: in secondo piano dietro a Garrido, ed ora in secondo piano dietro a Salvatella. Alto, scolpito dalla vita sul modello del vecchio lupo di mare dai capelli bianchi, abbronzato, un po' piegato di spalle per sentire meglio, per sentire quello che dicevano gli spagnoli condannati al metro e sessanta, sessantacinque di statura media. Salvatella, in compenso, era quell'uomo quasi giovane che Carvalho aveva visto processare e condannare a centododici anni di prigione. Ti sei ingrassato, Floreal, e non certo per la galera, ma per gli anni e la legalità. Sedettero soltanto quando Carvalho glielo suggerì ed anche allora lo fecero con la prudente riserva che caratterizza ogni buon comunista nella vita, cercando di dimostrare di non avere niente a che vedere con l'immagine del selvaggio incivile e disumano che gli ha prefabbricato il capitalismo. Salvatella restò a guardare Santos, concedendogli il ruolo di solista, ruolo che Santos assunse con lo stesso timbro di voce col quale avrebbe aperta una riunione del partito. Una voce ferma, tagliente, che si sforzava di sembrare la voce di uno qualsiasi degli uomini là riuniti.

– Non credo che le sia tanto difficile indovinare il motivo della nostra visita. Anzitutto la pregherei, qualunque sia il risultato di questo colloquio, di conservare sull'argomento la massima discrezione. Se necessario, mi appellerò al segreto professionale.

– È un segreto quasi forzato. Io non parlo mai con nessuno.

– Per misura preventiva?

– No. Io parto dall'ovvio principio che, se quello che vengono a dirmi gli altri non mi interessa, nemmeno a loro può interessare quello che gli dico io.

– Lei farà strada in politica. Sono i più silenziosi quelli che fanno le carriere più solide.

– In politica, a letto, dovunque, non c'è dubbio.

– Io sono qui per una missione quasi ufficiale. Noi vorremmo che ci aiutasse nell'indagine sull'assassinio del nostro segretario generale. Il governo ha designato un investigatore ufficiale poco gradito, malgrado le nostre proposte; nondimeno siamo riusciti ad ottenere un nostro investigatore privato, con tutta la libertà di movimento possibile, garantita sia dal nostro partito che dal governo. Se l'incaricato del caso non fosse stato il commissario Fonseca, probabilmente non avremmo fatto questo passo, ma la semplice nomina di Fonseca già dimostra che il governo vuole utilizzare l'inchiesta per darci una batosta. Non so se lei è al corrente del curriculum di Fonseca.

– Lo sono, e lei lo sa benissimo.

– Infatti, so che ne è al corrente. Lei è stata in passato una delle tantissime vittime di Fonseca.

– Fesserie. Io non sono stato che una cimice nello zoo di Fonseca.

– Qualsiasi sforzo per abbattere la dittatura è stato meritorio. In ogni caso, lei già sa chi è Fonseca e sa che ha iniziato la sua carriera come infiltrato del franchismo nel nostro partito, infiltrazione che è costata una gravissima perdita negli anni quaranta, una perdita con quattro fucilazioni. Vado al dunque. Il nostro incarico è professionale e noi accetteremo le sue tariffe senza discuterle.

Salvatella aveva l'aria di digerire mentalmente le parole di Santos, e questi guardava Carvalho con un sorriso incoraggiante sulle labbra, come per invitarlo a una risposta affermativa.

– Che volete? Che scopra l'assassino o che vi aiuti a nascondere l'assassinio?

– Forse siamo male informati. Ma ci è stato detto che lei scopre gli assassinii, non che li occulta.

– Questo caso va oltre le mie possibilità. Di solito sono protagonista di films in bianco e nero. Voi mi offrite una superproduzione in technicolor, con governi e apparati polizieschi di mezzo. E in più a Madrid. Sono stanco di viaggiare. Conosco Barcellona palmo a palmo, e nonostante questo a volte mi è insopportabile. Immaginatemi quindi alle prese con Madrid, una città piena di grattacieli, funzionari dell'ex regime, ex funzionari del regime. Io sono apolitico, sia chiaro. Ma non sopporto i baffetti dei funzionari dell'ex regime o quelli degli ex funzionari del regime.

Gli occhi di Santos Pacheco consultavano quelli di Salvatella. Il sorriso di Salvatella dimostrò a Carvalho che Santos non aveva il senso dell'umorismo e che Salvatella lo sapeva. Rassicurato e avvertito dal suo compagno, Santos scambiò con Carvalho un'occhiata complice e sorridente.

– Madrid non è un'astrazione, né si può generalizzare a proposito dei suoi funzionari. Vedo che lei ha acquisito tutti i pregiudizi della provincia.

– Non si tratta di pregiudizi o no, il fatto è che Madrid non è più quella di una volta.

– Del 1936?

– No. Del 1959, quando ci vivevo. I gamberi de « La Casa del Abuelo », per esempio. Eccellenti e a poco prezzo. Li cerchi adesso.

– Oh, si riferiva ai gamberi.

Lo sguardo di Santos vagava da destra a sinistra come per individuare il posto esatto che meritavano i perduti gamberi de « La Casa del Abuelo » in una conversazione sull'assassinio del segretario generale del Partito Comunista.

– Ci sono eccellenti pescherie – gli venne da dire a mo' di conforto.

– Sì, ma a che prezzo?

– Naturalmente il pesce è caro.

– Ce n'è di tutti i prezzi – interruppe Salvatella, e aggiunse: – quando vado alle riunioni del Comitato Centrale dormo in casa di Togores, sai, quello della Perkins. Abita vicino al palazzo dello sport, a Duque de Sesto. Là accanto c'è un banco di pesce eccellente e neanche caro. È sempre pieno. E se giri un po' trovi osterie fantastiche. Sempre vicino a casa di Togores c'è una trattoria favolosa, di María de Cebreros, si chiama. Ha provato i rognoni di agnello che cucina quella donna? Deliziosi. La cosa più semplice di questo mondo. Sale, pepe, graticola e una spruzzata d'olio e limone. Certo, i rognoni devono essere d'agnello e freschissimi.

Tu, o lo fai apposta o sei della mia congrega. Carvalho intuì un chiaro disorientamento logico in Santos, il quale tentava di adeguarsi, sorridendo, alla complicità gastronomica che si era stabilita tra Salvatella e Carvalho.

– Non contesto quello che dice, perché è un bel pezzo che non vado a Madrid, ma l'ultima volta sono passato per il quartiere degli Austrias. Dove prima c'era una trattoria ora c'è una rosticceria e ti servono una trippa fatta con dado e salsiccia di cavallo.

– La trippa è un capitolo a parte. In questo sì che ha ragione, e non è un pregiudizio provinciale...

All'allusione di Salvatella, Santos Pacheco si strinse nelle spalle.

– ... e sì, hanno perso molto. La trippa alla madrilena ha fatto la fine dei fagioli all'asturiana. Messi in scatola.

Salvatella presentava a Santos Pacheco, spietatamente, una verità obiettiva, come se stesse mostrandogli l'autentica ferita della picconata di Mercader sul cranio di Trotski.

– Non mi piace la trippa – si difese Santos Pacheco.

« Me l'immaginavo » pensò Carvalho.

Santos si sentiva a disagio, ma non si azzardava a riportare la conversazione verso il suo motivo iniziale per non dispiacere a Carvalho. La sua progressiva irritazione si rivolgeva a Salvatella, al traditore Salvatella, il quale, con il cadavere di Garrido ancora caldo, si lasciava andare ad una banale conversazione su gamberi, trippa e rognoni di agnello arrosto. Così lo attese al varco. Lo fulminò con uno sguardo freddo e perentorio, con il quale Salvatella si scontrò mentre diceva:

– La trippa più buona la fanno nella zona di... D'accordo, avremo tutto il tempo di parlare di trippa e di mangiarla se lei va a Madrid. Ci siamo allontanati dal vero motivo della nostra visita. E poi la stiamo annoiando. Anche lei ha il suo lavoro. Accettiamo le sue tariffe. Le cerchiamo il migliore albergo a Madrid. Tutto quello che vuole.

– Perché proprio io?

– Perché lei è un ex comunista. Perché lei sa chi siamo, come siamo, da dove veniamo, dove andiamo.

Santos aveva parlato con passione, si sarebbe persino detto con ardore umido negli occhi dove riposavano, in primo piano, i resti immortali del suo amico e compagno Fernando Garrido.

– Ogni ex comunista o è un apostata o è un rinnegato.

– Ci sta bene anche un apostata.

« Il tuo comportamento è stato considerato ingiustificato. La direzione ci ha chiesto di nominare un tribunale di cellula e di decidere in prima istanza se devi continuare a militare oppure no ». Carvalho si rivide nell'atto di frenare il ritmo con il quale muoveva il pennello sullo striscione giallo. Lasciò la parola « Amnistia » scritta a metà e tornò verso quella larva di economista glabro:

– Avete fatto grandi progressi se siete disposti ad accettare l'aiuto di un apostata. E magari non lo sono nemmeno. Mi ero quasi dimenticato che a un certo momento sono stato comunista. Come mi ero quasi scordato che sono stato nella CIA per quattro anni. Lo sapevate questo particolare?

– Lo sapevamo – dissero quasi in coro.

Carvalho si lasciò andare sulla spalliera della sedia girevole:

– Vi avverto che non faccio sconti per ragioni nostalgiche.

– Pagheremo quello che occorrerà.

E Carvalho ebbe l'impressione che Salvatella frenasse il gesto spontaneo di portare la mano al portafoglio.

– Si tratterà molti giorni a Madrid, capo?

– L'indispensabile.

– Che ne faccio di tutta questa roba da mangiare?

Mezzo ufficio era occupato da scatolame, salamini, baccalà secco.

– Lascia qui quello che serve e il resto lo porti a casa mia, a Vallvidrera.

– E se ci sono tafferugli? Un fratello di mia madre era commesso viaggiatore. La guerra civile lo beccò ad Aranjuez e non se ne seppe più niente.

– Erano altri tempi e altra gente.

– Quando ero piccolo e mia madre viveva ancora, spesso piangeva al ricordo di suo fratello.

– La gente allora piangeva molto più di adesso.

– Questo è vero quanto è vero Iddio, capo.

Gli rimaneva soltanto l'obbligo di congedarsi da Charo.

– Me ne vado.

– Dove te ne vai?

– Fuori Barcellona. Una quindicina di giorni, penso.

– E me lo dici così, per telefono?

– È successo tutto all'improvviso.

– Allora non perdere altro tempo, mio caro.

E riattaccò.

– Se scoppia la guerra civile e non torno, ti dividi tutte queste provviste con Charo.

– Già ci avevo pensato, capo. E se servo, mi chiami.

– Rimpiangerò i tuoi intingoli, Biscuter. Vado in una città che ha dato ai beni cultural-gastronomici della nazione soltanto un lesso, una frittata e una trippa.

– Quale frittata?

– La frittata dello zio Lucas. Se chiamano i fratelli Lorenzo, quelli del furto del brevetto della porta girevole, gli dici di richiamare tra quindici giorni.

Le Ramblas si preparavano ad incanalare i cercatori di ristoranti e di trattorie. Si dileguavano i passanti dal piede leggero e i gruppi di pensionati davanti alle edicole dei giornali. Al loro posto si formava una massa lenta, chiacchierona, più felice, davanti alla prospettiva dei misteri gastronomici racchiusi nei vicoli bui, dove spuntavano ogni giorno nuovi ristoranti, una prova supplementare del pluralismo democratico offerto dalla liberazione dal paternalismo gastronomico-domestico. In piena crisi della società patriarcale, i capifamiglia cercavano nuovi ristoranti con la stessa tachicardia di una avventura galante, di una salsa proibita con crema di latte e tartufi di Olot, piatti con giarrettiera e sottoveste nera trasparente, piatti oral-genitali per mangiare a quattro zampe, con la lingua disposta alla polisemia delle erbe aromatiche e ai soffritti arricchiti di polpa di manzo.

– Mi stupisca con qualcosa che mi aiuti a congedarmi temporaneamente da questa città in modo memorabile.

Il proprietario della salumeria di via Fernando gli mostrò un vino rosato.

– È appena arrivato, è di Valladolid ed è un rosato naturale.

– Lo gusterò con un risotto ai frutti di mare.

Carvalho cercò di mangiare a « Les Quatre Barres », richiamato dal « pesce-rospo in guazzetto », ma la strada era piena di puttanelle disoccupate ed i quattro tavoli del ristorante stavano per essere occupati da una fila di funzionari del Comune, della Generalitat, che cominciavano la ricostruzione della Catalogna con la ricostruzione dei rispettivi palati. Inutile pure aspettare il turno all'« Agut d'Avignon », dove bisognava prenotare i tavoli con lo stesso anticipo di Jane Fonda per un posto sul primo volo civile verso la luna. Inoltre Carvalho non voleva dare al proprietario la soddisfazione di mandare indietro la clientela, quella soddisfazione da iraniano che a suo capriccio dà e toglie il petrolio o ne aumenta il prezzo. Preferì andare a piedi fino alla pescheria per comprare due chili di frutti di mare e di pesce per fare la zuppa. Poi riprese la macchina dal posteggio della Garduña per andarsi a mangiare un filetto di baccalà al « Pa i Trago », una rosticceria vicino al mercato di Sant'Antonio, dove gli esseri umani civilizzati possono gustare peperonata con stufato dalle nove di mattina. Tra uno stupendo baccalà erede di quei mitici baccalà che arrivavano da Terranova ai ristoranti barcellonesi di prima della guerra civile e un secondo piatto di trippa alla catalana con fagioli, Carvalho chiamò il Comitato Centrale del PSUC chiedendo di Salvatella.

– Domani di buonora parto per Madrid, ma mi piacerebbe chiacchierare con lei con calma. La invito a cena a casa mia.

L'altro aveva la serata molto impegnata. Doveva spiegare le deliberazioni dell'ultimo Comitato Centrale in una sezione di borgata e poi preparare un intervento sul progetto della legge elettorale che si sarebbe discussa due giorni dopo al parlamento catalano.

– Immagini cosa sarà la riunione alla sezione di borgata dopo l'assassinio di Garrido.

– Credo ci sia un ordine di precedenza, e parlare del mio incarico è adesso prioritario.

– Certamente.

– Inoltre pensavo di preparare un risotto ai frutti di mare, una specie di risotto di Arzag.

– La cosa si fa interessante. Bene, andrò alla riunione del gruppo e per dopo accetto il suo invito.

– Siamo condannati ad intenderci.

Spiegò a Salvatella come localizzare la sua casa di Vallvidrera. Senza cedere il telefono alla donna che lo sollecitava con le tette e con gli occhi, occhi induriti dal rimmel, Carvalho chiamò Enric Fuster, suo amministratore e vicino.

– Ti va di cenare con un comunista?

– Dipende da quello che si mangia. E poi lo sai già che non voto comunista.

– Risotto ai frutti di mare.

– Vino?

– *Viña Esmeralda* o *Watrau*, dipende se ti senti adolescente o maturo.

– Adolescente fino alla morte.

– Allora *Viña Esmeralda.*

– Il comunista in questione è del tipo casinista o di quello nostalgico?

– Genere gastronomico.

– Non sanno più dove sbattersi per prendere voti. Smoking?

– Vestito scuro.

Contro tutte le regole di gastronomia, Carvalho volle salutare il quartiere prendendo un'orzata nella gelateria di via del Parlamento, dove si beve la migliore orzata di Barcellona. Ma il locale, rivestito di maioliche e illuminato da un neon da pomeriggio triste, era deserto, secchi i recipienti metallici dell'orzata. S'incamminò per via della Cera, tra zingari che avevano portato lì i loro sgabelli e i loro caffè-corretti ai bar della Ronda o all'angolo con via Salvadors. Erano i medesimi, o i figli dei medesimi che aveva visto ballare e sopravvivere sulle porte del bar « Moderno » o dell'« Alujas » negli anni quaranta, dal balcone di una casa costruita nel 1846, due anni prima della pubblicazione del *Manifesto Comunista*, prova evidente di ottimismo storico da parte del costruttore. Via della Cera si biforcava verso via della Botella e vicolo della Cera, dove il cinema Padró aveva smesso di essere cinema di vecchi, di zingari e di ragazzotti per diventare una cineteca. Come ti sei cambiato, quartiere Padró, ripopolato da immigrati cosmopoliti, africani, cileni, uruguaiani, ragazzi e ragazze in fiore e marijuana, alla ricerca di relazioni postmatrimoniali, prematrimoniali, antimatrimoniali, librerie controculturali dove il nazismo di Hermann Hesse coesisteva con il manuale scritto da qualsiasi yoghi di Vattelappesca del Monte, quartiere spoglio da quando erano scomparsi i borsaneristi e Pepa della Lotteria, senza altra sopravvivenza eroica che quella della fontana del Padró, la chiesetta romanica a malapena visibile tra una scuola di quartiere e una sartoria, con l'abside già da tempo divisa tra un tabaccaio e un ferramenta, e la non meno fatiscente fabbrica di preservativi « La Pajarita », dichiarabile di interesse nazionale o monumento storico se Jordi Pujol, presidente della Generalitat di Catalogna avesse voluto aderire alla richiesta che Carvalho pensava di rivolgergli un giorno o l'altro.

L'approssimarsi dell'inverno si notava nei rapidi crepuscoli sul Vallés, mentre, dall'altro lato della casa di

Carvalho, Barcellona accettava la notte sul mare, le contaminazioni e la disuguale distribuzione serale delle prime luci urbane. Le città si accettano perché sono un rifugio, come le patrie o i ricordi. Carvalho presentiva un viaggio freddo, un soggiorno da straniero in una città nella quale non era stato mai né felice né infelice, che appariva d'improvviso in un paesaggio desolato come un miracolo di cartapesta, uguale a quello di Las Vegas o di Brasilia. Mentre sul fuoco cuoceva il pesce perché il suo aroma si trasferisse nel brodetto, Carvalho lavava e rilavava i frutti di mare, in lotta forsennata con la sabbia infiltrata nei gusci. Sembravano più frutti di terra che di mare, e quando si aprirono al vapore rivelarono ancora di più la loro durezza di vongole povere, ben lontane dalla finezza malaticcia delle vongole ricche, delicate di colore e di salute. In cambio i tartufi esigevano denti, masticazione seria, prima di rivelare i sapori profondi nascosti nei loro aspri tessuti. Affogò il riso in un soffritto di cipolla preparato prima nella casseruola. Passò il brodo di pesce e gettò via le erbe aromatiche. Filtrò il sugo lattiginoso lasciato dalle vongole e attese che si raffreddassero i gusci per strappargli i corpi cotti e ridotti a misura umana. I frutti di mare, quando sono crudi, sono esseri incompiuti, e soltanto il calore della morte gli concede dei limiti, dei volumi definitivi. Preparò un pesto abbondante di aglio e prezzemolo. Dopo un'occhiata all'insieme, perché il piatto fosse pronto all'arrivo degli invitati, se ne andò nella sua stanza per estrarre una valigia dal suo sonno di armadio profondo e riempirla con cinque cambi, il servizio da toilette ed una scatola di sigari di Palma, omaggio del suo penultimo cliente. Verificò la pistola e provò quattro o cinque volte la molla del suo pugnale a scatto. Dopo si distese sul letto, un occhio al camino spento e l'altro alle luci crescenti della città. Mise alla prova la sua forza muscolare per scattare in piedi di un solo balzo. Dovette farlo in due riprese, così si ridistese per ritentare la prova. Ci riuscì e si diresse alla biblioteca piena di tacche e di avvallamenti, di libri deformati da una cattiva posizione o da una eccessiva asfissia imposta dai libri pesanti. Scelse *Il problema dell'alloggio* di Engels, del quale lesse soltanto: « Terza parte: informazioni complementari intorno a Proudhon e al problema dell'alloggio » per decidere che avrebbe ben meritato il fuoco. Strappò il libro in tre pezzi, sgualcì le pagine per gonfiarle e permettere una migliore combustione, ed iniziò ad alzare la catasta di carta e rami sulle rovine di uno dei libri più inconsistenti di Engels. Il fuoco si alzò come una lingua incalzante e a Carvalho fu subito evidente che molti giorni sarebbero trascorsi prima di ritrovare quella cerimonia, giorni che avrebbero giovato a favore della passiva resistenza della sua biblioteca a farsi incendiare alla velocità voluta come giusto castigo a tante verità inutili e incomplete che conteneva. Decise dunque di permettersi un atto gratuito e di bruciare senza appello un libro nel falò. Non scelse a caso: cercò nello scaffale della Stilistica e Critica Letteraria per sorprendere un'antologia di pretesa poesia erotica castigliana dei benemeriti signori Bernatán e García, rei di aver scelto versi castigati e castratori di qualsiasi lembo di pelle ben disposto a ogni sia pur minima sollecitazione erotica. Il fuoco inghiottì il libro leccandosi i baffi e Carvalho tornò a letto, soddisfatto di aver risparmiato agli uomini futuri quell'informazione perturbatrice sugli usi e abusi erotici della Spagna del secolo XX. Squillò il telefono:

– José Carvalho?

– Sì.

– La consigliamo, per il suo bene, di non fare sciocchezze.

– Si sta riferendo al libro bruciato? Chi è lei, Bernatán o García? Oppure Engels?

– Non faccia lo spiritoso. Lasci in pace i morti e specialmente il morto che lei sa. Se lo meritava. Non riceverà più avvertimenti.

Era una voce di poliziotto da film di Bardem, ammesso che a Bardem avessero lasciato girare un film con poliziotti veri. Carvalho si riempì un bicchiere di acquavite ghiacciata e con questo nella mano accolse Enric Fuster.

– Ti ho portato tartufi di Villores conservati nel cognac.

– Che cosa hanno di particolare i tartufi del tuo paese più degli altri?

– L'aroma.

Fuster si stropicciò le mani vedendo il fuoco acceso e poi si portò un dito alla tempia vedendo l'anima carbonizzata del libro gettato alle fiamme.

– Ne hai già parlato con uno psichiatra?

L'amministratore gli tese una ricevuta di pagamento dell'imposta sui redditi.

– Non hai sbagliato cliente? Sei sicuro che questa sia la mia?

– *Vertumnis, quotquot sunt natus iniquis*, diceva il grande Orazio.

– Un'avvertenza. Se vuoi che ti paghi devi assistere quale testimone al mio incontro con un pezzo grosso comunista. Voglia o non voglia, tu devi fare da testimone e poi star zitto come una tomba su tutto ciò che ascolterai. Il fatto di star zitto come una tomba non è una frase fatta: mi hanno appena minacciato per telefono.

– In che guaio ti sei messo?

– L'assassinio di Garrido. Io indago per incarico del partito.

– Fai carriera, Pepe. Finirai come superman in un romanzo di Le Carré.

– Che pensi di questa faccenda?

– Ci possono essere 500 o 600 motivi e circa due milioni di candidati come assassini.

– Una stanza chiusa con le entrate sorvegliate dal servizio d'ordine. Dentro la stanza centoquaranta membri del Comitato Centrale, centotrentanove dei quali possono essere gli assassini. Ecco tutti i dati del problema, salvo che qualcuno sia riuscito ad eludere la sorveglianza, entrare, ammazzarlo e uscire di nuovo. La cosa più verosimile è che l'assassino stesse dentro e si servisse di complici per spegnere la luce.

– Che dice il partito?

– Si rifiuta di ammettere che l'assassino potesse stare all'interno della sala.

– Sembra un caso da giallo inglese.

– Il caso tipico di un assassinio in una stanza chiusa dal didentro e senza possibilità di uscita. Ma nei gialli inglesi l'assassinato è l'unico che c'è nella stanza. In questo caso invece è in compagnia di centotrentanove compagni. Sembra più una barzelletta di cinesi o di scozzesi che un romanzo poliziesco inglese.

Salvatella premette il campanello con la stessa gentilezza con la quale offrì a Carvalho un omaggio, secondo lui modesto ma interessante: la riproduzione in facsimile dei primi numeri di « Horitzons », una rivista culturale clandestina nata sotto il franchismo. Carvalho si ripromise di bruciarla verso il 1984 insieme all'opera di

Orwell. Mentre raggiungevano l'entrata attraverso il giardino ghiaioso lo avvertì della presenza di Fuster.

– Non ci faccia caso. È il mio socio. Non ho segreti per lui. Segreti professionali, s'intende.

Sottolineò la parola socio quando fece le presentazioni, e le sopracciglia bionde di Fuster formarono un angolo mefistofelico dietro gli occhiali calati sul naso, che gli permettevano di conservare un'aria di studente sorboniano afflitto da una calvizie fratesca. Ignorò la conversazione di Fuster e di Salvatella mentre riscaldava il riso intriso nella cipolla, aggiungeva il brodo lasciato dalle vongole e un po' di quello di pesce affinché la massa di riso fosse ricoperta da un dito di liquido. Aspettò che iniziasse il bollore, mantenne alta la fiamma per dieci minuti, poi la abbassò e quindi sparse le vongole sulla superficie del riso, per decorare alla fine il piatto col battuto floreale di aglio e prezzemolo. Fuster intanto faceva gli onori di casa a Salvatella con *Jerez* freddo e olive farcite di mandorle. La conversazione si addentrava nei meandri del confine tra Castellón e Aragón, angolo privilegiato del mondo dove Fuster era nato e da dove era venuto via per studiarc a Barcellona, Parigi, Londra in un viaggio che si augurava fosse di andata e ritorno. Salvatella faceva domande molto interessate sul valenzianismo anticatalano. Si sarebbe detto che prendeva appunti se non avesse avuto la mano occupata a tenere il bicchiere, che Fuster alimentava con lo zelo di un cameriere d'operetta, e a inseguire le olive con il loro dente di mandorla. Dopo elogiò la scelta del *Viña Esmeralda*, facendo mostra della sua erudizione nel menzionare il libro dei vini scritto dal produttore e rimase estasiato nel portarsi alla bocca la terza forchettata carica di riso aromatizzato dalle vongole e dall'aglio e prezzemolo.

– È l'antitesi del riso alla valenziana. Semplicità di fronte al barocco – concluse Salvatella, e i cenni affermativi della testa di Fuster dettero il definitivo assenso a tale conclusione.

– Voi comunisti catalani siete sempre comunisti? Adesso, per esempio, in piena digestione, dopo una cena che suppongo piacevole, lei è comunista?

– Probabilmente sì, ma non come lei s'immagina. Io sono qui perché sono comunista e il fatto di esserlo mi ha portato qui. Mi trovo bene con voi, ci unisce una simpatica esperienza vissuta insieme. La possibilità di conversare. Ma non appena lei inizierà a farmi domande sul partito reagirò secondo l'impegno di uomo del partito.

– E lei mi risponderà ciò che considera interesse del partito.

– Al partito interessa scoprire l'assassino di Garrido. È stato un assassinio contro il partito, contro la classe operaia, contro la democrazia. Pertanto non c'è antagonismo tra quello che lei vuole sapere e quello che io devo dirle, sebbene debba avvertirla che io non potrò esserle utile quanto i miei compagni del PCE. È un partito fratello, ma è un altro partito. Risponde ad altre realtà.

– Supponiamo che non sia stato un crimine emotivo, una vendetta personale, insomma. Supponiamo che sia stato un crimine politico. Per cosa? A qual fine?

– Screditare il partito. Lasciarlo senza un capo storico che lo ha guidato per quasi trent'anni. Le sembra poco?

– Mi sembra insufficiente, a meno che non sia il primo passo di un processo di destabilizzazione, come voi dite, per cambiare il sistema politico. Sempre che l'assassino venga da destra. Senza questo fine, mi sembra un gesto eccessivo, privo di senso. Voi, oggi come oggi, non siete una minaccia per la destra; siete una minaccia potenziale, latente, ma non c'è bisogno di sterminarvi. Non siete neanche una alternativa di potere.

– Ci sottovaluta. Forse non abbiamo un peso rilevante, quantitativamente parlando, ma è certo che abbiamo una importante presenza qualitativa. Quando si esce da una dittatura, quale che sia, i soli veramente organizzati sono quelli che hanno combattuto sistematicamente contro quella dittatura. Nel caso della Spagna eravamo noi comunisti. Questo ci rende indispensabili in ogni strategia di sinistra e per qualsiasi processo di rafforzamento democratico. Logicamente i socialisti si rimpinzano di voti che rispondono a tendenze sociali invertebrate. I nostri voti corrispondono a tendenze sociali vertebrate. È un voto difficile, poco sfruttabile a breve termine, implica un alto livello di coscienza politica, e quindi una capacità di azione politica superiore a quella del voto socialista, sebbene quest'ultimo sia quantitativamente maggiore. Questo da un lato. Dall'altro, non dimentichi che noi spalleggiamo e influenziamo la prima forza sindacale della nazione.

– Per adesso.

Salvatella accettò amabilmente la frecciata di Fuster.

– È vero, per adesso. Sono state convocate le elezioni sindacali e la lotta tra le Commissioni Operaie e UGT sarà cruenta.

– Potevano attentare alla vita di Garrido per strada o cercare di screditarlo organizzandogli contro una campagna, oppure creando problemi interni. Non sarebbe stata la prima volta. Perché un assassinio che porta la nazione sull'orlo dell'abisso? Perché in uno scenario che colpevolizza collettivamente tutto il partito?

– Ha letto i giornali di oggi?

– Li ho sfogliati appena.

– Legga la stampa madrilena. È direttamente collegata con i gruppi di pressione politici ed economici. Là, danno ormai per scontata la colpevolezza dei comunisti in questo parricidio; più esattamente *Parricidio comunista* mette come titolo « Ya », giornale della destra democristiana e della Chiesa. « ABC », giornale in contatto con gli ambienti finanziari e con Casa reale, scrive: *Regolamento di conti nel Comitato Centrale.* « Cambio 16 », una rivista molto importante e legata ad ambienti che determinano le mode politiche di palazzo reale, scrive: *La lotta per il potere.* « El País » tenta di razionalizzare i fatti; non per niente l'editorialista è un famosissimo ex comunista, ma una certa malignità trapela anche dalle sue righe: *L'opposizione a Garrido cresceva all'interno del partito.*

– Cresceva davvero l'opposizione?

– Garrido era tanto discusso quanto indiscutibile.

– Come un Papa di Roma.

– O come un segretario generale del PSOE o come un presidente dell'UCD o della SPD o del partito conservatore britannico. I leaders non sono capricci arbitrari imposti dalla moda o dal sorteggio: sono il risultato di una selezione naturale in sintonia con le necessità di ciascun partito.

– Lei c'era alla riunione del Comitato Centrale?

– Sì.

– Fu tutto normale fino al momento dell'assassinio?

– Normale.

– E dopo? Che ha pensato quando ha visto il cadavere di Garrido sul tavolo?

– Tutto, eccetto che era stato assassinato. Poi, con altri, ho formato un picchetto perché nessuno uscisse dalla sala o vi entrasse. Abbiamo controllato se tutti i presenti in quel momento facessero parte del Comitato Centrale.

– E allora?

– Questo già comincia ad essere un problema suo.

– Lei è stato giudicato a Barcellona verso la fine degli anni cinquanta. Condannato a un secolo di carcere. Liberato alla fine del sessanta. E poi?

– Sono passato alla clandestinità e ci sono restato fino alla legalizzazione, nel 1977. È una storia quasi normale nel nostro partito. Quando si riunisce un Comitato Centrale, si riuniscono più di cinque secoli di condanne.

– Lei è sempre stato un capo dell'organizzazione.

– No, non sempre. Lo sono dal 1941, quando organizzai la resistenza a Rosellón. Sono un capo nel senso leninista della parola. Il mio lavoro consiste nel fare la rivoluzione. Prima in montagna, poi in carcere, poi agli angoli della città, con il bavero dell'impermeabile alzato. Adesso seduto dietro ad un tavolo a preparare l'emendamento di un progetto di legge elettorale.

– Ha qualche lagnanza contro il partito?

– Contro me stesso?

– C'è chi comanda più di lei.

– Più di me comanda il Comitato Centrale, che decide democraticamente. Tanto l'Esecutivo che il segretario generale si limitano ad interpretare le decisioni del Comitato Centrale.

– Sembra un racconto di fate.

– Lei sa benissimo che i racconti di fate spesso sono anche racconti di streghe.

Salvatella rideva della sua spiritosaggine senza trattenersi, come se si liberasse da un linguaggio collettivo e ritrovasse la sua personale capacità dialettica.

– La comunione dei Santi, il perdono dei peccati, la redenzione della carne, la vita eterna... – recitò Fuster.

– Amen – concluse Salvatella, ed era evidente che considerava chiusa la riunione, perché tendeva la mano, ringraziava per la cena, avvertiva che i « compagni » avrebbero aspettato Carvalho all'aeroporto, a qualsiasi ora arrivasse.

– Come li riconoscerò? Verrà Santos?

– Meno la vedono insieme a Santos, meglio è. Staranno di guardia all'arrivo del Barcellona-Madrid.

Carvalho lasciò per ultimo la stoccata finale.

– Mi hanno minacciato per telefono. Mi hanno detto che o lascio perdere questo caso o mi ammazzano. Che io sappia, di questo accordo eravamo a conoscenza soltanto Santos Pacheco, lei ed io.

Salvatella non rispose subito:

– Possono averci seguito.

– Eravate più in gamba al tempo della clandestinità.

– A volte, non sempre.

Aveva letto qualcosa sull'argomento, come un malato che divora libri di medicina sulla sua malattia o un condannato a morte che finisce per conoscere il codice penale meglio del suo avvocato. Niente somiglia di più a un ex comunista di un ex prete. Peccare contro la Storia o peccare contro Dio, che differenza c'era? La letteratura si era impegnata a fare una classificazione di casi possibili. Koestler o il rinnegato. Orwell o l'apostata. Bukharin o l'autoimmolato. Il caso di Carvalho non sarebbe mai stato motivo di studio, forse perché rappresentava un caso più che normale in tempi in cui la Storia si vive senza eccessivi drammatismi, e in cui, in aggiunta, uno rompe con il proprio mondo orientando la sua vita in funzione di prospettive diverse. Lasciare il partito per essere lettore di spagnolo in una Università mediocre del Middle West, entrare come traduttore in un ufficio informazioni del Dipartimento di Stato, ricevere un giorno l'offerta di lavorare in missioni speciali di informazione e guardarsi improvvisamente allo specchio per scoprirci dentro un agente della CIA che sta viaggiando per mezzo mondo, accumulare scatti di anzianità e ritornare forse un giorno a casa a vivere come un pensionato. Durante gli interrogatori nella *Brigada Social* non gli sembrò mai di essere l'eroe della sua stessa storia, ma una rotella dell'ingranaggio che doveva resistere, e adempiere la missione perché lo stesso ingranaggio non si rompesse. Quando lo picchiavano e lo sporgevano fuori dalla finestra minacciandolo con il vuoto, mentre Fonseca mormorava dal fondo della stanza: « Meriteresti di essere scaraventato giù », egli si comportava con la sicurezza che la sua poca importanza gli consentiva. Le grida che venivano dagli altri uffici quando si apriva la porta lo immergevano nella fatalità di una situazione che sfuggiva ad una qualunque possibilità di scelta. Poi, mentre lo riportavano in carcere nel cellulare, accettò la sigaretta che Cerdán gli offriva: vedendo quella mano ammanettata con la sua, si rese conto che anche lui era ammanettato, e un'angoscia di ghigliottina gli tagliò i polsi. Cerdán era un leader. Un leader promettente che aveva assimilato il linguaggio del partito e permetteva a quest'ultimo di riconoscersi in lui.

– Per lo meno sono sfuggito al processo per indisciplina – disse Carvalho quando poté buttarsi sul pagliericcio della cella che divideva con Cerdán e con un operaio della fabbrica al quale avevano rotto la clavicola durante gli interrogatori.

– Dimenticalo. È stato un malinteso.

– A cosa mi avreste condannato?

– Sono tempi duri, Pepe. Se giudichi duramente l'incomprensione degli altri, devi giudicare altrettanto duramente la tua incomprensione.

Figlio di buona donna, aveva sempre una risposta a tutto. Sei settimane prima della condanna di Stalin al XX Congresso aveva demolito punto per punto tutte le critiche che Carvalho faceva allo stalinismo. Poi, aveva dimenticato il suo recente passato stalinista con la velocità con cui i bambini dimenticano i loro peccatucci. Che fioriscano i mille fiori e viva il realismo senza frontiere. Mentre Carvalho, sdraiato, guardava la luce del cielo proiettata sul soffitto della cella, Cerdán organizzava un corso sull'influenza di Ricardo su Marx e spiegava agli operai quale ruolo avesse avuto lo « sciopero nazionale pacifico di ventiquattr'ore » nella caduta del fascismo, nell'« ... attacco alla contraddizione di fondo », come si diceva allora. Cerdán parlava con il naso quando si rivolgeva agli altri sacerdoti dello spirito; quando invece parlava alla classe operaia sembrava una maestra elementare che spiega che i tavoli hanno quattro zampe e che i palloni sono rotondi.

– Quando uscirò di prigione chiederò di essere « dispensato » e magari andrò a lavorare in una fabbrica. Marx dice che non si possono capire i problemi della gente se non mangi il suo pane e non bevi il suo vino. Tu che farai? La carriera universitaria mi sembra una prova di egoismo individualista, una manifestazione di personalismo evasivo. Che farai?

Carvalho abbassava lo sguardo dal tetto o dal cielo per guardare Cerdán che faceva ginnastica tutte le mattine nel breve spazio lasciato dal tavolaccio e dal pagliericcio su cui dormiva l'operaio della fabbrica. Faceva ginnastica, chiedeva libri di Algebra Moderna e di Logica Matematica, studiava il tedesco, non mangiava niente che non gli fornisse le vitamine e proteine sufficienti per uscire da lì e non mancare allo « sciopero nazionale pacifico di ventiquattr'ore ».

– Figurati se fosse di dodici ore. O di trentasei.

L'operaio della fabbrica rideva tenendosi lo stomaco con una mano e la clavicola con l'altra, ma Cerdán si limitava a stringere i denti amabilmente, gesto accettabile e molto più gradevole di quando stringeva i denti senza amabilità sia per prendere sufficiente coscienza di se stesso sia per lanciarsi in un lungo discorso sulla identità tra morale individuale, morale di classe e morale storica.

– Non sta bene introdurre il disfattismo tra gli operai. E ancor meno qui – gli disse Cerdán in privato, forse nella doccia, dove il leader si esponeva al getto ghiacciato con la precisione di un orologiaio.

Poi asciugava il suo corpo piccolo, bianco, muscoloso, sormontato da una testa di uccello triste, con i capelli tagliati alla tedesca, lo asciugava alla ricerca di un resto di umidità o di una qualche irregolarità nel termostato interiore che potesse aver guastato la sua macchina per pensare e fare la rivoluzione. Doveva esserci qualche misteriosa sostanza nel suo corpo perché, quando defecava nella tazza in comune ai tre compagni di cella, la sua merda era quella che puzzava di meno e solo infastidiva un bouquet finale alla liquerizia, che Carvalho attribuì all'olio di fegato di merluzzo che la famiglia gli mandava perché Cerdán conservasse il suo aspetto di animale giovane, malato di integrità mentale.

– Il carcere non è piacevole. Non ti dà un certificato di capacità combattente. Comunque è un'esperienza necessaria nella vita di un rivoluzionario. A te ha fatto un favore enorme.

– Perché?

– La tua condotta fuori aveva suscitato sospetti. Ti hanno persino visto un giorno uscire da via Layetana, e nelle alte sfere mi dissero di sorvegliarti perché potevi essere un confidente.

Dietro il revival di ricordi, suonavano gli inappellabili catenacci. Ferivano ogni angolo dello spirito come colpi d'ascia contro piccoli uccelli. Nella posizione di attenti, in attesa che il funzionario li controllasse e poi chiudesse la porta, Carvalho mormorò:

– Continua.

– Ti misi in quarantena. Parlai con molti compagni perché stessero in guardia, anche se li avvertii che poteva trattarsi di un errore; adesso certo non ci sono più dubbi.

Erano cinque anni che si conoscevano. Cinque anni passati a scambiarsi valigie dal doppio fondo, a prendere contatti con gli esterni che penetravano in Spagna per uscire poi dallo stesso tunnel di entrata sfiduciati per quello che non avevano potuto sapere da « Mondo Operaio » o da Radio-Spagna-Indipendente. Cinque anni trascorsi a scoprire insieme Marx, Sartre, Brassens, Sciostakovich, Majakovskij, Lefebvre, Pratolini, Ostrovski, Sciolokov... Quando ebbe terminato il suo bilancio e la cella fu richiusa, Carvalho aspettò che Cerdán si voltasse per dirgli:

– Sei un gran figlio di puttana.

Cerdán gli rispose con un sorriso conciliante, il sorriso che si rivolge a coloro che non saranno mai al nostro livello, malgrado tutto quello che facciamo per loro. Un mese dopo trasferirono Cerdán a Burgos e Carvalho non sfuggì ad un abbraccio da finale di film sovietico. Cerdán avanzò lungo il ballatoio del carcere assumendo una certa aria marziale, nonostante l'avessero costretto ad indossare un enorme vestito grigio da ergastolano cucito malamente.

Nel giornale che gli aveva dato la hostess dell'aereo per Madrid, si diceva che Justo Cerdán era stato interrogato a proposito dell'assassinio di Fernando Garrido. Il giornale riassumeva la biografia del dissidente del PCE, ora dirigente dei movimenti radicali extraparlamentari e feroce critico del riformismo di Garrido. Sebbene non fosse ritenuto direttamente implicato nell'assassinio, si sospettava che l'influenza di colui che in altri tempi era stato indicato come delfino di Garrido continuasse a pesare in ampî settori del partito. L'assassinio, insomma, poteva essere il frutto di una cospirazione interna per farla finita con il lungo mandato di un dirigente considerato funesto dai settori più estremisti dell'apparato.

Si aspettava un comitato di ricevimento guidato da qualche vecchio operaio riciclato da funzionario del partito, e invece fu ricevuto da due ragazzi appena usciti da una commedia di costume borghese. E anche se non lo chiamarono « vecchio mio » o « carissimo » non fu certo per loro volontà, prudentemente frenata dalle istruzioni impartite dalla direzione. Siete utilizzati per depistare e far cadere sul nuovo venuto i sospetti della Squadra Antinarcotici, non della Squadra Antiterrorismo. I ragazzi cercavano di comportarsi bene con lui, e addirittura gli offrirono qualcosa al bar dell'aeroporto, caso mai non avesse fatto colazione.

– Preferisco veleni più diretti. Più rapidi.

Avevano un senso dell'humor molto diverso, separati da venti anni di degenerazione linguistica. Carvalho si astenne quindi dal ricorrere alla scuola di dialogo degli sceneggiatori stile hollywoodiano dei mitici anni trenta-quaranta e si attenne al linguaggio da dirigente giapponese:

– Dove si può mangiare decentemente, qui?

– Lo sa Fermín.

– Bisogna chiederlo al cugino di Fede.

– Macché, ma che dici, il cugino di Fede non ci sta più a Castelló.

– Magari lo chiede a quelli dopo, quando cambiamo macchina.

L'autostrada di Barajas offriva al viaggiatore la sua vetrina architettonica in cui si riassumevano dieci anni di assoluta fiducia della nazione nei suoi architetti, prova di fiducia che la suddetta nazione non aveva mai concesso a nessun altro gruppo sacerdotale equivalente. Arrivata all'altezza di Torres Blancas, la macchina sterzò a destra bruscamente e zigzagò tra utilitarie piene di mamme tinte di biondo per giustificare il biondo dei loro figli.

– Tutti i bambini di Madrid sono biondi?

– Non lo so mica che è successo, ma adesso saltano fuori tutti uguali.

– La contaminazione.

– Sicuro, la contaminazione. Boh, sarà così.

La macchina si fermò.

– Entri in quel caffè, vedrà una ragazza seduta che

legge « Diario 16 ». Si presenti e lei l'accompagnerà.

La ragazza alternava bocconcini di brioche a piccoli sorsi di cappuccino, senza far caso al tonnellaggio dei clienti che facevano colazione intorno a lei, unico essere umano seduto nel bar.

– Ha fatto buon viaggio?

Poi il tragitto nell'850 favorì un'amena conversazione su quanto poco aveva piovuto ultimamente a Madrid e quanto invece aveva piovuto in tempi andati, per esempio quando lei era piccola. Aveva belle gambe anche se un po' magre e la frangetta le permetteva di iniziare il viso con due splendidi occhi cerchiati, patetici come la sua magrezza alla Audrey Hepburn e accentuata da un insieme nero e lilla.

– In quale hotel mi avete prenotato?

– Uno vicino all'Opera, ma non devo portarla lì. Santos l'aspetta in una casa privata.

Sulle facciate risaltavano le scritte: COMUNISTI, ASSASSINI.

– Quelli di « Forza Nuova » hanno passato tutta la notte a scrivere sui muri – lo informò Carmela; – sì, mi chiamo Carmela. A Barcellona il traffico è spaventoso come qua? Voi catalani avete fama di guidare meglio –. Era molto tempo che qualcuno non lo definiva catalano. – Barcellona è un'altra cosa. È Europa. Così si dice, no?

– Credevo che non si dicesse più.

– Si dice, eccome. Soprattutto se parli con un catalano. Non so perché, ma si dice.

Carmela fermò la macchina davanti ad una casetta di via Jarama. Scese dall'auto, guardò a destra e a sinistra, lo invitò a seguirla oltre la cancellata di un giardino interamente occupato dal tronco e dall'impalcatura dei rami spogli di un salice. Salutò a mezze parole uno spilungone che passeggiava su e giù per l'androne con le mani dietro la schiena, e salì la scalinata di granito con una leggerezza tale da obbligare Carvalho a salire le scale a due a due. Dietro la porta tappezzata di stoffa e bulloni dorati lo aspettavano Santos e un vecchio tarchiato che esaminò Carvalho con la diffidente esperienza di un sergente.

– Il signor Carvalho, Julián Mir, responsabile della sicurezza. Avremo un breve incontro per fissare il programma immediato. Carmela poi l'accompagnerà in albergo, e appena lei vorrà cominceremo a muoverci secondo le sue istruzioni.

Carvalho voleva vedere il luogo dell'assassinio, una pianta della sala, l'ubicazione dei membri del Comitato Centrale ai tavoli, tutti i dati possibili sulle persone riunite là quel giorno.

– Questo è tutto?

– Per il momento è tutto.

– Prima che finisca la mattinata devo presentarla al funzionario che il governo ha nominato per tenere i contatti tra lei e Fonseca. Un incontro con Fonseca sarà inevitabile. Lei si sposterà per Madrid con la macchina di Carmela e solo con lei come unica compagnia, almeno in apparenza. Dico apparenza perché sarete sempre seguiti da un'altra macchina con due compagni. I due che sono venuti a prenderla all'aeroporto. Dalla finestra non si vedono, ma sono parcheggiati lì all'angolo. Lei potrà mettersi in contatto con me o con Julián attraverso Carmela, sempre che lo voglia, e a qualsiasi ora. Tenga, per le prime spese.

Santos gli tese una busta, e Julián Mir, perché la firmasse, una ricevuta di 50.000 pesetas.

– La terremo lontano dalla sede centrale del partito. Ci sono almeno due o tre servizi paralleli che ci hanno messo il naso, a parte gli scagnozzi di Fonseca. Lo sappiamo perché ce l'ha rivelato il delegato governativo in persona. Non possono fare niente per impedirglielo.

– Quelli sono buoni solo a impedire i picchetti degli operai! Stanno lì per questo.

Carvalho si chiese se il malumore di Mir era congiunturale o apparteneva alla sua abituale maniera di vedere la realtà.

– Mi hanno minacciato per telefono. Non mi hanno detto perché, ma il motivo è evidente.

Mir scosse la testa, come se le parole di Carvalho confermassero alcune sue vecchie congetture. Santos abbassò le palpebre in segno affermativo, e soltanto allora Carvalho si accorse che aveva le ciglia bianche come i capelli.

– Qualcosa mi ha già detto Salvatella per telefono.

– Qualcosa no. Le avrà detto tutto. Chi è al corrente del lavoro che farò?

– Il segretario del Comitato Esecutivo. Cioè sei persone a Madrid, più Salvatella a Barcellona. Non lo sanno neanche i nostri compagni della direzione catalana, eccetto Salvatella che è servito da intermediario.

– Allora?

– Tutti i nostri telefoni di solito sono sotto sorveglianza. Adesso più che mai.

Mir si lagnò:

– Il governo?

– E chi lo sa. Il governo è più nervoso di noi. O almeno così fa vedere. Mi consta che hanno rafforzato le misure di sicurezza e che hanno messo in atto un piano preventivo anti colpo di Stato. L'assassinio di Fernando può essere un segnale d'allarme. In ogni caso non abbiamo parlato della sua faccenda per telefono. Ci hanno seguito, non c'è altra spiegazione, e vedendo che prendevamo contatto con lei si sono resi conto del nostro proposito.

– Chi?

– Se avessi la risposta, probabilmente avrei la risposta all'assassinio di Fernando.

– Io ti avevo avvertito – lo accusò Mir con un dito.

– Noi abbiamo preso tutte le precauzioni, le stesse del tempo della clandestinità. Non perché credevamo che il suo incarico rimanesse per molto tempo segreto, ma per guadagnare almeno il tempo sufficiente perché lei potesse muoversi a suo agio per Madrid. Non si preoccupi. La sua scorta è armata. Abbiamo ricevuto anche l'autorizzazione governativa.

– Questo complicherà la questione economica.

Mir lo guardò come se avesse davanti a sé uno sfruttatore della classe operaia. Santos, viceversa, lo guardava con un occhio semiaperto, cercando di calcolare quanto valesse la vita di Carvalho.

– Lo sconto glielo chiederemo quando ci passerà la fattura. È una prova sicura che noi possiamo pagarla e che lei vivrà per incassarla.

– Alcuni anni fa, non so dove, ho letto che voi siete degli ottimisti.

Santos non gli lasciò l'ultima battuta e disse alle spalle di Carvalho che lasciava la stanza:

– Comunque tenga a mente: nessuno sa guardarsi meglio di se stesso.

– E tu chi pensi che abbia ammazzato il vecchio?

Carmela accolse il tu del suo compagno con un sorriso di sollievo.

– Beh, non lo so, perché ultimamente non si è mica ammazzato tanto. È diventata una cosa talmente moscia: pizzosa assai, parlamentare arrivato, mi spiego?

La macchina percorreva via Serrano tra tassisti che chiacchieravano con i loro passeggeri e sollecitavano le loro macchine ad avanzare picchiando grandi colpi sul volante con l'una o l'altra mano, accompagnando la conversazione con quella libera. La ragazza guidava seccata per i troppi incarichi: dimostrare che le donne guidano bene, portare il più presto possibile Carvalho al suo albergo e verificare che l'auto di scorta non rimanesse indietro bloccata da qualche semaforo.

– Sai, questa città è un casino per chi deve tenerti dietro. Già, vorrei vedere un film americano di gangsters girato a Madrid.

– Sei una professionista?

– Di taxi? Ho la faccia da tassista?

– No. Del partito.

– Se guadagnare trentaseimila pesetas lavorando a tempo pieno, e magari anche di notte, senza vacanze tranquille, senza straordinario, né mutua, se tu questo lo chiami essere una professionista, allora, sì, sono una professionista. E inoltre attacco manifesti nel mio quartiere e in più gli presto il bambino gratis.

– Quale bambino?

– Mio figlio. È portatile, e così me lo porto a tutte le manifestazioni a favore del divorzio e dell'aborto. Perché quelli della Tele vedano che quando bisogna partorire, partoriamo anche.

– Il bambino è d'accordo?

– Al bambino gli sta bene tutto. Per esempio anche

se lo porto a una manifestazione contro i panini al tonno, e invece a lui piacciono quelli coi würsteln. Parlando seriamente...

Tornò sul terreno della sua responsabilità storica: con gli occhi seri rivolti verso Carvalho e un tono di voce da Michele Strogoff, corriere dello zar:

– Lavoro al Comitato Centrale e mi hanno comandato qui perché ritengono che così tutto sembrerà più normale.

Portava calze biancastre, forse per dare maggior risalto a delle gambe al limite della magrezza o per nascondere i reticoli di vene azzurre che trasparivano su quella pelle diafana, tirata sugli zigomi, come a far posto a un paio di occhi neri ben truccati, enormi, che si mangiavano lo spazio di un naso incredibilmente piccolo e di due guance che nel sorridere dovevano chiedere permesso alla bocca, lasciando una leggera ruga tesa come un arco agli angoli delle labbra continuamente umettate da una minuscola lingua. Una vetrina piena di formaggi sostituì la faccia di Carmela. In fondo alla strada apparve a destra una piazza dominata dall'edificio dell'Opera, un palazzo corto di corpo, alto di zampe, con una spalla più alta dell'altra e indubbiamente stretto di vita.

– Escalinata – mormorò Carvalho quando la macchina fu all'altezza delle scale che portavano a via Escalinata.

– La conosci?

– Ci stavano degli amici miei molti anni fa. Un pittore e la sua protettrice e la figlia di questa, appena arrivata dall'Egitto.

– Interessante. Era una mummia la ragazza?

– No, ballerina di flamenco. Il suo repertorio erano le sivigliane, e in Egitto piacciono molto le sivigliane.

Dalla vetrina di un negozio di oggetti musicali un

pensoso Beethoven di gesso non mostrò nemmeno l'intenzione di salutarli. La strada si aprì alla prospettiva della piazza d'Oriente, ai suoi cieli goyeschi e scenografici, ma fu un istante, perché Carmela costeggiò l'Opera e infilò la piazza puntando con il muso della macchina contro il cartellone del film *Kramer contro Kramer*.

– Ecco il tuo albergo. Ti abbiamo riservato una stanza per una settimana, intanto. L'abbiamo prenotata a nome di Selezione Progresso S.P.A. e non a nome del partito. Senti, qui non mi posso fermare e non c'è parcheggio per aspettarti in macchina.

– Non aspettarmi.

– Senti, nemmeno per sogno. Tu sei sotto la mia responsabilità, e poi quelli là ci seguono.

– Vorrei passare per la camera ardente.

– Niente camera ardente, bello. Vero che nel partito ci sono dei preti e forse anche dei vescovi, ma ancora non allestiamo camere ardenti per i segretari generali.

– Lascio la valigia e torno. Fa il giro dell'albergo.

L'albergo Opera aveva la dignità di un hotel inglese oppure olandese ben inserito nel collage storico della piazza. I mattoni della sua facciata non avevano il color ocra polveroso dello stile aragonese, ma somigliavano piuttosto a quelli delle nuove case di Amsterdam, Rotterdam o Chelsea, che cercano di ridurre il volume senza perdere il ritmo visuale dell'architettura tradizionale né cadere nella deprecabile intolleranza estetica del cemento armato. L'hotel formava un angolo di strada che chiedeva scusa al neoclassico decadente e specialmente al gobbo edificio dell'Opera: sembrava più un magazzino per torce elettriche dei vopos della Unter der Linden. Lasciò la valigia nelle mani di un inserviente non troppo convinto della giornata che lo aspettava e ritrovò il calore della macchina e di Carmela.

– Meno male che sei tornato presto, sennò era un macello. Quei due mi hanno vista ripartire per fare il giro e subito mi hanno lampeggiato. Li ho mandati a quel paese. Potrebbero avere più intuizione, dico, o almeno un po' di rispetto per l'iniziativa altrui. Alla camera ardente, hai detto?

– Dove sta?

– Non disponevamo di nessun locale nostro che si prestasse. Quasi tutti sono in appartamenti di condominio, e pensa tu il bordello. Ci hanno concesso l'atrio delle Cortes. Io ti mollo in piazza di Cánovas angolo via San Jeronimo e ti aspetto allo stesso punto. Ma non metterti in fila, sennò non arrivi più e abbiamo due appuntamenti per stamattina.

Girò di nuovo intorno all'Opera e sboccò nella piazza d'Oriente, una piazza lenta e dal sapore francese. Per contrastare questo francesismo, si chiamava Bailén la strada che separava il palazzo dalla piazza, nata per contemplare il palazzo, criticarlo, distruggerlo. Il tragitto per la Gran Vía, Alcalá e il Paseo del Prado gli mostrò una normale vita cittadina, appena scossa dalla presenza di jeeps e di camionette blindate della polizia parcheggiate in Plaza de España, il Callao, la Red de San Luís, a tutti i crocicchi e confluenze di strade importanti.

– Molta pula.

– Hanno fatto cordone intorno alle Cortes, caso mai agli ultras saltasse in mente di occuparle.

Carvalho scese dalla macchina, risalì la strada in direzione dei tetri leoni che inquadravano l'entrata del palazzo delle Cortes; saliva parallelamente alla fila di gente in attesa di rendere omaggio al morto, tutti addossati al muro per le continue e pressanti raccomandazioni della polizia. Un sergente lo tirò da una parte afferrandolo per un braccio, mentre gli gridava in turco di non stare lì imbambolato davanti alla scalinata, che facesse la coda o filasse via. Attraversò la strada e dal marciapiede opposto ebbe la prospettiva della fila, simile ad un animale compatto che penetrava nel palazzo e poi ne usciva con lo scheletro frantumato, come se all'interno dell'edificio qualcosa avesse spaccato la sua coerenza. Non mancavano né lacrime né espressioni dure di sfaccendati, e neanche facce con l'aria di essere lì di passaggio o per caso.

– Cos'è che danno oggi? – gli chiese un simpatico tipo conigliesco con i buchi del naso enormi e pieni di peli.

– Sorbe.

Il tipo abbassò i buchi del suo naso e nascose i denti stringendo le labbra. Una macchina tanto nera quanto ufficiale si fermò lasciando scendere un ex ministro della Cultura. Sventolarono microfoni e taccuini alati davanti ai quali il signor De la Cierva chinava la sua possente testa senatoriale; probabilmente dichiarava che, nonostante la rivalità politica, questa era una grande perdita.

– E quello chi è? – chiese ancora il simpatico coniglio, ma stavolta con la voglia di essere realmente informato e riguadagnarsi l'amicizia del caustico sconosciuto.

– Garibaldi.

– Tu devi solo dire: « Vengo per il passaporto; mi aspetta il signor Plasencia ». Loro ti accompagneranno.

Varcare il portone della Direzione Generale di Polizia impressiona chiunque abbia sia pure una scarsa idea del ruolo che ha avuto, ha e avrà quell'edificio. Ma quando una guardia si mette sull'attenti alle parole: « Vengo per il passaporto, mi aspetta il signor Plasencia », allora automaticamente uno si mette sulle spalle un manto cremisi e si odono echi progressivi di alabardieri che annunciano: « Pepe Carvalho... Pepe... Carvalho... ». Il signor Plasencia lo guardò da sopra gli occhiali, si strofinò le mani gonfie di geloni e lo condusse fuori dagli uffici in fermento, dove i funzionari interrogavano le pagine sportive dei giornali mattutini e qualcuno chiedeva: « Abbiamo rapporti diplomatici con la Mongolia Esterna? ».

– Con la Mongolia Esterna? Non rompere – brontolò di malumore Plasencia mentre alzava gli occhi verso il piccolo ascensore che scendeva con asmatica lentezza.

– Lei sa dov'è la Mongolia Esterna?

– Tra l'Unione Sovietica e la Cina.

Plasencia lo guardò ammirato e gli aprì la porta dell'ascensore perché passasse.

– Pochissimi saprebbero rispondere.

Plasencia lo guardava di sottecchi, con un occhio immenso educato e deformato dal sospetto. Era evidente che Carvalho non era mongolo né cinese: sovietico forse? Per Plasencia la Mongolia Esterna era stata per molti anni una nazione proibita sui passaporti degli spagnoli, una nazione proibita da Sua Eccellenza, e i suoi buoni motivi Sua Eccellenza sicuramente doveva averli. Gli sembrava di non avere nessun diritto a sapere qualcosa sulla nazione proibita, e se qualcuno sapeva persino dove stava, ebbene quel qualcuno non doveva essere limpido come l'acqua. Sbucarono in un lungo corridoio di piastrelle gialle, pareti tappezzate di carta verde, quasi senza porte. Gli venne incontro un uomo torpido con le orecchie a punta e mezzo chilo di occhiaie marroni sotto ciascun occhio. Plasencia piegò la testa per indicare Carvalho; l'altro guardò la mercanzia con diffidenza, come se si sentisse in obbligo di non credere a quel che vedeva.

– Carvalho?

– Sì.

– La sua carta d'identità.

– L'ho già vista io.

– Quattro occhi vedono meglio di due.

Irritato con il suo collega, l'uomo dalle occhiaie lesse attentamente tutti i dati del documento ad una velocità da vopos berlinese o da scolaro scarsamente preparato.

– Nome di sua madre.

– Ofelia.

– Era straniera?

– No. Galiziana.

– Bah, non mi suona galiziano questo nome.

Plasencia li lasciò brontolando e l'uomo dalle occhiaie si rilassò.

– Mi segua – disse dando le spalle a Carvalho per ripercorrere il corridoio fino a una finestra che si affacciava sul muro scrostato di un cortile interno o di un vicolo.

Proprio quando pareva che stesse per buttarsi dalla finestra, l'uomo dalle occhiaie fece un mezzo giro e si ficcò in una porta che dava quasi direttamente su una scaletta. Uscirono in una stanza quadrata senza altre porte che quella dell'ascensore. Entrarono e l'uomo schiacciò il bottone più basso. Carvalho calcolò che stavano scendendo al sottosuolo. L'ascensore si aprì in un atrio moquettato e ammobiliato secondo i criteri di confort dei wagons-lits d'anteguerra. Tutto odorava d'umidità e le orme del tempo avevano scolorito le giunture di qualsiasi oggetto, come se da lì iniziasse il segnale della loro decomposizione. Un usciere prese le generalità di Carvalho e l'uomo dalle occhiaie consegnò il detective a un ragazzetto, tipo speaker televisivo, con gilè, lacca nei capelli e nel sorriso. Quando l'alta porta foderata di pelle si aprì, comprese d'essere arrivato alla fine del viaggio. Santos si alzò quasi contemporaneamente al ministro dell'Interno e ad un altro giovanotto in gilè, che gli fu presentato come vicedirettore di non so quale aggiunto di direttore di Presidenza del Consiglio. Il ministro dette inizio alle ostilità: lui era il primo interessato a che le cose si risolvessero e in questo caso risolvere significava chiarire, chiarire al più presto. Il signor Pérez-Montesa de la Hinestrilla era stato delegato dal capo del governo in persona per formare un triunvirato: governo-partito-ministro dell'Interno, con l'intento di ottenere la più stretta collaborazione possibile. Pérez-Montesa de la Hinestrilla gli sorrise cordialmente come se si trattasse di vendergli una Ford Granada o una proprietà a Torre Molinos. Santos fece il riassunto della situazione nel più impeccabile stile di una mozione comunista. I tre rimasero a guardare Carvalho in attesa di quello che avrebbe detto.

– Forse guadagneremo più tempo compilando una lista di chi non l'ha ammazzato.

Il ragazzo con il gilè si mise a ridere, il ministro dell'Interno stentò a capire e Santos chinò la testa avvilito. Non si aspettava quella pugnalata umoristica. Un pomo d'Adamo sporgente su un gilè di tweed cominciò a parlare:

– Il governo naturalmente considera ogni sorta di

possibilità e, pur dichiarandosi disponibile verso altre inchieste, ritiene di assumere con decisione l'iter investigativo fino alle conclusioni finali, per delicate che possano risultare, visto e considerato che non è tanto in gioco la credibilità del governo quanto quella della crescita democratica, dello Stato delle autonomie.

Non a caso Carvalho aveva letto sul giornale che gli scrittori di Madrid erano propensi alla restaurazione del barocco. È un problema mentale che si riflette ormai nei vicedirettori generali.

– Quale ipotesi il governo considera più di qualsiasi altra?

Pérez-Montesa de la Hinestrilla aspirò aria aguzzando la punta del naso e il suo musino si immerse in due fogli di vaghe elucubrazioni per offrire infine la conclusione che il governo non considerava altro che il traffico sulla Castellana. Il ministro dell'Interno confermò ampiamente:

– Più o meno.

Santos cercava di applicare il materialismo storico alla situazione concreta e il materialismo concreto alla situazione astratta. Carvalho lo capì quando vide che il vecchio comunista, nella sua silenziosa esasperazione, strabuzzava gli occhi. Carvalho fu informato che poteva contare su di loro a qualsiasi ora, insistettero, a qualsiasi ora, sia su Pérez-Montesa de la Hinestrilla che sul commissario Fonseca.

– Perché avete scelto Fonseca?

– Perché è il nostro miglior funzionario e davanti ai casi più difficili bisogna affidarsi ai migliori funzionari.

Il ministro dell'Interno aveva spinto in avanti spalle e occhi con una forza dissuasiva che sporgeva dal suo sguardo caustico, vivido:

– Non tollererò che si metta in discussione la competenza dei miei funzionari e la mia competenza nello sceglierli.

– Non sarò certo io a farlo. Ma Fonseca...

Il ministro dette un colpo sul tavolo con forza limitata, affinché non si potesse dire che aveva battuto il pugno, pur battendolo.

– Santos. Abbiamo parlato di questa faccenda centinaia di volte. Così come molti di noi hanno dimenticato, anche voi dovete fare altrettanto. Fonseca è il nostro miglior funzionario.

Pérez-Montesa de la Hinestrilla li accompagnò e volle scambiare qualche impressione senza la presenza del ministro. Si rifugiarono in un angolo dell'atrio e a voce bassa il giovane funzionario cercò di scusare la severità del ministro:

– È un tipo molto in gamba ma un po' ossidato. Magari ne avessimo mille come questo. È un anziano della Divisione Azzurra; più anticomunista di Dio, però un democratico. Un democratico di cuore, e starà dalla parte della democrazia fino in fondo. Già te l'ho detto ieri, Pepe, fidati di noi. La cosa è in buone mani.

Il Pepe era diretto a Santos, che affondava in un oceano di perplessità. Poi Santos, Carvalho e l'uomo dalle occhiaie salirono nell'ascensore.

– Chi è il tizio del gilè?

– Poi ti dirò.

Passarono in altre mani, altri corridoi e furono abbandonati soli sulla porta di un ufficio contrassegnato: SQUADRA DI SICUREZZA DELLO STATO.

– Io la lascio qui. Parlare con Fonseca è troppo per me. L'aspetto al Continental dopo mangiato, per ricostruire i fatti.

– Chi è il tizietto del gilè?

– Uno dei cinquantamila democratici sistemati dall'UCD dall'oggi al domani per occupare il potere. Figlio di non so chi e con qualche aggancio con il nostro partito all'Università. In questa città tipi così ce ne sono a migliaia.

– Madrid è una città di un milione di gilè.

Fonseca si alzò dalla sua poltrona dietro un'imponente scrivania, la costeggiò e andò incontro a Carvalho con una piccola mano che terminava a punta. Carvalho la sfiorò appena, forse perché stava verificando l'opera del tempo su quella faccia romboidale, slavata, dagli occhi senza ciglia e dalle pupille sfuggenti.

– Come va signor Carvalho? –. Ogni volta che finiva di parlare stringeva le labbra e guardava l'interlocutore come a chiedergli scusa per qualcosa, forse per semplice bisogno di compassione. – Sánchez Ariño, il mio più diretto collaboratore. Il famoso *Dillinger*, come lo chiamano qui. Già saprà. E quella bella andalusa è Pilar.

Sánchez Ariño lo salutò da lontano agitando le dita, e la sinuosa andalusa riuscì a rompere la crosta del trucco e del fard per comporre un sorriso, con il rischio di aggrovigliare per sempre le ciglia cariche di rimmel.

– La sua fama l'ha preceduta –. Fonseca ora lo guardava con le braccia incrociate su una pancetta alzata come un tumulo nel contesto di un corpo magro. – Il famoso Pepe Carvalho.

Continuava a guardarlo come se volesse chiedergli un autografo.

– Lei è molto più famoso di me.

– La mia fama non è buona. E questo solo perché

faccio il mio dovere. La mia vocazione è sempre stata la polizia. Io sono di quelli che credono nella vocazione e mi trovo totalmente d'accordo con quanto ha detto Marañon in proposito. Ho avuto la fortuna di essere discepolo di Marañon e di Ortega. Non si stupisca. Ho molti più anni di quelli che dimostro. A me la guerra mi ha pescato giovanissimo nella Complutense. Gradisce un sorso, come si dice adesso? Una sigaretta?

La stessa maniera di tendere il pacchetto, ben saldo nella mano nel caso che all'ultimo momento fosse più conveniente ritirarlo e lasciare il detenuto più frustrato che mai. Carvalho rifiutò col pretesto che fumava soltanto sigari, Fonseca offrì il pacchetto a Sánchez Ariño; il vecchio adolescente, senza staccare da Carvalho i suoi occhi, gli disse di no con una mano su cui brillava un anello d'oro riproducente la testa di un comanche. Fonseca represse l'iniziale istinto di andare a sedersi dietro il tavolo e andò a prendere posto su una delle poltroncine di pelle sistemate accanto a una finestra che dava sulla Puerta del Sol. Sánchez Ariño rimase alla destra di Carvalho, seduto o appoggiato a uno spigolo del tavolino sul quale riposava la macchina da scrivere della bella andalusa.

– Pilar – disse dolcemente Fonseca senza guardarla.

Pilar si alzò e uscì dalla stanza in un effluvio di essenza di magnolia che sprigionava dal suo corpo generoso, inguainato in un vestito di lanetta lilla, sulla cui spalla ondeggiava la chioma tinta nero corvo.

– Lei avrà fretta e noi anche. Debbo confessarle che io mi sono opposto fin dall'inizio a che ci fosse un'indagine parallela. Il signor ministro ha insistito, date le circostanze. Quali circostanze, si chiederà lei; o non se lo chiederà?

– Lei che preferisce, che me lo chieda o che non me lo chieda?

– Non prendiamoci in giro. Quella cartella, la terza iniziando dal lato destro, la concerne, e lei sa benissimo chi sono io. Se ho accettato anche la sua indagine è perché non si dica che Fonseca ha fatto questo lavoro mosso da apriorismi, da idee preconcette. Io sono un professionista. Ieri ho dato la caccia ai rossi e oggi ai gialli. Domani può essere che tocca un'altra volta ai violetti.

– O un'altra volta ai rossi.

Fonseca e Sánchez Ariño si guardarono. Il commissario si piegò verso Carvalho e si schiarì la voce per sputare:

– Macché! Mai come ora tengono il paese ben stretto per i coglioni. Questa volta non lo mollano – e indicava la brachetta con un dito nervoso. – I tempi cambiano.

Sospirò beatamente. I suoi lineamenti si addolcirono come se non avessero niente a che vedere con la faccia raggrinzita di alcuni istanti prima. Era lo stesso di sempre. Il grande istrione che poteva prima schiaffeggiare e un istante dopo mettersi in ginocchio e chiedere perdono implorando che non l'obbligassero a comportarsi così.

– Vorrei sapere a che punto sono le indagini.

– Stiamo analizzando e confrontando le diverse dichiarazioni dei membri del Comitato Centrale. Le dichiarazioni sono state registrate nella mattinata del giorno stesso del fatto, nel medesimo luogo del delitto. Sono state raccolte dai funzionari del Commissariato di distretto; comunque erano presenti alti funzionari della Direzione Generale di Pubblica Sicurezza.

– Lei?

– No, la mia nomina è venuta dopo. Io seguivo il corso dell'inchiesta da qui. Io non mi immischio quando non mi chiamano. È stata una costante della mia vita.

Nel 1940 il giovane Ramón Fonseca Merlasca si mette in contatto con l'organizzazione clandestina del Partito Comunista Spagnolo. Nessuno lo ha chiamato, ma è ben accolto perché qualcuno lo ricorda come un attivo militante della FUE nel 1934, anno del suo ingresso all'Università di Madrid. Fonseca dimostra una grande audacia nelle prime missioni che compie per il partito, in condizioni storiche in cui qualsiasi arresto poteva significare la fucilazione. Nel 1941 arriva a conquistare un posto importante nella zona di Madrid e gli viene affidata la responsabilità di prendere contatti con l'« esterno », proponendolo anche come membro del comitato locale. L'attività crescente dei gruppi clandestini rende il governo nervoso davanti alle pressioni tedesche di finirla al più presto e a quelle degli ambasciatori alleati che sollecitano informazioni sulla repressione. Fonseca avrebbe potuto far carriera nel partito e arrivare alla direzione, ma ebbe l'ordine di far smantellare tutto quello che poteva dell'apparato di Madrid, e lui ubbidì. La sua faccia non sarebbe stata dimenticata dagli uomini e dalle donne che pagarono con la vita o con venti o trent'anni di carcere il successo della sua operazione; e quando, anni dopo, il partito si estese in tutta la Spagna e conobbe il ritmo regolare delle retate, furono molti quelli che riconobbero nel commissario Fonseca quell'entusiasta infiltrato che citava brani del *Che fare?* o di *Stato e Rivoluzione* con la fluidità di un esperto e la convinzione di un fanatico. Era un fanatico vecchio e stanco quello che ora fissava Carvalho, cercando di decifrare il suo codice di comportamento e di indovinare cosa pensasse del Fonseca che gli stava di fronte. Un sorriso beffardo verso l'altro e di pietà per se stesso aleggiava sulle labbra del commissario.

– Sono stati proprio loro. Non c'è il benché minimo dubbio. È una lotta per il potere.

– Per il potere in un partito bruciato da un assassinio? Non ha senso.

– Digeriranno anche questo delitto. Di fatto già non sapevano più che farsene di Garrido. Era un simbolo per gli anziani, tra i cinquanta e i sessant'anni, ma era sempre più contestato dai giovani. Se non è stato questo il motivo, allora si tratta di un regolamento di conti del KGB, certamente, perché Garrido era un agente del KGB, è chiaro come il sole.

– E le sue posizioni antisovietiche?

– La faccio parlare con questo giovanotto, sì, con questo, perché le spieghi, signor Carvalho. Sánchez, venga, sputi fuori quello di cui abbiamo parlato tante volte.

– A che serve.

– Come a che serve! È parlando che ci si spiega con le persone. Bisogna convincere il nostro amico. Bisogna spiegargli tutto. Dialogo. Dialogo. Non siamo in piena democrazia?

– Ma è inutile.

E mostrò la cartella di Carvalho.

– Si riferisce ai suoi precedenti. Sánchez ha la teoria che chi è stato rosso una volta nella sua vita lo sarà sempre. Dagli una opportunità al dottore. Ha un curriculum interessante.

Sánchez Ariño sospirò rassegnato, recuperò la posizione verticale e cominciò a passeggiare parlando:

– Il KGB ha una sezione speciale di propaganda antisovietica capace di manifestare pubblicamente se questa manifestazione favorisce gli interessi dell'URSS. Per esempio, in Italia, Spagna e in tutti i paesi dell'eurocomunismo o dell'eurosborra. I comunisti che fanno dichiarazioni pubbliche contro l'URSS lo fanno perché all'URSS non interessa dare l'impressione che possa installarsi in Europa, o in qualsiasi nazione capitalista sviluppata, un comunismo che le sia fedele. Agisce in modo che il capitalismo sia tanto idiota da credere alle divergenze e accetti l'alternativa euro. Poi raccoglierà i frutti, per esempio i frutti di una politica internazionale non allineata, ecc. ecc. È l'abc, e non so perché mi ha fatto parlare tanto, don Ramón, è inutile.

– Supponiamo che sia esatta questa sceneggiatura da telefilm. Perché eliminare Garrido, che la sua parte la faceva tanto bene?

– Qualcosa ha funzionato male. Forse lui ci ha creduto e assassinandolo non si ammazzava soltanto il cane, ma anche la rabbia. È tutto il partito che ne esce male, esautorato, e l'Unione Sovietica è in grado di gestire quello che rimane del partito o di appoggiarsi a un'altra piattaforma politica più idonea.

– Questo è un apriorismo o è già la fine di un'indagine non ancora iniziata?

– Questa è la teoria – Fonseca sorrideva battendosi le mani sulle ginocchia. – L'indagine sarà la pratica.

– Altri motivi? Una vendetta personale. Un provocatore di estrema destra, non importa di quale servizio segreto e non obbligatoriamente sovietico...

– È possibile. Lo vede? Anche lei parte da un presupposto. È la sua teoria. E la sua teoria discolpa il partito, il comunismo. Lei inizia l'indagine con un compromesso politico evidente. Sarà la sua teoria, e l'indagine sarà per lei una mera pratica che ratifichi le sue teorie.

E lo potrà fare con maggiore libertà di me, perché lei dovrà renderne conto ai suoi compagnucci ed io invece debbo offrire delle conclusioni che tranquillizzino il governo, le opposizioni e tutti i santi; perché, questo sì, bisogna salvare la democrazia. La democrazia non si deve fottere, chiaro.

Sánchez Ariño si mise a ridere con una risata acuta, come se gli sfuggisse da una crepa della sua dignità.

– Di che cosa ridi tu? Eh?

Ma anche Fonseca era assalito da un attacco d'ilarità e si tappava la bocca con una mano per contenere l'eccesso delle risate.

– Senti, non mi far ridere. Che penserà questo signore? Che è tutta una buffonata?

– Ma dottore, lei ha certe uscite...

E scoppiarono a ridere fino alle lacrime mentre Carvalho si alzava e andava verso la porta.

– Ancora una parola.

Fonseca aveva frenato la propria ilarità al culmine dell'ultima risata. Nel girarsi Carvalho lo osservò; prima serio, poi grave, poi burlone, infine borioso, mentre gli tendeva un foglio pieno di annotazioni e di numeri di telefono.

– Voglio che lei possa rintracciarmi a qualsiasi ora del giorno. Perché poi non si dica che...

– È vero che ci sono stati spari davanti alle Cortes?

– Signora, circoli, io non so niente.

Carvalho colse il commento al volo uscendo dalla Direzione Generale di Polizia e riportò la domanda a Carmela appena entrato in macchina. Carmela confermò con gli occhi.

– No. Non alle Cortes. Ma ci sono stati spari nella piazza di Canalejas. Da una macchina e per aria. Voglia di creare allarme. Ieri la stessa cosa in quattro o cinque punti di Madrid. E stamattina dei gruppi di neri hanno picchiato a Malasaña e alla facoltà di lettere. L'hai visto?

Gli tese un numero di « El Heraldo Español ». Il capo di Forza Nuova scriveva: « Chi di spada ferisce, di spada perisce ». « I crimini di una ideologia delittuosa si rivoltano contro quelli stessi che detengono tale ideologia ».

– In tutti i giornali ci sono attacchi in profondità. I socialisti hanno tirato una edizione speciale di « El Socialista »: nessuno sperpero, è un elogio avvelenato a Garrido; ha cercato di democratizzare il partito senza riuscirci, gli è sfuggito il controllo del movimento sindacale senza poter impedire che si radicalizzasse, è stato vittima della contraddizione tra la realtà e i suoi desideri. Ce l'hanno con noi, ce l'hanno con tutti noi.

Qualcuno aveva detto che il peggio che possa succedere a uno che ha la manìa di persecuzione è che lo perseguitino veramente. Carvalho calcolava gli anni di militanza di Carmela. Non potevano essere molti, ma, comunque, le avevano cucito addosso tutta una cultura di catacomba, forse con l'accompagnamento musicale della cultura rock, anch'essa cultura di cantina e di penombra.

– Dove vuoi mangiare? Mi dicono che hai il becco fino.

– Andiamo per bettole.

– Veramente?

– Veramente.

– Scegli. O ce ne andiamo ad Argüelles o rimaniamo qui, Echegaray e tutt'intorno.

– Fuori di qui, l'ho già visto abbastanza, questo quartiere.

Carmela parcheggiò la macchina sulle strisce zebrate di piazza del Conde del Valle de Suchil, s'infilò gli occhiali da sole e si diresse con decisione per via Rodríguez de San Pedro.

– La cipolla ripiena ti va?

– Ripiena di che?

– Di carne. La fanno a « La Zamorana ». Lì puoi anche mangiare uno stufatino squisito. Poi rognoncini ad Ananías.

– Tanto per cominciare. Poi bisogna mangiare sul serio.

– Ho lo stomaco grande come una cipolla ripiena.

– Peggio per te.

Carvalho assaggiò tutto in una rapida scorreria per le bettole di Argüelles, e per scegliere un ristorante dove consumare la vera cerimonia del pranzo Carmela ricorse ad alcuni appunti che aveva nella borsa. « Casa Ricardo ». Io non conosco quasi niente. La verità è che io mi considero sempre già mangiata e bevuta. Carvalho si mostrò implacabile finché non riuscì a sedersi davanti a un piatto di salsicce di fegato seguito da un altro di trippa, il tutto all'ombra di un boccale di vino di Noblejas.

– Non capisco come puoi farcela, dopo tutto quello che hai mangiato. Tre salsicce di quelle già stivano l'esofago. Dove te le metti?

– Mangio per dimenticare.

– Oh, dirai a tutte così.

– Se un uomo si comporta secondo coscienza, può sbagliarsi? – domandava qualcuno a qualcun altro. Nonostante la bontà della trippa, Carvalho ritenne che la domanda meritava una certa attenzione. Si voltò per osservare l'immagine equestre di un dirigente aggressivo, che sotto il peso delle sue argomentazioni stava confondendo tre sbalorditi rappresentanti di provincia.

– A me lo dici! Se riduci il personale, io rimango sulla strada con un'indennità di disoccupazione che un giorno o l'altro finisce; e dopo, che faccio? Tu mi dici questo, ed io debbo pensarci e metterlo in conto alla mia coscienza.

– È che...

– Lasciami parlare. Già che l'ho sulla coscienza. Brrrummm. Brrrummm. Brrrummm. La coscienza comincia a triturare la cosa. Io lo so cos'è questo; beh, non lo so ma posso immaginarmelo. E la mia coscienza mi dice: riduci il personale, perché se non riduci il personale, caro Macario, è finita e devi chiudere bottega. Allora io dico a te: che cosa è peggio? Il male di pochi e il bene di molti, oppure il contrario?

– Visto così, certo...

– Il male di pochi. E poi la mia coscienza mi dice ancora altre cose. C'è una selezione naturale. I forti resistono, i deboli vanno a farsi fottere. Quanti fabbricanti di pane hanno chiuso? Nessuno. Quanti fabbricanti di tessuti? Tanti. Il pane serve ogni giorno. I tessuti ogni tanto, e spesso sono più a buon mercato quelli d'importazione.

– Il fatto è, signor Macario, se lei mi permette, che la Catalogna sprofonda.

– Certo – concluse Macario, come se tutto il suo lungo sforzo di ragionamento portasse a questa conclusione.

– Un po' stronzo il tipo, no? – sussurrò Carmela.

Carvalho era sempre rivolto verso il gruppo e Macario si rese conto che suscitava l'interesse di un attento commensale. Alzò la voce:

– Siamo giunti all'ora della verità. Se bisogna entrare nel Mercato Comune, si entra. Ma non entreranno tutti, ah, no...

– No?

– Ah, no. Entreranno quelli che arriveranno alla porta nelle migliori condizioni di concorrenza. Che fabbrichi tu? Orologi. Non ne abbiamo bisogno, li compriamo dagli svizzeri o dai giapponesi. Chiaro. Se gli svizzeri o i giapponesi fanno i migliori orologi, perché farli noi, gli orologi?

Lanciò un sorriso complice a Carvalho e il detective glielo ricambiò stordito per l'impatto con quella verità obiettiva.

– E neanche divani – disse Carvalho a voce alta.

Macario studiò i pro e i contro dell'intromissione di quell'estraneo e decise di accettarla:

– Neanche divani. Che ce ne facciamo, noi, dei nostri divani?

– Ci sediamo, magari – obiettò il rappresentante valenziano.

– Niente divani.

– Niente, – affermò Carvalho dal suo tavolo.

– In cambio vi farò un altro esempio: salsicce. Perché non le salsicce? Perché no queste salsicce fatte così bene? Allora avanti, alla conquista dell'Europa. Ve lo ripeto, non bisogna seguire le strade battute.

Carvalho decise di ritirare la sua fiducia a Macario e tornò ad occuparsi di una Carmela perplessa.

– Ma sei proprio una sagoma! Ti metti a dissentire con un tipo simile, e ti piace pure!

– Sì, mi piacciono i filosofi del dopopranzo. In ogni

essere umano c'è un collaboratore domenicale di un giornale di destra tipo « ABC », e i dopopranzi nei ristoranti servono per sfogare quella creatività repressa. Vuoi che gli chieda se le frittelle hanno un avvenire nel Mercato Comune?

– Se appena ci provi, io me ne vado. Questa è roba da mentecatti.

– Bisogna aiutare la gente a fare il chilo.

Un po' confuso dall'improvviso disinteresse dello sconosciuto, Macario aveva abbassato la voce e stava parlando di politica:

– Non possiamo continuare così, bisogna ritrovare il senso dell'autorità, tutti i politici sono uguali.

Carmela si alzò seguita da Carvalho. Il detective si chinò verso il tavolo di Macario e gli augurò buon appetito. Macario rimase alzato a metà nel gesto di offrire un bicchiere, ma Carvalho ormai non gli prestava più attenzione.

Aveva visto la sala del delitto alla televisione, ma nella realtà gli sembrò più grande, piena di vuoti, di angoli, di percorsi diversi. Il tavolo della presidenza era posto su una piccola pedana e aveva una profondità di sessanta centimetri. L'assassino aveva dovuto sporgersi in avanti e assestare il colpo con una precisione inspiegabile nella più fitta oscurità.

– Con precisione e con abilità di esperto. È la pugnalata di un commando, di una persona particolarmente allenata.

Santos e Mir avevano convocato i membri del Comitato Centrale residenti a Madrid e tutti quelli del servizio d'ordine presenti il giorno dell'assassinio. Carvalho chiese loro di sedersi negli stessi posti che avevano occupato il sabato precedente e che il servizio d'ordine riprendesse il proprio posto di quel giorno.

– I più vecchi si siedono sempre avanti?

– Sì, per una questione di udito; non si fidano dei microfoni, che vuoi farci, e poi per una questione di educazione comunista. Nelle file davanti non si può leggere il giornale, come fanno certi nelle file di dietro.

Mir aveva preceduto nella risposta Santos Pacheco, ma non poté impedire il successivo intervento.

– La faccenda di leggere il giornale è puramente aneddotica. Si siedono davanti anche per far rilevare la loro grande fiducia, per una maggiore vicinanza storica con la direzione. È comprensibile. Però non è esattamente così.

– Se lo dici tu. Ma dietro c'è chi si fa un sonnellino con l'aggiunta di una russata.

– Una rondine non fa primavera.

– Domandagli se vogliono aggiungere qualcosa alle dichiarazioni rese alla polizia.

Santos si rivolse ai membri del Comitato Centrale, distribuiti nella sala con l'aria di scolari intristiti:

– Questo signore è un esperto in materia, mi riferisco all'investigazione criminale –. Esitò, come se la parola criminale non gli sembrasse la più adatta. – Insomma, è qui per aiutarci, e qualsiasi cosa vi venga in mente o vi ricordiate che non figura nelle dichiarazioni fatte alla polizia possono essergli ed esserci molto utili.

– Ci faccia delle domande lui – disse una voce dal fondo, e dietro la voce si alzò un prototipo di marionetta. – Mi sembra che lui sappia quello che vuole sapere, e noi no. Io mi sento svuotato dopo quello che ho già dichiarato.

Gli altri confermarono. Carvalho fece due passi in

avanti e inghiottì il sogghigno che spuntava dal suo sorriso, mentre pensava che una volta aveva sognato di rivolgersi ad un Comitato Centrale, ma in circostanze ben diverse:

– Il buio è durato tre minuti. Giusto il tempo perché gli impiegati dell'hotel corressero a rimettere a posto il fusibile. In cinque minuti l'assassino ha dovuto muoversi a una velocità record. Lasciare il suo posto, avvicinarsi alla pedana, indovinare dove stava precisamente il cuore, dare la pugnalata, tornare al suo posto di partenza. Qualcuno ha sentito qualche rumore? O semplicemente notato l'aria spostata da qualcuno nel passare. L'assassino o è riuscito ad entrare da qualche parte o ha lasciato uno dei tavoli, e, visto il poco tempo che aveva a disposizione, ha dovuto correre molto in fretta per i corridoi che separano i tavoli.

– C'è stata confusione quando si è spenta la luce – intervenne uno dei vecchi in prima fila. – Lo stesso Fernando ci ha scherzato sopra e tra le risate e i soliti commenti c'è stato chiasso; non credo che qualcuno abbia potuto notare un qualsiasi movimento nella sala.

– Ma se l'assassino era seduto ad uno dei tavoli, il suo vicino o quelli accanto hanno dovuto notare quando si è alzato o spostato.

La marionetta riprese la parola.

– La percezione sensoriale è automatica. Vale a dire che se l'obiettivo percettivo fosse stato quello di captare qualsiasi movimento, si sarebbe captato. Ma eravamo tutti presi in primo luogo dall'oscurità e poi dai commenti dello stesso Garrido.

– Compagno, tu dai per certo che l'assassino è stato uno di noi.

Era insieme domanda e lagnanza di un ometto più

grinzoso della terra che aveva dovuto zappare per la maggior parte della sua vita.

– Io non sono compagno di nessuno. Che sia chiaro, tanto per cominciare.

– In effetti – intervenne Santos – credevo che già fosse chiaro. Il signore è un professionista assunto dal partito. Il che non vuol dire che non dobbiamo offrirgli tutta la nostra collaborazione.

– Signor professionista assunto dal partito... – Le risa degli altri sottolinearono la pausa dell'ometto, il quale trasudava furbizia da tutte le rughe. – Ripeto quello che ho detto. Lei dà già per scontato che l'assassino era qui, tra di noi, che era uno di noi.

– Preparatevi al peggio, amici.

Carvalho andò verso la porta e l'aprì. Vi si stagliarono due membri del servizio d'ordine.

– Stavate qui?

– Un po' più lontani, qua –. Retrocessero di alcuni passi. – Ma appena si spense la luce andammo verso la porta istintivamente, per accertarci se il guasto si era verificato anche in sala.

– Apriste la porta?

– Sì, vedemmo che tutto era al buio e richiudemmo. Allora lui ha chiesto a quelli che erano lì, all'inizio della scala, che andassero a vedere cosa succedeva.

– Avete richiuso, sicuro?

– Sicuro.

– È più normale lasciare aperta la porta di una stanza al buio...

– Mir ci ha ordinato di tenere sempre chiusa questa porta. Perché sia difficile entrare e sia difficile uscire, ci dice sempre la stessa cosa.

– Perché deve essere difficile uscirne?

– Perché c'è sempre chi se ne approfitta con la scusa di alzarsi a fumare una sigaretta. Siccome è proibito dentro...

Carvalho chiuse la porta e si girò verso il Comitato Centrale:

– Nessuno è entrato da fuori, o il servizio d'ordine mente. Se mente si assume la responsabilità diretta del crimine, perché avrebbero potuto dire che non ricordavano se avevano chiuso la porta o no. Tutti i presenti erano membri del Comitato Centrale?

– Sì, posso garantirlo – disse Santos. – Facciamo una lista; o meglio, faccio personalmente una lista di coloro che assistono a tutta la riunione e di coloro che vi assistono parzialmente, cioé di quelli che dopo si assentano, sempre per motivi giustificati, in maggior parte per questioni di impegni politici. Appena usciti quelli della Tivù rimasero qui soltanto i membri del Comitato Centrale.

– È potuto rimanere qualcuno entrato con quelli della televisione – propose una cinquantenne con l'aspetto di madre di dodici figli.

– Neanche a parlarne –. Era Mir che tagliava corto. – Sono entrati in quattro e in quattro sono usciti. E una volta usciti ho chiuso io quella porta e sono andato al mio posto.

– Il mistero della stanza chiusa – disse la marionetta come se annunciasse l'inizio di un film.

– Lei l'ha detto. E lei saprà che il mistero della stanza chiusa non esiste, a meno che non si creda nella possibilità di passare attraverso le pareti, e voi siete i meno propensi a credere a queste cose.

– C'è di tutto. C'è molto cristiano-per-il-socialismo lì nel mucchio.

Le risate furono contenute nel timore di violare il lutto.

– Non possiamo accettare che l'assassino sia dei nostri. Questo è ciò che vogliono. Vogliono demoralizzarci. Vogliono seminare il dubbio nelle nostre stesse fila. Avete esaminato bene il luogo? Non c'è nessuna possibilità di altre uscite?

– C'è una porta d'emergenza che si apre liberamente dall'interno, ma per aprirla da fuori c'è bisogno di una chiave. Quella porta avrebbe potuto servire per la fuga dell'assassino, ma a quanto sembra non gli interessava scappare, perché scappare avrebbe significato autodenunciarsi.

– È inaccettabile – tornò ad insistere l'ometto rugoso.

La marionetta saltò su:

– E piantala! Non essere irrazionale. Io sono tentato di pensarla come te, ma i fatti sono fatti. I fatti sono più cocciuti delle idee.

– È inaccettabile. E disapprovo il fatto che abbiate cercato un professionista per risolvere questo caso. È un caso politico e deve avere una soluzione politica, tra di noi, all'interno del partito.

– Possiamo cercare un investigatore che vi dia ragione e che dimostri che l'assassino è il diavolo o lo Spirito Santo. Avrà salvato il partito, ma affossato il materialismo dialettico.

– Parole. Parole. Qui ci stanno molti boccadoro – si difendeva davanti alla marionetta l'uomo rugoso.

– Nelle cartelle ha tutte le dichiarazioni trascritte dal magnetofono, più una ricostruzione di tutti i movimenti di Garrido da quando è uscito di casa, entrato nell'hotel, salito su. Tutto. Se è necessario convochiamo di nuovo il plenum del Comitato Centrale, ma c'è una convocazione per la fine della settimana prossima per eleggere un segretario generale provvisorio fino al congresso. Può aspettare alcuni giorni?

– Posso.

– Forse ha avuto un'impressione negativa della riunione. Abbiamo un pudore particolare. Non vogliamo che le nostre cose si sappiano in giro, è come se volessimo proteggerle dalla repressione, come se avessimo ancora il complesso della clandestinità. Inoltre il bersaglio sociale e politico è certo. Oggi non si tratta più di quell'anticomunismo grossolano del franchismo, di fronte al quale reagivano addirittura i democratici liberali. Oggi si è inserito nella società un anticomunismo di fondo, promosso da quelli che cercano complici per il loro passato repressivo e da quelli che hanno paura del programma progressista del partito.

– Non insista. Io non voto.

– Volevo soltanto...

– Mi basta questo dossier, ma ho bisogno di essere lasciato libero per la città. Quella ragazza, Carmela, è molto simpatica, ma so andare in giro da solo.

– La ragazza è a sua disposizione, non il contrario. Si muova a suo piacimento, ma stia attento. Ci sono stati movimenti di truppe da San Cristóbal de los Ángeles, Villaverde. Sono movimenti tattici, dissuasori. Nessuno sa niente di niente, ma rispuntano ad ogni situazione di crisi. Gli ultras vanno a ruota libera, picchiano a più non posso ed hanno assaltato due sedi del partito, ad Aluche e a Malasaña.

– Che ha tirato fuori di buono la polizia dall'interrogatorio di Cerdán?

– La polizia cerca un Oswald. Cerdán ha ancora una certa influenza nel partito, soprattutto nei settori intellettuali e tra alcuni dirigenti del movimento sindacale. Ma da questo pensare che potesse capeggiare una cospirazione interna contro Garrido dimostra soltanto una abissale ignoranza del partito.

– Vorrei parlare con Cerdán.

– È un problema suo.

– Mio o di Cerdán?

– Suo. Il telefono sta sull'elenco.

– Non le va a genio?

– È stato un valoroso compagno. Ma sapeva troppo.

– Quando si rese conto che sapeva troppo? Prima o dopo aver lasciato il partito?

– Anche se lei non ci crede, molto prima.

– In che direzione si muove adesso Cerdán?

– Ecologisti, radicali, femministe... – Santos aprì le braccia, includendo tutto quello che poteva essere largo o risultargli estraneo.

– Cerdán? Parliamo della stessa persona?

– Suppongo.

– Una domanda intima. Voi avete formato corpi paramilitari dal tempo della Resistenza. Suppongo che abbiate ricevuto un addestramento speciale.

– L'unico addestramento speciale che abbiamo ricevuto è stata la guerra, la guerra civile e la seconda guerra mondiale; pochi quadri del partito avevano ricevuta una formazione militare superiore, teorica, e questo fu prima della guerra e in casi eccezionali: Líster, per esempio, quando dovette andarsene dalla Spagna e rifugiarsi nell'URSS.

– Quella pugnalata è opera di un esperto. Le buone pugnalate si danno dal basso in alto, e tra l'assassino e

Garrido c'era il tavolo e l'altezza della predella. E l'arma?

– È uscito su tutti i giornali. Un pugnale cecoslovacco esclusivamente fabbricato per azioni speciali; è un pugnale dei paracadutisti cechi, per esempio.

– Un pugnale per un esperto di lama lunga e scanalata. Un pugnale che apre uno squarcio nel petto.

A Santos tremavano gli occhi, come se il pugnale gli stesse facendo male. Carvalho gli voltò le spalle salutandolo con una mano; dietro di lui risuonò la voce di Santos:

– Se vuole vedere Cerdán lo troverà questa sera alle otto alla libreria Antonio Machado. Presenta un libro.

– Controlla la sua vita?

– Mi limito a leggere « El País ».

– Sono invitato al funerale? Mandate inviti personali?

– Il funerale avrà luogo domani alle dieci.

Carvalho trovò una Carmela nervosa, che passeggiava sul marciapiede e guardava l'orologio quasi senza dargli tempo di segnare il passaggio del tempo.

– Finalmente. Sono negli impicci: ho chiamato quel tonto di mio marito e non può andare a prendere il bambino al nido. Debbo andarci io. Ti dà fastidio se passiamo al nido? Dopo lo lascio a mia sorella e sono libera.

– Ho deciso di fare a meno di te. Santos mi ha dato il permesso.

– E quelli là che diranno?

– Comandano più di Santos?

– È un altro settore: li avvertirò io. Ma qualcuno ti seguirà lo stesso.

– Dov'è la libreria Antonio Machado?

– Vai a comprare un libro o a sentire Cerdán?

– A quanto pare in questo partito siete tutti ai piedi di Cerdán.

– È di moda. Lo arrestano, lo interrogano...

– Tu che pensi di lui?

– Che è una pizza. Però andrò alla libreria, sarà una specie di manifestazione. Prendi –. Gli tese un numero di telefono. – Caso mai non ci vado. Stanotte sono di guardia con il mio bambino: tante volte avessi bisogno di qualcosa. Sai dov'è la Machado? Beh, ti scrivo anche l'indirizzo. Sta molto vicino al *pub* « Santa Barbara ». Non sai neanche dov'è il *pub*? Ma da dove vieni? A Barcellona non sapete niente...

Carvalho rimase solo a Madrid, sul marciapiede fiorito che circondava l'edificio interamente occupato dall'hotel Continental. Scorse a una relativa distanza il gruppo dei nuovi ministeri e andò in cerca del viale della Castellana senz'altro scopo che quello di affermare la sua libertà e di accertarsi se era seguito. Uno dei ragazzi del Comitato di ricezione all'aeroporto cercava di adeguare le sue falcate a quelle di Carvalho. Lo attese:

– Senti, ragazzo, vado a mangiare un boccone e poi alla libreria Antonio Machado. Se vuoi, venite a proteggermi in libreria. Non credo che mi succeda niente se mangio un po' di gamberi. Avete un paio di ore libere per farvi una scopata o bere una limonata.

– Non sono mica un ragazzino. Mi chiami Julio e preferisco attaccare francobolli. Sono filatelico. Mir ce la farà cacare di brutto se la molliamo...

– Se voglio vi semino ugualmente. È meglio mettersi d'accordo.

– Lei faccia quello che vuole. Ci hanno detto di seguirla e noi la seguiremo. Se ci sgancia, lo riferiremo.

Carvalho fece due passi avanti e fermò con decisione un taxi. Dal lunotto posteriore vide il ragazzo che correva facendo grandi gesti per richiamare l'attenzione del suo compagno al volante di una macchina.

– S'infili in quel Ministero. Per la porta laterale. Quella. Freni. Prenda.

Lasciò nelle mani dello sbalordito tassista duecento pesetas. Saltò giù dal taxi, salutò un usciere e si avviò su per le scale.

– Dove va?

– Mi aspetta il dottor Ricardo de la Cierva.

– Il dottor de la Cierva non è di questo Ministero. Non ha visto sulla porta che questo è il Ministero del Commercio?

Fuori, nessuna traccia dei suoi inseguitori. L'aria di Madrid odorava di gamberi alla griglia.

– Non è per un caso se, giusto al momento di entrare nella psicosi di fine millennio, torni di moda un libro come *1984* di Orwell e rinasca l'interesse per le altre due proposte di letteratura utopistica più consistenti del XX secolo: *Il Mondo Nuovo* di Huxley e *Noi* di Zamiatin. Non è che la fine del secolo confermi le premonizioni utopistiche di questi tre autori, ma in tempi di crisi i settori più critici della cultura vivono l'incubo del crollo di tutti i modelli; e quando non ci sono modelli avallati o avallabili, non rimane altra via di uscita che l'utopia o il cinismo, a volte mascherato da un pragmatismo a sua volta mascherato da efficacia storica mascherata da virtuosa prudenza. Non vorrei fare del sarcasmo davanti al corpo senza vita di un uomo che meritò tutti i rispetti e che oggi non suscita che il rispetto di quelli che credettero in lui come portavoce del progetto rivoluzionario. Ma in presenza del corpo senza vita di Fernando Garrido mi chiedo che fine abbia fatto la *prudenza rivoluzionaria* che tanto aveva invocato negli ultimi tempi per camuffare la perdita di ogni sua possibilità di imprudenza. Ho esitato tra l'obbligo di assistere a questa riunione, decisa prima dell'assassinio, o annullarla per unirmi al dolore che ogni buon rivoluzionario deve sentire, anche se non considera Fernando Garrido un rivoluzionario. Io neppure lo considero tale, e, comunque, vorrei che mi credeste quando vi dico che sono triste, come soltanto si può essere quando si perde qualcosa che coinvolge la nostra stessa identità. E se alla fine ho accettato di venire, è perché questo assassinio è di per se stesso un apparente avallo della utopia negativistica. Sotto il peso dell'incubo, i critici della realtà possono reagire scommettendo su un'utopia positiva o negativa. Una scommessa sull'utopia positiva comporta l'obbedienza ai principi di Lenin formulati in un momento in cui la crisi stringeva il movimento socialista russo ed europeo e, in mancanza di un modello che non avesse fallito, Lenin fece sua la proposta di Liebknecht: studiare, fare propaganda, organizzarsi per meglio apprendere una realtà già difficile da apprendere a causa di una meccanica politica progressivamente svalutata, accecata dalla sua stessa logica e dal suo rifiuto ad entrare in un conflitto dialettico con questa realtà. In compenso, una scommessa sull'utopia negativa ci consente appunto in questi momenti di vedere attraverso l'assassinio di Fernando Garrido la prova del fatto che il mondo nuovo di Huxley, l'Oceania di Orwell e quel cosmo disumanizzato di Zamiatin sono vicini. E che quel mondo non è altro che il sistema mondiale di dominazione che divora i suoi stessi figli, li integra nella fatalità delle regole del gioco della sopravvivenza e dell'equilibrio. Sotto questo aspetto, neanche il telefono rosso è un punto d'unione. Vincola. L'assassinio di Garrido è una vicenda che non serve a dissotterrare le picche dei *sansculottes* né a far uscire i carri armati sulla strada. È un pezzo di carne offerto alla logica del sistema, e interrogarsi su questo fatto significa discutere il sistema e mettere in pericolo una riunione come questa o l'adunanza in piena legalità del Comitato Centrale o l'esistenza di corsi universitari per i maggiori di venticinque anni o che scrittori come Vázquez Montalbán possano vincere il premio Planeta. Né Orwell, né Huxley, né Zamiatin hanno potuto prevedere che il contesto necessario per il conseguimento del mondo orrido che profetizzavano sarebbe potuto nascere da un patto implicito ed esplicito tra i due sistemi antagonisti. Zamiatin era un *narodnik*, un populista russo che credeva nella rivoluzione contadina e nell'organizzazione di un modello di produzione asiatica, di fronte al sistema di accumulazione capitalistica di Stato, che significò la NEP sotto l'impulso di Lenin e il pugno di Stalin. Huxley frivoleggiava ironicamente sugli eccessi ai quali poteva portare il comunismo russo non vissuto direttamente, ma soltanto interpretato attraverso l'appassionato blablabla dei giovani comunisti inglesi tra le due guerre, tra una regata a Oxford e un'altra regata a Oxford. Di fatto l'opera di Huxley è una storiella che cerca di allarmare, delicatamente e liberalmente, la pretesa coscienza liberale britannica. In quanto a Orwell, come dice molto bene Deutscher in *Eretici e Rinnegati*: « Nonostante la sua satira sia indirizzata contro l'Unione Sovietica più chiaramente di quelle di Zamiatin, Orwell vedeva anche elementi della sua Oceania nell'Inghilterra del suo stesso tempo, per non parlare degli Stati Uniti. In realtà, la società del 1984 incarna tutto ciò che egli odiava, tutto ciò che lo disgustava nel suo stesso ambiente: la grigia monotonia del suburbio industriale inglese, la sudicia, annerita e fetida bruttezza di quello che cercava di tradurre nel suo stile naturalista, reiterativo, opprimente: il razionamento dei cibi ed i controlli governativi che la Gran Bretagna aveva conosciuto in guerra... ».

Alzò la testa dal foglio che aveva consultato soltanto per leggere la citazione e si scontrò con lo sguardo di Carvalho. I suoi occhi cercarono di ricordare, e ricordarono, attraverso quelle lenti più spesse e melanconiche di venticinque anni prima: una maschera gialla scese sui suoi lineamenti disfatti, come sgonfiati sotto la dittatura dei suoi capelli spinosi da letto di fachiro. Volse lo sguardo alla collettività che veniva dall'orizzonte fino a formare un mare di facce alzate ai suoi piedi di predicatore:

– Ingenui utopisti. Hanno creduto possibile costruire utopie per sfuggire agli incubi, e allora si contentano di cadere nella schiavitù delle loro paure che li seguono per venti, quaranta, cent'anni, senza sapere che gli incubi si trasformano, e anche le paure. Non c'è immaginazione che possa prescindere da quello che ci succede. Quale utopia potremmo costruire oggi, partendo da quel corpo senza vita di Fernando Garrido, il cui nome non invoco invano, il cui nome non invoco senza dolore? Il panorama è oscuro. Ma proprio perché è tanto buia la notte, può risultare un po' meno difficile orientarsi in essa con il modesto aiuto di una astronomia tascabile. Nel prologo del primo numero della rivista « Hasta Luego » affermavo di sentire una certa perplessità davanti alle contraddizioni di una nuova realtà. Le contraddizioni si sono accentuate, tuttavia sono meno perplesso davanti al compito che bisogna portare avanti, perché dietro questa notte oscura della crisi di una civiltà spunti un'umanità più giusta in una Terra abitabile e non un immenso gregge di rammolliti in un rumoroso letamaio chimico, farmaceutico e radioattivo. Il compito che, secondo la mia opinione si può portare avanti, non con velleità scomposta ed irrazionale, ma al contrario nella pace razionale di una serena casa di sinistra, consiste nel rinnovare l'alleanza ottocentesca del movimento operaio con la scienza. Può essere che i vecchi alleati abbiano difficoltà a riconoscersi, perché sono ambedue molto cambiati. E in questa prospettiva possono riunirsi movimenti diversi, come il movimento ecologico, portatore della scienza autocritica di questo fine secolo, o quello femminista, se fonde la sua potenza emancipatrice con quella delle altre forze della libertà, e, perché no, le organizzazioni rivoluzionarie classiche se comprendono che la loro capacità di lavorare per una umanità giusta e libera deve depurarsi e confermarsi attraverso l'autocritica della vecchia conoscenza sociale che presiedette la sua nascita; ma non per rinunciare alla sua ispirazione rivoluzionaria, perdendosi nel triste esercito socialdemocratico proprio nel momento che questo, esaurito il suo servizio restauratore del capitalismo dopo la seconda guerra mondiale, è alla vigilia di uno sbandamento, ma per riconoscere che proprio loro, quelli che vivono delle loro mani, sono stati troppo accecati dai ricchi, dai « discreatori » della Terra. Peccato che Fernando Garrido non sia più tra noi per raccogliere questo appello, questa proposta di speranza, di utopia positiva. Mi spiace dirlo, ma è morto nelle fila del triste esercito socialdemocratico, nelle fila dei « discreatori » della Terra, anche se è fatto salvo per la Storia dalla sua memoria, dalla nostra memoria.

Qualcuno disse « amen » al fianco di Carvalho. Era

la marionetta della riunione del Comitato Centrale. Fu un amen sepolto da applausi volenterosi, ma in sordina, applausi di funerale brillante, di sermone finale in una città assediata. Cerdán era stato circondato da giovani disposti a lasciare tutto per seguirlo. Non si complimentavano. Gli chiedevano bibliografie e lumi sulla realtà. Carvalho credette di riconoscere qualche viso già visto all'hotel Continental. Sorprese Carmela mentre si metteva un libro in tasca e Julio mentre dava una pacca sulla spalla di Cerdán. Il maestro era stanco, o per lo meno aveva gli occhi stanchi, occhi che si accarezzava con le mani, per stimolarli ad osservare ancora la realtà del rumoroso letamaio chimico, farmaceutico e radioattivo.

– Ci ha trattato da rammolliti – gli disse sorridendo la marionetta. – Non ci hanno presentato. Mi chiamo Paco Leveder e lei deve essere Sherlock Holmes.

– Proprio io.

– Si è reso conto? Ci ha chiamato rammolliti. Cerdán sempre è stato così. Ha passato la vita a distribuire voti alla gente in funzione della conoscenza della lezione che egli stesso aveva spiegato. Anni fa mi mise nove. Ma ora sono sospeso. Vuole vedere? Mi segua.

Cerdán vide avanzare Leveder seguito da Carvalho e inforcò gli occhiali per non trovarsi in condizioni di inferiorità.

– Sixto, che forza sei; continui a predicare la fine del mondo. Dài, insisti, che un giorno o l'altro l'azzecchi.

Cerdán non rispose a Leveder ma tese una mano in cerca di quella di Carvalho.

– Venticinque anni dopo.

– Ah! Ma voi due vi conoscevate? Mi sento truffato.

– Tu ti senti quello che sei, Paco, un professore di Diritto Pubblico.

– Ho già letto gli insulti che ci dedichi in quel libello di tua ispirazione. Ci accusi di essere gli intellettuali organici di una direzione venduta. Sixto, tu esageri, ci conosciamo da anni e come commissario politico non c'è nessuno che ti superi. Si doveva consultarti persino sugli aggettivi degli slogans.

Ma Cerdán sembrava più interessato al muto discorso proveniente dagli occhi di Carvalho che alle frasi provocatorie di Leveder.

– Come va la vita?

– Sono uno dei rammolliti che vivono nel rumoroso letamaio chimico, farmaceutico e radioattivo.

– Ci sono due classi di rammolliti, quelli che si commuovono per lo spettacolo e quelli che non si pongono nemmeno il problema.

– Non me lo pongo.

– Non incazzarti con questo signore che non è della parrocchia, Sixto! Siamo venuti a chiederti la benedizione e ce ne andiamo.

Cerdán cominciava a seccarsi. D'altra parte giovani pallidi, con le braccia ormai deformate per un prematuro e imprudente carico di libri, piluccavano intorno a lui briciole di sapere.

– Ci vediamo dopo.

– Ci vediamo.

– Anche io?

– Se non se ne può fare a meno...

Leveder spinse Carvalho verso quello che rimaneva dell'austero cocktail, in armonia con questi austeri tempi di crisi. Pezzetti di frittata di patate scomparivano al ritmo puntuto e tenace di tanti stecchini, sembravano mossi da metà della popolazione cinese.

– Il Cerdán di sempre – disse qualcuno.

– Ancora più pessimista – commentò un altro.

– Però il fatto di Garrido gli è dispiaciuto.

– Perché non doveva dispiacergli?

– Talvolta ci ho pensato: se appena appena questo tipo se lo mette in testa, a noialtri ci mandano tutti a piantare cavoli.

– Ha sentito?

Leveder era scherzosamente preoccupato.

– Non è certo la prima volta che lo sento. Cerdán dà questa impressione. È un seduttore verbale. Conosce la magia delle parole e le fa venire da un regno la cui chiave sta e sempre starà nella sua tasca. È un grande sciamano, un grande stregone padrone della medicina della realtà e dello spirito. Prima io lo adoravo, per me era uno dei dacoits di Fu-Manchu. Poi l'ho odiato. Adesso mi diverte. Ogni cultura si merita un Savonarola. Cerdán è il Savonarola del comunismo spagnolo. Ma adesso passa i limiti, cacchio. Trascorre la giornata piangendo davanti al muro del pianto, ed ora gli ha preso di voler salvare pure i cavoli. D'accordo che Madrid è irrespirabile, ma quella storia del letamaio è piuttosto forte. Eppoi, quella di chiamarci rammolliti. Non è un epiteto simbolico, lui ci crede. Ha il dono di creare la suspence per un suo commento. Ricordo che tutti ci muovevamo intorno a lui perché ci notasse e ci valorizzasse. Se Cerdán non ti guardava, kaput, qualcosa doveva andare male nel punteggio. Ricordo quanto mi sentii lusingato il giorno in cui mi fece sedere alla sua destra e disse: « Questo giovane ha un grande talento analitico ». Per lui c'era gente che aveva talento analitico e gente che aveva quello sintetico. Anni dopo mi confidò: « Tizio ha un grande talento analitico, invece Caio ha un grande talento sintetico ». E invece a me quelli là sembravano due illustri fregnoni.

Alto, i radi capelli superstiti quasi rossi, come la barbetta tagliata a festone intorno al suo viso lungo, Leveder bevve tre anisette liscie in due minuti:

– Bisogna ammazzare l'ulcera. Vediamo se andiamo a cena con Cerdán. Lui il suo interesse ce l'ha. Ha voglia di spillarmi qualcosa dopo il fatto di Garrido. Lo tratterò male. Deve avere interesse anche a parlare con lei. Vi conoscete bene?

– Troppo.

– Brutto affare. Quando conosci troppo Cerdán rimani immunizzato da qualsiasi proposta religiosa. Sto preparando un saggio impubblicabile nel quale metto a confronto gli atteggiamenti di Cerdán con quelli di Henry Bernard Lévy de *Il Testamento di Dio*. Sai di che parlo?

– Non ho il piacere.

– Il filosofo francese, il filosofo più « chic » del momento. In confronto Cerdán è acqua fresca.

– Sono un modesto e incolto detective privato, ma non glielo dica a Cerdán. Voglio sentirlo parlare.

– Potrebbe arrestarlo. Lei è autorizzato ad arrestare gente? Sta arrivando la ragazza più bella della burocrazia comunista occidentale.

Carmela si dirigeva verso di loro. Finse di non conoscere Carvalho. Leveder fece le presentazioni. Carmela presentò Julio. Leveder prestò orecchio alle proteste salariali di Julio e di Carmela. Nell'assemblea dei dipendenti del partito non si era tenuto conto di quello di cui tiene conto qualsiasi impresa.

– Con la storia del lavoro militante ti sfruttano.

– Voi della direzione dovreste mettervi dalla nostra parte perché i vecchi hanno una mentalità anni quaranta, quando bisognava pagare perché ti fucilassero, porca puttana.

– Per esempio ci danno quindici giorni di vacanza per il matrimonio. E se uno ha un legame per tutta la vita o per un periodo, eh? Niente ferie? Si premia il matrimonio legale? Che morale comunista è questa?

– Considerato quanti legami hai tu, Carmela, staresti sempre in vacanza.

– Il fatto è che tu sei come loro, e piuttosto che opporti a Santos, o a Mir o a Poncela sei capace persino di negarci il saluto.

– Ma se mi oppongo sempre.

– Sì, ma per questioni serie, ideologiche. Non per noi, la base puttana.

– I lustrascarpe.

Leveder era alla decima anisetta e Carvalho ne dedusse che il liquore gli faceva l'effetto di un amido interno perché il professore diventava sempre più rigido.

– Vi invito a cena. Tutti. Ceneremo tutti con Cerdán, e gli spiegheremo i problemi reali che hanno i comunisti, non quelli che lui inventa in provetta. Cerdán!

Il richiamo di Leveder attirò l'attenzione di Cerdán che non voleva farsi notare. Leveder gli presentò Julio e Carmela indicandoli come membri della base puttana, come rammolliti sopravvissuti al letamaio rumoroso.

– Cerdán, ti invitiamo a cena da « Gades » a patto che tu ci spieghi se nel KGB si conteggiano pure gli scatti quinquennali nelle pensioni delle vedove.

Leveder non nascondeva la voglia di continuare quel discorso, né Cerdán quello di farlo uscire dalla libreria per impedire che il discorso continuasse. Leveder stava all'anisetta numero tredici in piena discussione sul perché il KGB sceglieva come agenti personaggi tanto contradditori come Sixto Cerdán e Paco Leveder. Carvalho, Carmela e Julio uscirono dietro a Cerdán, che teneva per un braccio Leveder. Una ragazza con metà faccia coperta da una chioma riccioluta si lagnò che Cerdán le avesse lasciato la bibliografia a metà.

– Se ne venga a cena con noi – propose Carvalho senza togliere lo sguardo dall'inizio di una morbida vallata nel petto, insinuata alla base della scollatura della maglietta.

– Non vorrei dar fastidio.

– Non dà fastidio. Ci piace di vedere facce nuove.

– Conosco Leveder; sono stata alle sue lezioni come auditrice.

– Allora è come se fosse di famiglia – disse Julio e la prese per un braccio.

– Ho bisogno di sei caffè e di queste due dita – annunciò Leveder non appena il *maître* del ristorante « Gades » ebbe loro trovato un tavolo. Andò verso la toilette senza togliere lo sguardo dalle due dita che gli dovevano rendere un servizio così misterioso. Cerdán sorrise in cerca della complicità di Carvalho e si accinse a completare la bibliografia che l'invitata gli sollecitava « prima di cominciare a mangiare, a bere e a tutto il resto ». Carvalho approfittò della parentesi culturale per osservare a suo agio la nuova arrivata, tra il castano e il rosso, occhi marrone chiaro, labbra più sensuali che carnose, un fossato d'ombra tra i seni affacciati al vertice di una maglietta di lana verde, struttura ossea di tedesca addolcita da tre o quattro generazioni latinoamericane, probabile anche qualche traccia indigena nel taglio degli occhi a mandorla. Julio scherzava con Carmela:

– Non ti credere che sono poi tanto ignorante. Sto facendo una traduzione di Lenin in gergo vaffa. Vediamo, dimmi qualcosa di Lenin e te la traduco.

– Ma se non so niente di Lenin, io sono della base puttana.

– Qualcosa saprai.

– Vediamo, spiegami il fatto della dittatura del proletariato nel tuo gergo.

– I rossosi sfrangano il bucioso per sfraccare duro. Il potenchioso deve apertarsi ai coatti. Ma questa è un'invenzione mia. Sentiamo Cerdán; a lei, compagno Cerdán.

– Non mi dare del lei. Non siamo compagni, per disgrazia, ma non darmi del lei.

– È che io non do del tu agli intellettuali. Sia così gentile da dedicarmi un minuto e mi dica qualcosa di Lenin per tradurla in una lingua che conosco.

– Qualcosa di Lenin? – Cerdán memorizzava, sembrava quasi che il suo meccanismo cerebrale facesse rumore. – Per esempio una delle « tesi di aprile »: « aperta rottura con il governo provvisorio preconizzando il passaggio di tutto il potere governativo ai soviets ».

Cerdán tornò alla sua bibliografia e Julio si dispose alla traduzione simultanea cui faceva coro la risata senza limiti di Carmela:

– Bisogna sbregare la sbregna agli sbriliconi, trasmigrando le passerecchie del potenchioso ai rossosi, detti pure rossacci o rosolacci.

Cerdán intervenne:

– Ma che è questa roba?

– L'idioma della mia tribù, dei vaffa-leninisti.

La latinoamericana rideva e Cerdán si sentì esteticamente obbligato a gonfiare le guance cadenti per vedere se dal movimento muscolare nasceva una risata.

– Quale opera di Lenin mi consiglia di tradurre?

– Dammi del tu, ragazzo. Potresti tradurre *Che fare?*

– Ho già il titolo: *Come farselo?*

Leveder tornò alla sua sedia, svuotato dalla vomitata e in condizione di prendere in mano la situazione.

– Sono pronto. Chiedi, so tutto.

Cerdán lo pregò di tacere per poter continuare a dettare la bibliografia.

– Stai preparando una tesi?

La bibliografia fu finalmente completata.

– Ecco fatto – disse la ragazza tutta contenta, riponendo il quadernino nella borsetta.

Cerdán neanche guardò il menù.

– Qualsiasi cosa. Spaghetti, immagino – aggiunse.

– *Espaghetti alla checca arrabiata* – chiese Leveder.

– Non ne abbiamo.

– Lo chiedo a tutti i ristoranti e non ce l'hanno mai. Se credi che adesso ti racconto chi ha ammazzato Garrido, stai fresco.

Cerdán esplose:

– Se credi che io sia disposto a tollerare la tua incontinenza verbale, ti sbagli. Hai l'età sufficiente per controllare i tuoi sfinteri. Come diceva Pavese, ogni uomo a partire dai quarant'anni è responsabile della sua faccia.

Gli altri erano in dubbio se stesse parlando seriamente o per scherzo, ma optarono per il dubbio, in attesa che Leveder, come destinatario del messaggio, chiarisse la sua posizione.

– Mi hai convinto – rispose. E Carmela dovette girare la testa perché Cerdán non la vedesse ridere. Questi giudicò irrecuperabile Leveder e riversò le sue simpatie su Carvalho.

– Quanto tempo! Che hai fatto di bello? Università? Case editrici?

– Importazione ed esportazione di capperi e fichi secchi – si intromise Leveder.

Nessuno parve sentirlo. Carvalho parlava vagamente di affari, Cerdán cercava in un punto esatto della tovaglia dove era rimasta interrotta la conversazione, ventidue o ventitre anni prima. Dovette trovarlo, perché guardò deciso Carvalho e volle domandargli qualcosa che non poteva chiedergli:

– Andò tutto bene?

– Un paio d'anni e poi fuori.

– Per me fu molto dura.

– Era scritto.

Cerdán non considerò la lieve ironia di Carvalho e prestò orecchio a Leveder:

– Devo dirti che la tua omelia di questa sera mi è sembrata una merda, una schifezza.

– Se continui così dovrò andarmene.

– È stata un'omelia da avvoltoio che si nutre della carogna umana di Garrido e della carogna politica in generale. Cin Cin.

Nessuno si unì al brindisi di Leveder. Gli occhi preferirono passare in rassegna l'affollato locale. Ciascuno si muoveva nella sua isola. Persino Julio si fermò e Carmela cercò nella borsa qualcosa che non voleva trovare. Leveder li sorprese mentre chiedevano a Cerdán se aveva portato avanti il suo lavoro su *Socialismo e burocrazia.* Non tanto come vorrei. E a partire da quel momento Leveder e Cerdán discussero dei problemi della docenza, delle traduzioni, del tempo per riflettere, viaggiare o non fare niente. Era una conversazione tra sarti dello spirito sull'eccellenza dei tessuti più appropriati o sul problema irreversibile del ritorno alle minigonne. Tranquillamente passarono a Garrido. Come sta Luisa? Figurati. Carvalho scoprì subito che nella vita di Garrido c'era una Luisa, come doveva esserci nella vita di Cerdán. Una Luisa. Figli. Problemi domestici. Piccoli dolori quotidiani dello spirito mai sufficientemente soffocati dai grandi alibi.

– L'ultima volta che l'ho visto è stato in occasione di una riunione fallita per organizzare una marcia verso Torrejón contro le basi americane. Garrido voleva dargli la caratteristica impronta unitaria. « Insieme ma non confusi » gli ho detto. « Ciascuno con i suoi slogans ». Non è stato possibile. Abbiamo avuto una conversazione molto sincera. Mi ha detto: « Ti invidio, puoi comportarti come se la Storia cominciasse ora ». Questo è un po' il dramma dei partiti operai tradizionali. La loro logica interna viene privilegiata e li separa dalla realtà.

Leveder non opponeva resistenza. Quella sera aveva l'ideologia triste e non gli importava che Cerdán finisse nel monologo. Diceva di no con la testa oppure si chinava sugli spaghetti con la gentilezza di un commensale ben educato. Carmela e Julio ascoltavano affascinati Cerdán, come se si trovassero per la prima volta nella platea del teatro dell'intelligenza. Persino Carvalho si sentì coinvolto dalle litanie di tristi evidenze che uscivano dalle labbra di Cerdán. Come per sfuggire a un sogno, Carvalho sbatté le ciglia e se ne andò verso il bancone. Aveva sete di birra alla spina.

– Mi chiamo Gladys e sono completamente d'accordo con tutto quello che non hai detto. Gli altri parlavano e tu stavi zitto.

– Argentina? Cilena? Uruguaiana?

– E perché no colombiana, peruviana o portoricana?

– Ciascuno ha i suoi gusti sugli esiliati.

Rise gettando la testa indietro come Rita Hayworth in *Gilda* e mostrò una gola di giovane serpente appena rigata da teneri anelli. Appoggiò dolcemente un'altra volta la mano sul braccio di Carvalho, come se gli servisse da punto d'appoggio per recuperare la serenità.

– La verità è che mi perdo. Nel mio paese ero già abituata a questo casotto. Passiamo anni ed anni a dissertare sulla via al socialismo o su quello che vuoi. E intanto gli altri affilano le baionette. Sono cilena. E non pensare che mi sia accontentata di guardare le cose da lontano. Sono stata in prima fila, nel treno della libertà che percorreva il Cile da sopra a sotto con un messaggio di cultura e comunismo. Ma loro avevano l'aviazione.

Faceva girare tristemente un bicchiere diventato anch'esso triste, come se i cubetti di ghiaccio fossero il risultato dei suoi occhi pessimisti. Carvalho appoggiò i gomiti indietro sul bancone, il viso rivolto alla sala da pranzo, al tavolo dove Leveder, Julio, Cerdán e Carmela continuavano ad accordare gli strumenti di una orchestra impossibile.

– Hai bisogno di un'aspirina?

La cilena spalancò gli occhi per fingere una sorpresa più grande di quanto fosse logico.

– Un'aspirina?

– Ho un amico, o avevo un amico, che rimorchiava così. Si avvicinava a una ragazza e le diceva: « Signorina, ha bisogno di un'aspirina? ».

– E gli andava bene?

– Sempre.

– E a te?

– Lo dirai tu.

– Li molliamo, quelli? Ti interessano i loro discorsi sulla Storia?

– Di storie ne ho avute abbastanza per oggi. Da quando sono arrivato in questa città, ho l'impressione di vivere in un libro scritto da un sociologo o un altro salame del genere.

– Detesti i sociologi?

– Tra gli altri.

– Io lo sono.

– Cercherò di dimenticarlo.

Carvalho si diresse verso la porta. Gladys lo seguì, dicendogli di fermarsi:

– Ma non saluti? Ma come sei?

– Non hanno bisogno di noi.

Ma girò la testa e vide Carmela attenta alla sua uscita, gli occhi immensi e neri pieni di malizia. Fece finta di niente e stavolta spinse Gladys verso l'uscita.

– Ti invito a una passeggiata per il quartiere antico.

– Madrid è piena di quartieri antichi.

– Per la Plaza Mayor.

Carvalho alzò le spalle. Fermò un taxi sbronzo di metano, catarroso, asmatico. Il tassista doveva abbassare la sciarpa per parlare. Chiese scusa:

– È che mi hanno tolto un dente e sto groggy.

Gladys si mise a ridere di nascosto.

– Di che ridi?

– Dell'aspirina.

Carvalho le mise una mano sulla spalla come per frenare la sua risata e le indicò l'autista.

– Penserà che stiamo ridendo di lui.

– Senta, non rido mica per lei. È che ci è successa una cosa buffa.

– Per me potete ridere pure di Tierno Galván, il sindaco di Madrid. Per questo c'è la democrazia.

Li lasciò davanti all'arco de Cuchilleros. Penetrarono nella Plaza Mayor come se vi fosse esposto il Santissimo. Rumori di applausi e di chitarre rauche salivano dalle cantine piene di turismo invernale. Erano quasi soli nella piazza illuminata dalle lanterne, senza nessun altro testimone che la statua equestre di Filippo IV.

– Sembriamo una coppia di turisti americani che passeggiano per una qualsiasi piazza di Roma in un qualsiasi film degli anni cinquanta.

– Allora io ero molto piccola.

– Io no.

Nel camminare si toccavano le spalle. Dal cappotto di lana color avorio usciva un profondo calore di donna profumata. I riccioli di una leggera permanente le cadevano sulle spalle, e lei nel parlare li muoveva come fossero bolle di sapone o perline che brillavano più delle lampade giallognole della piazza. Balconi e finestre sembravano chiudersi nella loro memoria più che aprirsi a un tempo che non gli apparteneva: Carvalho ricordò le sue passeggiate da giovane cospiratore squattrinato, o i suoi appuntamenti sotto i porticati, generalmente vicino al portone di un ufficio municipale adibito anche ad ufficio del Turismo, nella cui vetrina c'era sempre *La cucina di Madrid* di Entrambasaguas.

– Voglio andare a controllare una cosa.

Il volume era lì, come alla fine degli anni cinquanta, e sembrava fosse lo stesso, come tutti gli altri libri messi in quel coro di madrilenismo subculturale.

– Ti documenti per andare in giro per la città?

– Ricordavo delle cose. Anni fa passavo spesso davanti a questa vetrina e leggevo per forza certi titoli di libri che non mi interessavano per niente. Ora mi interessa quello.

– Quello di cucina?

– Quello di cucina.

– Anche tu, Bruto?

– Che vuoi dire?

– Tutti i progressisti di questa città cucinano. Si invitano gli uni con gli altri per gustare i rispettivi piatti. E fanno tutto gli ometti, da soli. Sembrano invasati. Dicono che così recuperano la loro identità. Hanno persino smesso di divorziare per passare alla cucina.

– Conosci molta gente?

– Certo, debbo sbrogliarmela in qualche modo. Le cose non sono state così facili. Qui la sinistra ci ha offerto tanta solidarietà, ma denaro poco assai.

Alcuni stranieri ubriachi sbucarono nella piazza cantando *Viva la Spagna!* Gladys e Carvalho si sentirono scacciati dalla piazza senza che nessuno dicesse loro niente. Uscirono sulla Calle Mayor, si inoltrarono per le stradine che portavano fino all'Opera e alla piazza d'Oriente. Si udivano i loro passi tra le sottili inferriate che sembravano disegnate sulle facciate bianche e marrone intenso dei cornicioni e delle imposte.

– Il silenzio fa piacere dopo tante parole.

Carvalho assentì e le passò un braccio sulle spalle. Lei tirò indietro la testa, stringendogli il braccio con la nuca.

– Perché hai scelto me? Potevi uscire con Cerdán o con Leveder.

– Leveder l'ho visto abbastanza, e con Cerdán andrei soltanto ad un seminario su qualsiasi intruglio dello spirito. Tu stavi zitto. Mi piacciono gli uomini che stanno zitti.

– Spero sempre di trovare una donna alla quale piacciano gli uomini taciturni. Per questo sto sempre zitto.

– Sei un perfido.

– Inoltre sto in una città nuova e le città nuove promettono l'avventura.

Io so che sono
un'avventura in più per te
e dopo questa notte
ti scorderai di me.

– I Panchos.

– Io non l'ho imparata dai Panchos. Come sei matusa.

In controluce, Gladys offriva un profilo quasi classico, solo tradito da un naso eccessivamente affilato. Carvalho le passò un dito sulla fronte, sul naso, sulle labbra, sul mento. Ritornò alle labbra perché erano calde ed umide. Gladys le aprì lievemente per catturare il dito, lo succhiò, lo prese tra i denti e lo morse:

– Vacci piano, forestiero!

Era andata alcuni metri avanti e da lì si girò per vedere la sorpresa di Carvalho. Riprese a camminare al suo fianco, si lasciarono indietro l'Opera per uscire sulla piazza di Oriente. A Carvalho sembrava impossibile che le grida di « Franco, Franco, Franco », avessero potuto contaminare quel prodigio di raccoglimento storico, urbano, protetto dallo scenario di cartapesta del palazzo, e in fondo i larghi prati che davano risalto ai corpi di Goya e di Bayeu.

– È il luogo più antifascista del mondo. Le manifestazioni qui dovrebbero farsi col parasole. Dovrebbe essere obbligatorio venire qui con l'ombrellino.

Si sedettero su una panchina, e lei gli spiegò come era uscita dal Cile grazie all'ambasciata di Spagna. Lui le disse che era consulente di una casa editrice di Barcellona, di passaggio a Madrid.

– Di quale casa editrice?

– Di Bruguera.

Gladys l'accompagnò fino alla porta dell'albergo. Lesse negli occhi di Carvalho un invito a salire.

– Oggi no. Posso vederti domani?

– Avrò una giornata difficile.

– Anch'io. Tardi. Alle undici, da « Oliver ».

Riprese la cartella alla portineria dell'albergo. Girellò per la stanza senza voglia di lavorare, facendo a pezzetti i ricordi divisi con Cerdán, appena usciti da un baule dimenticato. Una conversazione sul passaggio dalla quantità alla qualità, a proposito di un libro di Sartre. Lo avrebbe cercato furiosamente tra gli scaffali fino a ritrovarlo e bruciarlo. Appena tornava a Barcellona. I preparativi per lo sciopero nazionale pacifico di ventiquattr'ore. Quel lavoro sullo schematismo, il dogmatismo e il cesarismo che Cerdán gli aveva consigliato di non dare alla direzione. Giornate intere, notti, albe ad interrogarsi sulla vita e sulla Storia sotto gli alti pini del giardino della villa dove stavano per le vacanze estive i genitori di Cerdán. Sto leggendo Jung. Non è marxista. È un discepolo di Freud, informò Cerdán con una certa insicurezza nella voce. Poi Cerdán trasformato in un esempio costante offerto come alternativa alla progressiva abulia di Carvalho, quella abulia carceraria piena di passerotti feriti e di pederasti mongoli, autentici o falsificati epilettici, fuggiaschi simili a pistoleri del Far West vinti per sempre, e lontano, molto lontano, in un altro carcere, sotto un altro cielo, senza dubbio più duro, il Cerdán esemplare con i suoi seminari educatori della classe operaia, la sua ginnastica, il suo David Ricardo, il suo dovere di partito, già fai lavori di partito?, gli domandavano i giovani direttori spirituali che riuscivano a gabbare il filtro della censura, specialmente Gabardinetti, quella controfigura di spadaccino hollywoodiano che avrebbe finito i suoi giorni dragando svedesi in Australia o australiane in Svezia, ora lì, scandalizzato, a mezzo chilometro d'inferriata, perché Carvalho non è impegnato, perché Carvalho perde il tempo a seguire il volo dei rondoni verso ovest o ad ascoltare la storia di Juanillo, pugnalatore di fiche, fai già lavoro politico? Gabardinetti, vaffanculo, Gabardinetti, lo sciopero nazionale pacifico di ventiquattrore non si farà in questo carcere, non lo propaganderò né al vecchietto che si spalmava l'uccello con il latte condensato perché i ragazzini glielo ciucciassero, né al suocero che aveva ammazzato il genero perché picchiava la figlia con lo stiramaniche. Con lo stiramaniche? Sei sicuro nonno? Vaffanculo, Gabardinetti, dovresti seguire l'esempio di Cerdán, ha montato una cellula di traduttori toledani, a Toledo?, no a Burgos; uno è comunista ovunque si trovi, afferma Gabardinetti prima di andarsene in vacanza a Lloret de Mar, la fede del compagno Carvalho vacilla, non passa informazioni politiche, né ci ha detto niente sul Guercio che si fotte la vacca o la troia ogni volta che va alla colonia agricola; la vacca e la troia riprenderanno fiato per ventiquattro ore il giorno che si proclamerà lo sciopero nazionale pacifico di ventiquattr'ore. Che giovani e che imbecilli eravamo tutti, Gabardinetti, Cerdán, che minchioni, e come i gesti fondamentali di allora sono gli stessi gesti fondamentali di oggi. Dall'estasi del soffitto alla trama logora del tappeto. Piani. Nomi. Cifre. Dichiarazioni. Inventario sugli oggetti personali rinvenuti sul cadavere di Fernando Garrido. Orologio d'oro con dedica di Kim-Il-Sung, pacchetto di tabacco biondo, portafoglio con tremila pesetas, carta d'identità, tessera del partito, una cartolina di Oriana Fallaci, fazzoletto da taschino, una chiavetta, un ordine del giorno, briciole di tabacco biondo, un accendino, un'agendina. Quando si suicidarono gli sposi Lafargue, Lenin scrisse: « Se qualcuno non ha più la forza necessaria per lavorare nel partito, deve avere il coraggio di guardare la realtà in faccia e di morire come i Lafargue ». Santos Pacheco, oh vecchio capo indiano, uomo bianco ammazzare Aquila Nera. Carvalho si era fatta una pianta della sala, aveva distribuito i nomi sui posti come figuravano nelle indicazioni date, nomi, età, distanza, su e giù per la stanza a diverse velocità. Alla velocità dell'odio? Del risentimento? La trascrizione della bobina:

– *Faremo presto, perché sapete bene che non posso resistere a lungo senza fumare.*

– *Ah! Ah! Ah!*

– *Ecco, ci mancava questo. Si sono fuse le valvole...*

– *I fusibili, ignorante.*

– *Questi della Commissione Operaia sempre in sciopero.*

– *Ah! Ah! Ah!*

– *Qualcuno che aggiusti, che vada a vedere.*

Un rumore di terremoto vicino.

Sospiri di sollievo.

E all'improvviso un silenzio crescente.

– *Fernando, Fernando! (È la voce di Santos).*

E la torre di Babele.

La perplessità di Carvalho è stata prevista da Santos Pacheco: « Non si stupisca se la registrazione prosegue nonostante la mancanza di corrente. È rimasto bloccato il registratore centrale, però funzionava pure un piccolo registratore a pile per il caso di guasti, almeno durante la relazione politica e gli interventi dei compagni sulla relazione politica ». José Martialay Martín. Operaio edile. Responsabile del Movimento Operaio: « Era una riunione normale, senza un grosso tema centrale. Garrido stava come al solito, anch'io stavo come al solito. Non mi sono reso conto di niente fino a che non si è accesa la luce, eppure stavo seduto alla destra di Fernando ». Prudencio Solchaga Rozas. Minatore di Almadén: « Adesso mi sembra che tutto è durato tanto, invece sono stati soltanto pochi secondi. Garrido fumava, ed era quella tutta la luce che c'era. Ora ricordo che all'improvviso pure quella luce è sparita; è stato certamente quando Fernando è caduto sul tavolo. Non potevo vedere niente, né ho sentito niente di speciale. La gente parlava e si divertiva per la situazione. Chi avrebbe mai immaginato quello che stava succedendo? ». La luce proveniente da Garrido appariva in sette dichiarazioni. « Faremo presto, perché sapete bene che non posso resistere a lungo senza fumare ». Garrido aveva violato il suo stesso codice o sette membri del Comitato Centrale si erano suggestionati e avevano immaginato una sigaretta sulle sue labbra. Erano le sei di mattina. Albeggiava. Troppo presto per tirar fuori dal letto Santos Pacheco e chiedergli: « Garrido fumava all'inizio della riunione? ». Luís de la Mata Requesens. Dentista di Requena (Valencia): « C'era un altro medico in sala, più competente in questo caso, il compagno Valdivieso, internista e specialista cardiovascolare. Ma la diagnosi fu immediata e facile. Una pugnalata ben assestata. Chiara. Diretta al cuore. La morte fu istantanea. Senza dubbio la pugnalata di un esperto, soprattutto tenendo conto delle condizioni di oscurità in cui eravamo e della difficoltà di dare una pugnalata di fronte e con un tavolo in mezzo. L'assassino deve avere occhi da gatto, ci sono persone che si muovono nella oscurità con più disinvoltura di altre, ma questo è tutto, la differenza è minima ». Ezechiel Hernández Amado. Sacerdote: « La prima cosa che ho pensato è stata di dargli l'assoluzione e gliel'ho data, a voce molto bassa, non perché temessi la reazione di qualche compagno, questo no, perché la nostra fede, la mia e quella di molti altri come me, è tranquillamente accettata dai miei compagni dichiaratamente atei, ma perché considero l'assoluzione un atto intimo fra tre entità: il sacerdote, il peccatore e Dio. Ho pronunciato l'*ego te absolvo a peccatis tuis* credendo fermamente che c'erano pochi peccati da perdonare a Fernando Garrido; chi ha dedicato tutta la sua vita a lottare per la dignità umana ha un credito celeste senza fondo, ne sono certo. Forse la mia deformazione professionale mi ha giocato un brutto scherzo e l'assoluzione e la preghiera mi hanno impedito di rilevare altre cose: in quel momento mi è sembrata la cosa più urgente, ciascuno a suo modo, c'è bisogno di tutti nella vigna del Signore ». Carvalho vagliò gli appunti che aveva preso, li trasformò in domande. Poi scelse le domande. Cercò di dormire, magari soltanto per mezz'ora. Ma vide gente per la strada mentre andava a tirare le tende e credette di sentire un profumo di brioches, di udire il tintinnio delle tazze di caffè sui piattini. Si fece una doccia.

Sagome di piombo sulla strada di San Jeronimo, Fernanflor, Marqués de Cuba, Plaza de Cánovas. Tutta la polizia spagnola aveva l'aria di svolazzare e di concentrarsi in quell'incrocio di Madrid, formando un cordone marrone che delimitava come una ghirlanda la zona dell'omaggio popolare. Un vero recinto armato disegnava un trapezio con la base nel Paseo del Prado, i lati ad Atocha e ad Alcalá e il tetto ad Espoz, Mina e la Puerta del Sol. Ad ogni incrocio di strade importanti una jeep, in ciascuna piazzetta un furgone blindato con le armi puntate. E nel cielo il volo di un elicottero simile ad un uccello di cattivo augurio. Garrido uscì dalle Cortes portato a spalle dai membri del Comitato Esecutivo del Partito Comunista Spagnolo, e quasi subito, gli applausi furono smorzati da un perentorio *sss* nato dal più profondo della folla.

– Viva il Partito Comunista Spagnolo – gridò la voce rotta di una donna, e un Viva fiammeggiante incendiò le facciate e fece vacillare le sagome di piombo dei poliziotti sulle terrazze. Poi, un silenzio per il flash storico, al quale si rassegnava la presidenza del partito, quella familiare e quella ufficiale. Nella prima fila del partito, Santos con la testa china per nascondere il luccichio delle lacrime. In quella ufficiale, il capo del governo in rappresentanza del Re, il comandante generale della Prima Regione Militare, il presidente delle Cortes, tre ministri e il presidente della Corte Costituzionale. Con le bandiere dei loro paesi tra le mani, i segretari generali dei partiti comunisti d'Italia, Portogallo, Francia, Giappone, Romania, delegazioni della totalità dei paesi con più di cinque comunisti. Inoltre i segretari generali dei partiti socialisti d'Italia, Francia, Portogallo, Grecia e rappresentanti del Fronte Sandinista e del PRI. Dietro, una morena lenta di ghiacciaio rosso. Bandiere rosse contro il cielo scarsamente azzurro in quella mattina di novembre, fazzoletti rossi nei taschini delle giacche, nelle mani. Sembravano rossi anche i pugni che alzavano e si abbassavano a ritmo di martelli, con precisione di stantuffi.

Su, in alto, paria della terra,
in piedi, famelica legione,

attaccò una voce asprigna di donna, e tutta la lunga, ampia chioma rossa che seguiva il feretro si mise a cantare. In Plaza de Cánovas il canto si andò spegnendo verso la coda della folla, perché la Banda Municipale di Madrid ricevette la testa del funerale con la *Marcia reale*, lenta, suonata come per le esequie di un giovane e pallido principe tisico. E subito dopo i baritoni comunisti più che cantare gridarono l'*Internazionale*, incerti tra il rispetto tattico per l'inno reale e la necessità emotiva dell'*Internazionale*. Tierno Galván, sindaco di Madrid, risolse il problema salendo alla tribuna e pronunciando un'orazione funebre, breve e lenta:

– Nel funerale di un uomo che non era religioso non c'è migliore preghiera che il rispetto di quell'eroismo che consiste nel negare a se stesso la consolazione della resurrezione. In Fernando Garrido vita e Storia sono la stessa cosa. Fin dalla nascita credette che la speranza di ciascun uomo si realizzasse solo attraverso l'emancipazione collettiva, e divenne rivoluzionario perché credeva nell'uomo. Non c'è identità più indissolubile, più etica di quella che si stabilisce tra socialismo e umanesimo. Il socialismo ha tolto l'etica ai filosofi e l'ha data alla classe operaia, come Prometeo rubò il fuoco agli dei per darlo agli uomini. La storia di Fernando Garrido la conoscete tutti, e soprattutto la conoscete voi, che siete coscienti della vostra stessa storia e del ruolo che ha giocato in essa la lotta contro il fascismo e per la libertà. Io saluto il vecchio amico, l'antico fratello delle ore tristi dello sconforto, da cui non si lasciò mai abbattere. Era un uomo forte, figlio di un popolo forte, di una forte classe sociale. Non ho mai potuto chiamarlo compagno, ma ho sempre saputo che eravamo compagni e che mai ci avrebbero potuto separare del tutto le tattiche e le strategie. Presagì che in un futuro, ormai non molto lontano, comunisti e socialisti sarebbero stati condannati a costruire il socialismo con la libertà e a garantire la libertà con il socialismo. A voi, comunisti, vi pose sulla via di questa certezza. A noi, socialisti, ci mostrò il termine di un cammino ancora lungo. Qualcuno ha detto che la lotta finale sarà tra comunisti ed ex comunisti. Io vi dico che non ci sarà lotta finale perché esempi come quello di Fernando Garrido danno pieno significato all'*Internazionale* come canto e spirito unitario. Non piangete per la sua morte. Abbracciate il suo esempio.

Di nuovo gli applausi cercarono di deviare la cerimonia, ma zittii e singhiozzi li soffocarono. Santos salì alla tribuna e rimase a guardare la folla. « Compagni! » disse e rimase muto, come se tutto in una volta avesse scoperto che Garrido era morto e l'angoscia si trasformasse in una palla di niente nella sua gola. « Compagni! » tornò a ripetere con voce strozzata per l'emozione. Allora abbassò la testa ed alzò il pugno, affinché una foresta di pugni stringesse come uno steccato lo spazio nobile della piazza, davanti allo sguardo sereno, distante e perplesso delle statue addossate alla cancellata del Museo del Prado. Santos si mise da parte per lasciare il posto all'ultimo oratore.

Rafael Alberti salì alla tribuna con il passo lento ed

il corpo svelto, con la nobiltà e l'arroganza della sua faccia conservata nello sciroppo di una chioma bianca e liscia di poeta stregone:

Fernando Garrido vibra,
di solitudine vibra l'acqua
vibra d'ira la gleba
che salvare deve la Spagna
la gleba che è classe operaia
con i pugni per bandiere
rosse rosse rosse rosse
come il sangue e la nebbia
che abbrunato ha l'olivo
e sconvolto le messi
fermento di crepuscolo
nel mezzo di un mattino
fermento d'ombra scarnita
dai cani della morte
cani azzurri e neri
il fascismo non combatte
uccide al buio uccide a colpi
e dalla sua nebbia rinasce.

Fernando Garrido tu eri
la guida di coesistenze
quella di fiume e di acqua
quella di fuoco e di fiamma
quella di voci e di ceppi.

Verranno dai cieli futuri
arcangeli o pianeti
per vedere lo splendore
di questo mondo costruito
dalle tue parole di terra
Fernando Garrido muore
la morte vive la vita
Muoia la morte! Viva la vita!

« Muoia la morte! », ripeté in coro la folla mentre cresceva e scandiva: « Voi fascisti siete i terroristi ». Le presidenze si mescolarono. Santos si abbracciava con ministri e delegati stranieri. Dette una marziale stretta di mano al comandante generale di Madrid. Il servizio d'ordine faceva spazio alle macchine che dovevano accompagnare i resti di Fernando Garrido verso il cimitero.

– A te ti lasceranno passare. Dì a Santos che devo parlargli, possibilmente prima di sera.

Carmela si fece largo salutando alcuni e apostrofando altri.

Tornò nel frastuono di gente diretta verso le macchine autorizzate dal partito per andare fino al cimitero.

– Dice che ogni sera ha l'abitudine di passeggiare per la Città Universitaria. Alle sei all'ingresso di Lettere e Filosofia. Come me l'ha detto così te lo ridico. E non farmi quella faccia.

Non poté rimanere sorpreso troppo tempo. Una esplosione scosse l'aria come fosse un oceano e la folla si disperse in frenetica fuga verso chissà dove. Un'altra esplosione portò la sua eco dalla Stazione di Atocha. Carvalho afferrò Carmela e si mise a correre verso la porta dell'albergo Ritz e da lì si voltarono per guardare come la folla, trasformata in un branco sbandato, tornava a ricomporsi tenace, compatta, con i pugni alzati. Cantava l'*Internazionale*.

Si udivano ambulanze lontane che andavano verso la Puerta del Sol, dove era scoppiata una bomba, e verso la Stazione di Atocha, dove c'erano due morti e dodici feriti, a quanto circolava di bocca in bocca.

– No, non vado al cimitero. Non mi impiccio delle cose intime di famiglia.

– Rimaniamo insieme a mangiare?

– Tu sai dove si può mangiare un buon bollito a Madrid?

– Per saperlo non lo so, ma appena finisce il funerale consulto la guida gastronomica e ti so dire. Rimaniamo d'accordo per le due?

– Nel mio albergo.

Dovette schivare le ondate di manifestanti per uscire dall'area circondata dalle forze di polizia ed arrivare nella zona di libera circolazione. Prese un taxi e chiese d'esser portato in via Profesor Waksman.

– Può darsi che arriviamo prima che finisce questo raduno, perché c'è un ingorgo che non vi dico, non se ne può più, non si può proprio andare avanti così.

Le macchine sembravano guidate da paralitici o trattenute da una strana forza che saliva dall'asfalto ingrigito da un cielo di feltro. Il tassista sapeva tutto quello che si poteva sapere sui due attentati. Una bombetta all'ufficio passaporti della Puerta del Sol e una bombaccia ad Antocha.

– Mi capisce, lei, signore? Mi spiego? Una bombetta e una bombaccia. Mi spiego? Ma non se ne può più, non se ne può proprio più. Pure le bombe sono firmate.

Arrivarono a via Profesor Waksman con la pioggia alle calcagna. Ebbe giusto il tempo di localizzare il portone e sentirsi sulle spalle i primi aghi di una pioggia fredda d'autunno.

– Il signor Jaime Siurell.

Il portiere in divisa gli disse il piano senza guardarlo, mentre si grattava lentamente le palle con una mano infilata sotto la livrea. Gli aprì la porta dell'appartamento una vecchia signora appena emersa da una elegante rivista nordamericana nelle pagine dedicate a completi per *cocktail party*.

– Gli dica che sono un vecchio amico degli Stati Uniti. Che voglio parlargli di James Wonderful.

Non tornò lei. Si aprì la doppia porta color crema e filettata di porporina dorata per far passare una sedia a rotelle manovrata dalle grandi mani di James Wonderful. I tratti deformati del viso sembravano compensati dagli occhi aperti, oceanici dietro le lenti degli occhiali; bavoso il labbro inferiore, cadente verso il mento, in sintonia con tutto un corpo che franava dalla testa fino ai piedi, abbandonati più che appoggiati sulla predella della sedia a rotelle. Non restava niente della baldanza fisica di quel cinquantenne atletico che aveva conosciuto vent'anni prima.

– Carvalho! – riuscì a dire con difficoltà, il labbro inferiore forzatamente incollato alla muscolatura di una bocca che sembrava disprezzarlo.

Carvalho credette di indovinare un sorriso e una emozionata nebbia negli occhi di James Wonderful, ex vice direttore generale della Seconda Repubblica, istruttore di agenti della CIA, capo zona per l'America latina ai tempi in cui Carvalho era stato destinato al « servizio d'ordine presidenziale ». Il vecchio esiliato, sopravvissuto a tanta rovina fisica e ideologica, era adesso un emiplegico vinto da un male oscuro che lo aveva preso sottobraccio. Allungò le mani perché Carvalho gliele stringesse:

– Quanto ci siamo odiati.

– Abbastanza.

Il tentativo di sorriso gli scompose ancor più la già scomposta geometria del viso. Appoggiò di nuovo le mani sulle ruote, manovrò la sedia con abilità e tornò da dove era venuto, invitando Carvalho a seguirlo. Entrarono in un salone spazioso, pieno di mobili filippini in vimini, parati floreali ai muri e splendide piante d'appartamento. Carvalho si affidò alle profondità di un sofà eccessivo e rimase sotto la linea di galleggiamento del viso cascante di Wonderful. I muscoli di quel viso si muovevano come pezzi arruginiti di un meccanismo precario ogni qual volta apriva bocca:

– Non ho saputo niente di te in venti anni.

– C'era molto poco da sapere.

– Vivo qui appartato da tutto e da tutti. Sono andato in pensione dieci anni fa per scrivere le mie memorie. Stai ancora nella Compagnia?

– Lei sa benissimo di no.

– Sì. È vero. Ho domandato tanto per domandare. Suppongo che non sei qui per fare una visita. Voi galiziani non perdete mai il vostro tempo. Tu sei galiziano, no?

– Meticcio.

– L'eredità genetica esiste, soprattutto nelle cellule di sopravvivenza. Serviti quel che vuoi. Io non posso bere niente. Lo vedi. Uno sfacelo. In apparenza uno sfacelo. Ma dentro il mio cervello entra tutta la Storia, e tutti quanti voi. Come mi hai rintracciato?

– Cinque anni fa ebbi un incontro fortuito con Olson a Barcellona. Chiacchierammo dei vecchi tempi, di lei. Mi dette il suo indirizzo.

– Olson. È venuto qui non molto tempo fa. Adesso fa l'agricoltore. Coltiva avogados a Malaga, credo. Un destino giusto. A partire dai cinquant'anni non si è più buoni per quella professione. E tu che fai?

– Detective privato.

– Vivi a Madrid?
– No.
– Sei qui per ragioni di lavoro?
– Sì.
– Ho qualcosa a che vedere con il tuo lavoro?
– Può darsi.
– E che cosa ti fa pensare che possa aiutarti? Puoi costringermi ad aiutarti?
– No.
– Non sono mai stato una persona generosa. Perché dovrei aiutarti?
– Per vanità, forse. Per dimostrarmi che continui ad essere ben informato.
– Sono un invalido. Che cosa può sapere un invalido? In che storia ti sei messo?
– Lo indovini.
– Non è difficile: Fernando Garrido –. Carvalho assentì chiudendo gli occhi, ma non tanto da perdere di vista l'espressione di Wonderful e da lasciarsi sfuggire il lampo d'interesse che gli affiorava negli occhi.
– È una faccenda più grande di me. Non ti nascondo che conosco qualche particolare. Comunque, più che sapere, deduco. Ho una buona conoscenza del metodo e della meccanica e, magari a distanza, posso avere una visione quasi perfetta di quello che è successo.
– Per questo ricorro a lei.
– Non so niente di questo caso. Sono sorpreso come tutti.
– Sorpreso?
– Sorpreso. Con questa parola ti do già un'informazione.
– È stato un assassinio inaspettato per la Compagnia?
– Io parlo a nome mio. Da tempo si preparava qual-

cosa di grosso, ma non era certo Garrido ad avere tutte le carte in mano.

– E chi le aveva?

– Martialay.

– La Compagnia?

– Chi lo sa. Forse non direttamente. Non è come prima. Adesso tutto è molto più sofisticato.

– Perché Martialay?

– Non è il partito che preoccupa, ma il settore sindacale. Le elezioni sindacali si avvicinano. Ma era difficile liquidare Martialay senza scandalo. Che cosa si può fare contro un uomo che fa ginnastica in tuta alle sei del mattino?

– Perché questo scambio di vittime?

– Non lo so. Neanche so chi sia stato. Pochissimi debbono esserne al corrente. Hai famiglia?

– No.

– Che peccato. La famiglia serve, un giorno o l'altro. Chi ti aiuterà ad alzarti dal letto e a sederti sulla sedia a rotelle?

– Perché si è sostituito Martialay con Garrido?

– Non abusare di un'amicizia che non è mai esistita. Hai ragione. Mi hai fatto parlare per vanità, ma ho già detto abbastanza. Inoltre, seriamente, non posso aggiungere niente. Dove vivi?

– A Barcellona.

– Potresti farmi un favore? Nella emeroteca comunale hanno tutte le collezioni complete della stampa di prima della guerra. Puoi mandarmi alcune fotocopie de « L'Opinió »? Ho scoperto di non sapere tutto quello che dovrei e debbo fare in fretta a finire le mie memorie. Le intitolerò « Non arriverò mai ad Itaca ». Ti piace il titolo?

– Se non è stata la Compagnia, chi è stato?

– O forse sarebbe più azzeccato « Non tornerò più ad Itaca ». Che te ne sembra? A volte mi pento di non essere tornato a Barcellona, ma mi ha attirato Madrid e mi faceva paura ritrovare una città che non era più fatta a mia misura.

– Quale sarà la mossa successiva?

Wonderful mutò atteggiamento e tornò ad essere un vecchio emiplegico, paralitico, disarticolato dalla conversazione obbligata con Carvalho. Non guardava nemmeno il suo visitatore, si poteva dire che guardasse soltanto in se stesso. Carvalho si alzò e si dispose ad uscire dalla stanza. Wonderful non reagì finché non attraversò la soglia.

– Non credo che ne vengano frutti immediati. Questo delitto è stato un investimento a lunga scadenza. Non lo so, ma lo intuisco. Non perderanno neanche le elezioni sindacali. Questo tipo di colpo è tra i più temibili. Sta' attento; vorrei che mi sopravvivesse qualcuno che ha avuto rapporti con me in quegli anni. Ogni morto si porta via una parte della nostra immagine. Hai pensato a questo?

– Che fotocopie vuole?

– Lascia stare. Non fa niente. Non ho scritto neanche una riga. E mai la scriverò.

– Al « Tavernone » fanno il lesso, oggi. Grazie a te mi sto informando di tutto. Al partito già mi credono innamorata pazza. Per caso sapete dove si può mangiare del buon lesso? Oggi me l'ha detto il responsabile della cellula di Quatro Caminos. Io stavo abilmente interrogando quelli di « Mondo Operaio », e mi frega il commento scandito del compagno. Oggi, al « Tavernone », lesso. Dunque andiamoci subito prima che finisca. E tu vivi sempre così, in cerca di ristoranti? Sono gradita come commensale o preferisci la gattamorta di ieri sera? Che fugone, caro mio, neanche Belmondo in *Au bout de souffle*; persino Cerdán se n'è accorto e la conversazione ha deviato sulle gambe della bellona.

– Che pensava Cerdán delle gambe della bellona?

– Ha introdotto l'argomento Leveder, che è frivolo, del settore frivolo. Ma Cerdán ha aggiunto la nota analitica dissentendo sul tema.

– Che vuol dire, questo?

– Ha voluto dire, diciamo in tedesco, che era una culobasso, ma a sentirlo pareva Lukács, Adorno o uno così.

– Come è finita la riunione?

– Scambio l'informazione per come è finita la tua, di riunione.

– A letto, ma ciascuno nel suo.

– È un nuovo modo?

– E ciascuno a casa sua.

– Ancora meglio. La telescopata.

Carvalho, alla vista dell'eccellente lesso, dissertò sulla genealogia del *pot au feu*. I ceci, disse, caratterizzano la cultura del *pot au feu* alla spagnola e quasi sempre è il legume secco che apporta la sfumatura particolare. Per esempio, nello Jukatan fanno il pollo lesso con le lenticchie, e in Brasile con i fagioli neri. Tra i lessi dei paesi iberici, quello di Madrid si distingue per il *chorizo* e quello della Catalogna per la salsiccia al sangue e il polpettone. Carmela prese nota per la preparazione del polpettone.

– Come siete furbi voi catalani. Perché non è venuto in mente a noi?

– Che te ne pare di Martialay?

– Eroico. È del settore eroico. Io chiamo così quelli che si sono fatti in carcere tutti gli anni che hanno addosso, e pure qualcuno di più.

– Un duro?

– Di acciaio. Ma che cosa c'entra con il bollito?

– Cambierebbe sostanzialmente la linea sindacale se non la dirigesse Martialay?

– No. Per lo meno non per un lungo periodo.

– Chi succederà a Garrido?

– Provvisoriamente Santos, sono convinta, e poi vedremo se si anticipa il congresso o si aspetta. Il congresso dovrebbe essere in estate. Se riesce Santos, seguirà la stessa politica di Garrido. E se Santos non ce la fa, può succedere un casino gigantesco. Potrebbero vincere soltanto Martialay, Cansinos o Sepúlveda.

– Leveder?

– Ma che dici? Quello regge per miracolo. Fa troppo come gli pare; faceva incavolare Garrido perché si asteneva sempre. È troppo brillante, troppo ragazzo-bene.

– Martialay lo conosciamo. Gli altri. Cansinos?

– Una macchina da lavoro. Si occupa del movimento popolare e si è affermato molto dopo l'accordo in giunta con i socialisti. Per i deboli è troppo duro e per i duri troppo debole. Possiamo metterlo nel giusto mezzo.

– Sepúlveda?

– È un ingegnere. Diciamo che è uno dei pochi sopravvissuti del gruppo degli intellettuali integrati degli anni sessanta. Credo che abbia resistito bene perché quando vuole non farsi capire da nessuno, non lo capisce nessuno. Cataloghiamolo nel settore della rivoluzione tecnico-scientifica, e alla fine non sai se pure lui ci crede o no.

– Gli altri?

– Troppo smarcati. Si sono bruciati nelle piccole lotte.

– Il tuo candidato?

– Santos. È il mio uomo. Sembra un senatore romano. Mi va a pennello. È un tipo che non ha mai fatto una puttanata a chicchessia e non inganna mai nessuno. Per il partito sarebbe capace di qualsiasi cosa. Era affascinato da Garrido.

– È ambizioso?

– No. È difficile che un ambizioso rimanga in un partito che sarà all'opposizione fino all'anno 2000. Non credi?

– L'ambizione può allignare in qualsiasi campo. Ci sono spazzini ambiziosi.

– Santos è un tipo particolare. Pensa, è sposato e continua a tenere il suo appartamento dal periodo della clandestinità. Ogni tanto lascia la famiglia e torna a stare alcuni giorni nell'appartamento degli anni duri. Vive come un monaco. Non gli si conosce un hobby, un vizio. La sua traiettoria nel partito non ha avuto né alti né bassi. Non ha fatto grandi passi, ma neanche passi falsi. Se controlli le biografie dell'Esecutivo finisci sempre per scoprire un momento difficile nel quale o sono stati troppo critici o hanno sbagliato linea. Santos mai. A volte mi sembra un extraterrestre a forza di tenere i piedi per terra, non so se mi spiego. Credo che sia da museo. A volte ci penso. È come un modello. Così dovevano essere prima i militanti, ma prima di che? Prima di tutto questo che c'è oggi, una schifezza.

– Garrido rischiava il posto?

– No. Lui certe volte era molto duro, perché ha sempre diretto a modo suo, ed era male abituato per l'ascendente che gli veniva dalla clandestinità. Ma aveva riflessi storici, lui, e questo è apprezzato in un partito che tende alla lentezza. Era riuscito a rendersi insostituibile.

– Come ha reagito la base all'assassinio?

– C'è stata una consegna immediata di riservatezza e di non dare adito a provocazioni. Se tutto questo macello succedeva tre anni fa, era un guaio. Ma questo paese si è abituato alla morte. Il terrorismo ha provocato una insensibilità generale di fronte alla morte. Senti, non bevi niente, e mi avevano detto che eri una spugna.

– Devo incontrarmi con Santos e voglio stare al suo livello.

– Ma io ho bevuto un poco e sto proprio bene.

Il vino aveva dato splendore ai suoi zigomi delicati e miele ai suoi occhi decisamente dolci con Carvalho.

– Perché sei militante?

– Io? Ma dai, che razza di domanda –. Era perplessa e scuoteva la testa come se la risposta le si fosse intasata in un angolo del cervello. – In un certo momento l'ho deciso per qualche ragione e non ho avuto sufficienti motivi per cambiare idea. Suppongo che sia perché continuo a credere nel partito come avanguardia politica della classe operaia e nella classe operaia come classe ascendente che dà un significato progressivo alla Storia. Si diceva così prima, no? Ma senti, non fare tanto con me il quintacolonna. Va' in giro per la base con questa domandina e mi metti tutti in crisi. È come chiedere: cos'è un tavolo?

– Mi piacerebbe vedere la vita quotidiana in una sede del partito. Nel tuo quartiere, per esempio.

– È fatto. Se vuoi, stasera. C'è una riunione di gruppo.

– Questa sera non posso.

– La culobasso?

Carvalho le dette un pizzicotto sulla guancia e Carmela gli restituì una leggera pedata sotto il tavolo.

Santos si stagliava all'orizzonte. Alle sue spalle si ergeva la facoltà di Lettere e Filosofia. Stava lì, immerso nei suoi pensieri, con le mani unite dietro e lo sguardo perso in una molecola impercettibile del paesaggio, che il sole calante tingeva di malva. Tra Carvalho che avanzava e Santos che attendeva si interposero due uomini.

– Santos – disse Carvalho, e il cogitabondo si girò verso il gruppo.

– Lasciatelo passare.

I due camminarono insieme in silenzio. Poi Santos si sentì in dovere di giustificarsi. Ogni sera faceva due passi per la Città Universitaria. Nel 1936 aveva quasi ultimato i suoi studi, e, malgrado le lotte e gli anni difficili, la Città Universitaria era rimasta nel suo ricordo come un paradiso affascinante.

– Era la città promessa. Erano in fase di costruzione tutte le facoltà. Un'arcadia di saggezza. Eravamo molto ingenui, specialmente noi che venivamo dal basso, o quasi dal basso, e ci era costato molto arrivare all'Università. Io lavoravo di notte nella bottega di legatoria di mio zio. Ero un personaggio di Baroja. Forse il Manuel di *La lotta per la vita* ma la guerra mi impedì di finire come un buon borghese. Questo paesaggio mi rilassa. A quest'ora non c'è quasi nessuno in questo periodo dell'anno. Ogni tanto qualcuno che fa il footing. Mi inteneriscono. Hanno una tale espressione di sofferenza. Invece di correre tanto potrebbero mangiare e fumare di meno.

– Volevo vederla. Bisogna arrendersi all'evidenza, l'assassino è uno di voi.

– Centotrenta candidati.

– No. Una ventina. Soltanto venti hanno avuto il tempo di muoversi, ammazzare Garrido, tornare, e così ridurrei il numero a sei. Guardi questo disegno –. Santos si fermò, tirò fuori gli occhiali dal taschino della giacca. – Soltanto le due prime file della zona perpendicolare al tavolo presidenziale. Da quelle file è uscito l'assassino.

– Lo deduce dal tempo impiegato?

– E dalla direzione che hanno dovuto prendere per colpire Garrido. Non dimentichi che stavate al buio, nonostante che Garrido fumasse, e la luce della sigaretta dovette servirgli da faro.

– Mi spiace di far crollare la sua tesi. Garrido non fumava.

– Ci sono sette dichiarazioni che affermano che Garrido fumava.

– Non fumava. Qualche istante prima di cominciare la riunione ne abbiamo parlato. Era un grande fumatore, e fece il gesto di accendere una sigaretta. Scherzammo un po' sulla proibizione drastica di non fumare durante le sedute in un luogo chiuso. Perdipiù, quando cominciò la riunione egli stesso ci scherzò sopra. Disse che avremmo finito subito perché non poteva resistere senza fumare.

– Sicuro. Allora le dichiarazioni...

– Una allucinazione o una fissazione ossessiva, proprio perché fumava tanto. Anche a me è difficile immaginarlo senza la sigaretta in bocca. Un giornalista scrisse che sembrava che tirasse fuori le sigarette già accese dalla tasca della giacca.

– Certo la sigaretta accesa risolveva il problema dell'orientamento dell'assassino.

– Continua ad essere un mistero perché, ripeto, Garrido non fumava. Chieda a Helena o a Martialay. Glielo confermeranno. O a Mir. Inoltre abbiamo la registrazione delle sue parole quando scherza sul divieto di fumare.

– Come è possibile che sette testimoni dicano che fumava senza che nessuno gliel'abbia chiesto espressamente? Lo dicono di sfuggita. Uno arriva a dire che all'improvviso la luce della sigaretta scomparve...

– La luce e la sigaretta. Sul tavolo non si è vista nessuna sigaretta. Né tra i vestiti di Garrido quando lo alzammo. Non fumava, se lo tolga dalla testa.

– Come si orientò il criminale? Come poté dare un colpo di una tale precisione?

Santos si strinse nelle spalle. Carvalho credette di avvertire un certo sollievo nella maniera di muoversi di Santos, come se il falso indizio avesse respinto una certezza imbarazzante.

– Ad ogni modo insisto su questi venti nomi e specialmente sui sei che ho sottolineato.

Santos si rimise gli occhiali con meno voglia di prima. Quando alzò lo sguardo dal foglio per guardare Carvalho, un sorriso di scetticismo gli prendeva tutta la faccia.

– Questi venti nomi sommano un secolo di condanne trascorse nelle carceri franchiste ed un altro secolo di militanza nelle peggiori condizioni che si possano immaginare. Perdio! E questi sei nomi? Lei sa chi sono?

– No. Ma lei sì.

– Dovrebbe essere la gente più cinica del mondo, con incredibile doppiezza. Incredibile e perciò non ci credo.

– Lei è un materialista, e questo implica che è un razionalista.

– Io sono un comunista –. Aveva alzato la voce e si era fatto teso, come disposto a un litigio definitivo. Ma lentamente si rilassò e una stanchezza di piombo si appropriò della sua espressione, poi del suo scheletro che sembrò rimpicciolirsi, sotto la frana delle sue colonne fondamentali. – Non faccia caso a me, che vuole sapere?

– Informazioni più precise su quei venti nomi e specialmente su quei sei.

– Le avrà domattina.

Camminò più in fretta, come se volesse sottrarsi alla compagnia di Carvalho. La mano di questi gli afferrò bruscamente un braccio e lo obbligò a fermarsi:

– Non mi sono ficcato in questo affare per curiosità, amico. Voi mi avete chiamato. Se volete lascio perdere e vi cercate l'assassino per conto vostro o nelle opere complete di Lenin o di chi volete.

– Scusi la mia irrazionalità. Cerchi di capire: sono il meno indicato ad accettare che un compagno abbia potuto assassinare Fernando. Ci hanno appiccicato addosso una leggenda sanguinaria che non ci appartiene. In guerra era una questione di vita o di morte. Poi la guerriglia. Ma tutti gli intenti per dimostrare la realtà di quella leggenda sanguinaria non sono riusciti. Lei conosce i libelli di Semprún o di Arrabal contro il partito?

– Non leggo libelli.

– Quando vogliono indicare nomi concreti riescono a farne soltanto uno, e questo è successo nel 1940.

– Non mi racconti la sua vita, né la sua storia. Non mi interessano.

– È in gioco il nostro patrimonio etico. Questo patrimonio etico è la grande forza storica dei comunisti. Il giorno in cui dovessimo perderlo saremo vulnerabili quanto qualsiasi profeta, inverosimili quanto qualsiasi profeta. Nel mondo attuale le masse odiano quei profeti che chiedono una tensione costante con la realtà.

– Insisto, non mi racconti la sua vita né la sua storia. Ritengo che quando un idraulico o un elettricista viene a casa sua, lei non si mette a spiegargli la creazione del mondo. Io sono un idraulico. Si dimentichi di tutto il resto.

– Ma si rende conto? L'assassinio di Garrido è un tentativo di sopprimere il partito e più di quarant'anni di lotta.

Carvalho alzò le spalle e fece un mezzo giro. Allora fu Santos che lo seguì. In poco tempo ripresero un passo normale, in silenzio, fino a che Santos non lo ruppe con voce neutra, convinta:

– Alle dieci in punto avrà ciò che ha richiesto, e se è necessario convoco i venti compagni, i sei, quelli che occorrono.

– Per il momento mi bastano le informazioni, più dettagliate possibili. Dati personali inclusi. Mezzi di lavoro o di fortuna. Vita privata.

– Mi dispiace deluderla, ma i nostri archivi non contengono questi dati. Li chieda a Fonseca.

– Pensavo di farlo.

Camminò avido degli ultimi bagliori di un panorama imbrunito fino a che la notte non ammucchiò batuffoli neri sull'orizzonte delle montagne. Qualcosa più di batuffoli. Una leggera pioggia restituì definitivamente all'atmosfera la sua aria autunnale e lanciò un urgente richiamo alle luci incerte della piazza della Moncloa. Gli passò accanto un appassionato di footing in giacchetta, con una falcata da cavallo che invano fugge dal mattatoio. Esitò tra il lasciarsi prendere dal timore della pioggia o dalla necessità di camminare sotto acque così benevole: preferì andare in cerca della Puerta de Hierro e di Sant'Antonio de la Florida. La gente aveva sete di diluvio e lui pregustò il possesso segreto della complicità delle acque. Percepì il richiamo di un ricordo semi-cancellato, un ricordo di un androne profumato di sidro, pieno di riflessi adolescenti, e al momento di trasformarsi in una spugna satura arrivò all'androne, spuntato forse da un'altra vita, in questa vecchia sidreria chiamata « Casa Mingo », rifugio dei fuggiaschi della pioggia e in genere di asturiani. Niente era cambiato della sua esistenza o del suo sogno, e in ogni caso non lo aveva vissuto né sognato abbastanza da poter confrontare fedelmente realtà e desiderio. Si affidò al refrigerio profondo del sidro; umido di dentro e di fuori, cominciò a mangiare la salsiccia e la cotoletta troppo impanata per nascondere la scarsezza di carne. Era già stato qui, prima? Sicuramente. Un frammento di cospirazione gli pendeva dal cervello come una cicca dalle labbra. Era una domenica, venticinque anni prima, e l'immenso locale era stipato di masse ignoranti rimpinzate di frittata, del tutto ignare che in un angolo lui cercava di abbattere la dittatura a colpi di versi, a colpi di frasi scolpite. Ricordava vagamente: bisognava recuperare Ortega, diceva il suo interlocutore, attualmente vicepresidente di non so quale Camera, se quella alta o quella bassa. E si riferiva a Ortega y Gasset, senza dubbio. A Ortega gli è mancato di fare il salto dal soggetto all'oggetto, diceva quel pizzetto, un pizzetto di socialista orteghiano, specialista nel ricevere tutte le imprecazioni che scappavano di bocca ai gruppi d'urto della Falange Universitaria. Fantastica, la salsiccia. Ecco un prodotto iberico, *se non è vero è ben trovato*. La guardia civile, la salsiccia, San Fermín, coglioni, cazzo, cornuto, figlio di puttana, la razza. Ma Ortega y Gasset era rimasto a mezza strada tra il soggetto e l'oggetto, era rimasto sulla « i » greca che separava Ortega da Gasset. Ortega o Gasset? Quale scegliere?

– Ancora salsiccia.

– Le è piaciuta?

– Non c'è niente di meglio della salsiccia.

– Soprattutto se è asturiana.

– Lei mi giura che è asturiana?

– Io e le mie salsicce siamo asturiani.

La Spagna ed io siamo così, signora. Disegnava sui tovaglioli piante della sala di riunione del Comitato Centrale, e rimpiazzava tutti i comunisti con schematici giocatori di calcio nella posizione teorica di attaccanti, guardati da una sbalordita difesa e da portieri irrimediabilmente battuti.

– Posso fare una telefonata interurbana?

– No. Ma a pochi metri c'è una cabina.

Pioveva. Troppo per bilanciare la voglia che aveva di parlare con Charo e con Biscuter. Da due giorni si era allontanato dalla sua città e gli sembrava di essere a mezzo mondo e a mezza vita di distanza, come se Madrid gli imponesse un passato e una geografia. No. Non c'era baccalà in umido. Una donna in umido. Aveva bisogno di una donna in umido. Una donna celtica, con il biondo un po' sporco per insufficienza d'aria, e l'azzurro degli occhi più concreto e guardingo dell'azzurro vichingo. Gladys non era proprio quel tipo, ma restava l'unica possibilità più vicina, a meno di voler passare la notte nascente a cercare di tastare da sotto i tavoli i polpacci sposatissimi di donne tanto celtiche quanto culone, accompagnate da distinti uomini che ripulivano i piatti con molliche di pane da mezzo chilo. Decise di percorrere la distanza più breve tra i due punti psicologici che lo tentavano e sostituì il sidro con l'acquavite fino a che non si sentì a posto tra i quattro punti cardinali del suo corpo. Lasciò la depressione affogata nel sidro, e l'euforia acquavitosa lo spinse ad affacciarsi su due o tre scollature senza volto. Buttato fuori dalle scollature da combattivi occhi mascolini, lucidi quanto le loro labbra piene di salsa, Carvalho gli risparmiò la vita e le femmine, e ritornò alla pioggia che lo aspettava con la sua traditrice dolcezza. Non trovò un taxi se non nelle vicinanze della stazione del Nord. Si fece portare all'albergo per fare un bagno caldo e chiamare Biscuter.

– Capo, già stavo in pensiero.

– Malissimo. Non ti dare pena con tanta facilità. Qualche notizia.

– Ho chiamato Charo due o tre volte. Era molto arrabbiata, capo, perché non sa neanche l'albergo dove sta.

– Sto all'Opera.

– Che mi dice, capo. C'è un'Opera anche laggiù?

– Sembra una bomboniera di confetti da quattro soldi.

– La chiamerà lei?

– È un'ora scomoda. La beccherei in pieno lavoro. La troverei in pieno pseudo-orgasmo con qualcuno dei suoi abituali clienti telefonici. Dille che se la cosa va per le lunghe la chiamerò. Diglielo domani. All'ora di pranzo.

– Abbiamo mangiato insieme, capo. Le ho fatto un pranzetto da leccarsi le dita e l'ho invitata. Ho fatto male? Era molto triste e per tutto il tempo non ha parlato che di lei.

– Ha mangiato o no?
– Come una balena.
– Come vanno le Ramblas?
– Bagnate. Ha piovuto tutto il giorno. Ci sarà la guerra, capo?
– Che guerra?
– Così dice qui la gente. Che ci sarà un altro diciotto luglio. Che il fatto di Garrido è stato un altro segnale. Che fa la gente là?
– Mangia salsiccia al sidro.
– Che buono, capo.
Riappese. Riempì la vasca di acqua calda e nell'immergersi scoprì che la pioggia gli aveva infiltrato freddo nel corpo, un freddo che l'acqua calda ora espelleva. Si sentì al riparo. Chiuse gli occhi e vide una sala buia con un unico punto brillante nel fondo. Un punto che mandava un bagliore così breve da non lasciare intravvedere la faccia di Garrido. La brace della sigaretta mutava d'intensità secondo la respirazione dell'uomo. Se si fosse trattato di una luce intermittente, di una luce di sigaretta, sarebbe stata percepita molto più dagli altri e avrebbe creato una zona di relativa visibilità intorno al volto del fumatore. Una luce fissa. Ma come? Garrido stesso che faceva segnali al suo assassino! Sono qui. Qui il mio cuore per il tuo pugnale. Qualcuno seduto al suo fianco. Helena Subirats? Santos Pacheco? La cosa indubbia era che lo stesso Garrido aveva mandato un segnale, aveva acceso il faro che guidava i passi del suo assassino. Un anello. Forse un anello. Ma nessun metallo o pietra preziosa poteva imporre il suo fulgore nell'oscurità senza la provocazione della luce.
– Fonseca. Mi scusi se la chiamo a quest'ora.
– Non si scusi. Sono a sua disposizione.

– Ho letto e riletto l'inventario di tutto quello che avete rinvenuto sul corpo di Garrido. Porta il timbro del suo ministero. Non è passato niente inosservato?

– Tutto quanto portava addosso il cadavere quando ce l'hanno consegnato è inventariato.

– Alcune testimonianze insistono che Garrido fumava e questo poteva essere il segnale che ha orientato l'assassino. Ma Santos giura e spergiura che Garrido non fumava in quel momento.

– Se lo dice lui...

– Come spiega lei l'orientamento così preciso dell'assassino?

– Allenamento. Molto allenamento.

– Dove? Qualcuno del Comitato Centrale ha affittato la sala dell'albergo Continental per fare pratica?

– Non è necessario. Basta riprodurre una scenografia precisa. Garrido si sedeva sempre allo stesso posto. Le distanze potevano essere calcolate alla perfezione.

– Non mi sembra una spiegazione sufficiente.

– È questione di gusti o di voglia.

Oliver apparteneva al neoclassico, a quale neoclassico?, non importa, forse era una derivazione del modernismo decorativo nato nella seconda metà degli anni sessanta e adattato alla sensibilità kitsch. Come la Rinascenza cercò di imitare l'arte greca e romana più di mille anni dopo la sua pratica estinzione, e neomodernisti recuperarono le ultime manifestazioni immaginative del capitalismo premonopolista quaranta o cinquant'anni dopo la sua decadenza ufficiale. Già piuttosto deprimente nei colori, nelle forme, nei volumi condizionati da alti soffitti per uno spazio senza fine, l'aggiunta sadica inevitabile dell'arredatore era consistita nel costringere i corpi a stare seduti pressappoco nella posizione ideale di quelli che cacano accovacciati. Posti per prearabi o postgiapponesi, o pesi piuma di addomi condizionati da fette di pane integrale e uova sode. Quando Carvalho si sedette, gli sembrò che stava per essere interrogato da qualcuno seduto meglio di lui e che questa situazione favoriva il gioco di sguardi di tutti i presenti, inevitabilmente costretti a spiarsi per indovinare chi tra essi esercitava il ruolo di grande inquisitore. Questa scomoda sensazione di stare mal seduto dinanzi alla vita, a volte riusciva a mutarsi in curiosità per i volti, cognomi e aggettivi che sfilavano alla ricerca di un posticino nell'harem degli indiziati o nel sottosuolo, dove si riunisce, dicono, gran parte della froceria più distinta e colta di Madrid. Nel salone eterosessuale: ex attrici dell'ex teatro, ex attori della ex vita intellettuale, del dopomaggio sessantotto, del radicalismo verbale perpetuamente rinnovato e convenientemente intasato per la caduta abusiva della erre intervocalica. Eredi di fabbriche di salame segoviano convertiti alla negazione della negazione della negazione del bakuninismo dodecafonico paradigmatico abrasivo radicale a sette chilometri da qualsiasi parte e a sette leghe di ante e post la scoperta che il progresso è finito, e che i genitori non trovano più i figli sotto i cavoli, né li possono salvare dal grado zero di sviluppo, né dalla morte, spiegavano le loro ultime scoperte *nouvelle cuisine*, la scoperta della cospirazione del settanta, falso che il settanta sia una buona annata per i vini *Rioja*, senza cercare più lontano abbiamo il *Muga 71*, indispensabile per la sopravvivenza nonostante il tradimento dei comunisti ed il fatto che un intimo amico mio della Sorbona è diventato tagliatore di teste in Cambogia, è cambogiano, certo, e ha tradotto Saint-John Perse in cambogiano, dove cazzo starà il soggetto. I principi del barocco finiscono ogni notte da Oliver la complicata preghiera iniziata la mattina all'ora del cappuccino e un cornetto, senza ossigeno né niente, a pieni polmoni; ci si arriva leggendo Góngora con una cicciona seduta sullo stomaco. *Starlets* senza distinzione di sesso né stato né firmamento parlavano di rappresentazioni equivoche tra il teatrale e il fisiologico con tutti gli occhi del corpo ben tappati: mollavano la conversazione là dov'era per riprenderla ore più tardi al Boccaccio, tutti insieme maschi e femmine, tutti con il culo per terra perché c'è una stasi, un fermo da rottura d'anime o di palle, che è lo stesso. E transfughi di redazione o ex redazione di « Mondo Operaio », ex poeti concreti, cinquemila romanzieri andalusi ed un teosofo di Alcoy, un quarantenne sensibile malato di nervi e una moglie infermiera con la fica a mezz'asta, espulsi o espulsori dal Partito Comunista, segretari generali di tutte le sinistre in pellegrinaggio a Santiago de Compostela, l'ultima scoperta di Umbral e la penultima di Cejador, venditori di articoli di « El País » al mercato nero, una ragazza di Siviglia che va a dormire tardi e sola, la sedia vuota di uno che non s'è fatto vedere all'appuntamento, sopravvissuti alla purga del '63 e tre pronipoti gemelli di Sitting Bull, quelli che passano per vedere se sono stati notati, quelli che sanno già chi vincerà il premio Planeta e chi ha ammazzato Kennedy, un terrorista dell'ETA travestito da ragazzone settentrionale, la monaca che ha convertito Borges al kropotkinismo mostra le stigmate di sangue blu sbocciate sulle palme delle sue mani.

– È insopportabile. Dovevamo rimanere a Malasaña. C'è più ambiente. Qui sembra un garage di periferia.

Gladys traduce a Carvalho quello che sente. Carvalho è affascinato dai suoi denti di perla, sembrano meravigliosamente artificiali.

– Basta, ho fatto il pieno.

– Ancora non ti ho descritto quelli dell'angolo nord.

Porta un golfino d'angora con lo scollo a V che divide i due emisferi del seno. Si intuisce un calore tropicale nell'umidore oscuro delle sue carni sode, gli occhi di Carvalho sono un dito umido che segue il percorso delle due sfere e cerca il sud di un corpo vegetale.

– Sicuro che a Malasaña c'è più ambiente, ma lì la gente è meno erotica, se ci pensi bene hanno la salute dei lattanti. Qui nessuno si salva dalla sniffata, né dall'applicazione del carbonio 14.

– Stai improvvisando o reciti i tuoi versi segreti?

– Ti annoio?

– No. Però ne ho abbastanza. Non possiamo parlare in privato?

– Solo parlare? Poi te ne pentiresti. Non sono quella che sembro. Sono una donna fredda e calcolatrice che ti porterà alla perdizione.

– Portamici.

– Lo hai voluto tu.

Nell'alzarsi si è passata la mano sul sedere e sulla coscia, in un gesto che Carvalho aveva visto l'ultima volta a Eleanor Parker in un film del cinquanta.

– Che guardi?

Il fresco della sera gli tonifica la pelle.

– Mi porti o ti porto?

– Sono di passaggio in città.

– Neanche io ho una casa fissa. Vivo fuori mano, in una casa che mi hanno lasciato alcuni amici.

– Prendiamo un taxi.

– Non così in fretta, forestiero. Ho la macchina. Pure prestata. Ho tutto in prestito.

– Io ero tranquillamente appoggiato al bancone, a riprendermi da una botta dialettica e tu sei venuta a cercarmi.

– Non essere volgare. E tu, perché mi guardavi?

– Non c'era niente di meglio da vedere.

– Quella ragazza non era male.

– Quale ragazza?

– La brunetta che era con te.

– Non stava con me. Mi sembra che fosse con un altro, con il biondino che traduceva Lenin in gergo vaffa.

– Devi averla conosciuta nell'altra vita perché vi guardavate come cugini primi.

Dopo, mentre lei guidava, Carvalho le accarezzò i capelli ramati e lei gli restituì raffiche di sorrisi, talvolta splendenti sotto i flashes dei fari delle macchine che li incrociavano. Gladys ogni tanto cercava la sua mano per deporvi piccoli baci. La macchina seguì un percorso misterioso per Carvalho, anche se gli era chiaro che andava per la strada de La Coruña in direzione di un quartiere residenziale. Poi si inserirono in strade deserte al servizio dell'immobile traffico notturno di un complesso signorile. La macchina si fermò e si baciarono, la lingua di Carvalho sull'orlo dell'abisso, quella di lei appena affacciata sul bordo. La lingua di Gladys si fece agile nella via crucis di baci che sottolineò il percorso, su un sentiero di ghiaia scricchiolante, l'arresto davanti ad un'alta porta a vetri, che Gladys aprì con poca disinvoltura.

– No. Per di lì, no. Possono tornare in qualsiasi momento. Vieni nella mia stanza.

Carvalho vide una bacinella di porcellana spaccata, un attaccapanni lucido di vernice, una finestra sbarrata.

Poco di più poté vedere, perché Gladys spense la luce centrale e accese una lampada sul comodino. Il letto prometteva di essere una dolce patria, su di essa si lasciarono cadere i due corpi.

Non si fece spogliare. Si sfilò il golfino d'angora da sopra la testa e spuntarono di colpo fuori due seni con due lamponi sulle punte. Gladys si mise le mani sotto il petto come per misurarne il peso o impedirne la caduta. Le mani servivano da vassoio per le labbra golose di Carvalho, poi si spostarono su quelle dell'uomo per impedire il loro viaggio sulla spina dorsale, verso l'abisso anale.

– Pianino.

Sembrò a Carvalho che Gladys lo avesse detto con una voce da puttana o da madre di sei figli oppressa dalla spesa, dalla cucina e dalle varici. Ma quel dolce sorriso non aveva niente a che vedere con il tono della voce e neanche la bocca piccolina che becchettò le labbra di Carvalho, il mento, i peli del petto, lasciando sul capezzolo dell'uomo i segni evidenti di un piccolo morso. Le mani di Carvalho si erano appropriate delle natiche, le separavano per cercare il segreto e il profumo delle scanalature interne.

– Pianino – ripeté Gladys con voce torbida, ma con occhi freddi, fissi negli occhi di Carvalho. Con la punta delle dita l'uomo solleticò i peli umidi che disegnavano un solco dall'ano alla piccola vulva, titillata fino a farla gonfiare come un frutto.

– Pianino.

Già c'era una maggiore sintonia tra lo sguardo e la voce. Carvalho si lasciò cadere di spalle con Gladys sopra: l'alzò con le braccia per vedere pendere i suoi capelli, i suoi seni, il suo dolce sguardo meravigliato, e, senza darle tempo di reagire, la mise seduta sul pene, penetrandola. Si guardarono senza muoversi e senza dir niente, ma lo sguardo di Gladys chiedeva spiegazioni e Carvalho non era disposto a dargliele. Gladys chiuse gli occhi, alzò la testa, appoggiò le palme delle mani sul ventre di Carvalho e iniziò ad alzarsi ed abbassarsi in una perfetta ginnastica sottolineata da una respirazione leggermente ansimante. Carvalho percorse la geografia del soffitto di travi dipinte in marrone scuro e quella del volto di Gladys, sublime, in estasi quando piegava la testa all'indietro, e vinta, stanca, quando la lasciava cadere verso il corpo dell'uomo che la infilzava. L'arrivo dell'orgasmo fu annunciato da brevi sospiri, mugolii trattenuti, lo sfinimento delle braccia che si allentavano piegate dal cervello e finalmente il corpo di Gladys si chiuse su quello di Carvalho come un coperchio e una umidità di macchia d'olio lubrificò i sessi bagnati.

– Che fai? – Carvalho l'aveva afferrata forte per le braccia, la obbligava a mettersi sul letto a quattro zampe. – Ma che fai, dì? Non penserai mica di mettermelo di dietro?

Carvalho aiutò il figliolo prediletto a trovare l'entrata del sesso femminile aperto, poi si impadronì dei fianchi e delle natiche della donna, costringendoli ad un movimento circolare di pianeti. Il volto di Gladys era scomparso sotto la cascata dei capelli, scomposta dall'andare su e giù del corpo quadrupede all'urto della tenace verga, ma il cervello della donna continuava a funzionare come un programmatore e a volte inviava ordini alle mani perché dessero spinte liberatrici dalle eccessive pressioni della stretta di Carvalho sulle natiche e sulle anche. Dal viso di Gladys schiacciato contro le lenzuola salì un gemito roco verso ovest, e la donna sgusciò in avanti, lasciando il sesso paonazzo di Carvalho indispettito, beffato da un rumore di stacco umido, un corridoio sonoro di separazione carnale. Carvalho si lasciò cadere di fianco, non in cerca di compagnia, ma per proteggere la ritirata del suo pene alle posizioni di partenza; gli occhi del detective rimasero a pochi centimetri da un occhio aperto di Gladys pieno di sorridente neutralità.

– Eri proprio affamato.

– Sei sempre tanto autoritaria a letto?

– Autoritaria io? Se hai fatto quello che hai voluto tu. Meno male che non hai tentato di sodomizzarmi. Non lo sopporto.

Smise il tono di spiegazione postoperatoria per accarezzare con un dito il naso di Carvalho:

– Hai sete? Ti preparo qualcosa? Faccio io?

– Fa' tu.

Gladys saltò dal letto, e tutte le rotondità suonarono visualmente come campanelli.

– Hai cenato pesante?

– Casareccio.

– Ti farà bene un *bajativo*. Sai che è?

– Mi suona male.

– È un digestivo che stimola.

– Questa è la mia notte; non ho bisogno di afrodisiaci.

– Non essere sciocco; non ho detto che stimola in quel senso.

Senza nient'altro addosso che il golfino d'angora uscì dalla stanza; Carvalho si lasciò andare al torpore ed esitò se proseguire per i sentieri della sonnolenza o alzarsi per vedere cosa combinava Gladys di là. Si alzò e cercò di aprire la finestra.

– Che fai?

Gladys stava sulla porta, animale anfibio di lana d'angora e sesso peloso rosso, con un bicchiere di un liquido verde in ciascuna mano.

– Sono sbarrate.

– La casa è abbandonata per la maggior parte dell'anno e avvengono molti furti in questa zona. Io non ho voluto toccare niente. Del resto ci vengo solo per dormire.

Carvalho la prese per la vita e le mise il sesso tra le gambe.

– Ancora?! Farai cadere tutto.

Si scostò e gli tese un bicchiere mentre si portava l'altro alle labbra. Carvalho odorò il contenuto:

– Cos'è questo?

– È un digestivo fantastico. Liquore alla menta, cognac, crema di caffè, ghiaccio.

– Deve essere buono per le ovaie.

– Stupido, sei proprio uno stupido.

– Sul serio, bella, la menta fa bene alle ovaie.

Gladys si era seduta sul letto, la testa appoggiata contro la spalliera. Si portava il bicchiere alle labbra e aveva gli occhi colmi di piacere.

– È buonissimo. Bevi.

Carvalho lasciò il suo bicchiere sul comodino, afferrò quello di Gladys e lo mise vicino all'altro. Le chiese un bacio profondo a cui lei rispose con la stessa voluttà, per trasformarlo poi in un giochetto di lingua contro il palato dell'uomo. Carvalho scelse il bicchiere di Gladys e ne bevve la metà.

– Sembra un purgante. Però è buono.

Adesso Gladys portava alle labbra il bicchiere che prima aveva dato a Carvalho, lasciandolo accostato ai suoi denti perfetti.

– Tu non bevi?

– Ho già bevuto – rispose Gladys.

Carvalho allungò la mano per afferrare il bordo inferiore del golfino d'angora e tirarlo in su, ma il braccio non assecondò l'azione delle dita. Sentiva un formicolio lento invadergli tutti i muscoli e gli occhi, che già vedevano il volto preoccupato di Gladys pieno di formiche.

– Che ti succede? – disse il volto preoccupato. Non vide né udì più altro.

Si svegliò con la sensazione precisa di essere osservato. Alla luce opaca della lampada ritrovò lo spazio della stanza, i due o tre dettagli concreti che aveva avuto il tempo di ritenere: l'attaccapanni di vernice lucida, la bacinella rotta di porcellana. Spostò il braccio destro in cerca del corpo di Gladys e trovò un urlo rompitimpani, stridulo, che gli si piantò nel petto come una suoneria d'allarme. Girò la testa. Seduta sul materasso, in un disperato tentativo di coprirsi le carni che si affacciavano dagli strappi della camicetta, un'adolescente atterrita e dagli occhi cerchiati continuava a gridare guardando Carvalho come fosse una belva feroce. Carvalho scattò a sedere: fece il gesto di tapparle la bocca, ma la porta si aprì violentemente e due uomini grossi e affannati inondarono la stanza come se fossero in cento. Qualcuno cominciò a sputare lampi di flash che l'obbligarono a chiudere gli occhi. L'urlo dell'adolescente si era trasformato in un pianto isterico:

– Voleva violentarmi! Mi ha picchiato!

I primi pugni nello stomaco. Lanciò una pedata in aria e imbroccò un corpo, ma un altro si buttò su di lui e gli tempestò la testa di pugni. Afferrò con le mani un pezzo di faccia e strinse disperatamente, sentendo come si deformava tra le dita una faccia e un orecchio, una palpebra che cercava di chiudersi per proteggere l'occhio. I flashes erano cessati: cercò di approfittarne per recuperare la posizione verticale e affrontare la situazione. Vide se stesso nudo, ridicolo spettatore del proprio sesso flaccido e di una ragazzina sconosciuta e frignante avvolta in un lenzuolo, la quale gli lanciava assurde accuse convulse da un angolo della stanza. Erano in tre. Il fotografo sorrideva mentre riponeva la macchina. Gli altri due gli si avvicinarono. In una delle quattro mani c'era una pistola.

– Sei un lurido porco. È una minorenne.

La bocca della pistola si adattò all'ombelico di Carvalho come una ventosa.

– Mettiti a quattro zampe.

Chi parlava cercava di dissimulare un forte accento latinoamericano, e gli veniva fuori un castigliano da doppiatore cinematografico portoricano.

– Che ne avete fatto di Gladys?

– Quale Gladys? Questa ragazza è mia sorella e si chiama Alicia. Che ti ha fatto questo porco, Alicia?

– È stato orrendo!

– Sono riuscite bene le foto?

Il fotografo assentì.

– Portala via.

Il fotografo prese per il braccio la ragazzina, che aveva smesso di piangere e sistemava le pieghe del lenzuolo per farsene un peplo di terital azzurrino. Si lasciò condurre fuori della stanza e prima di uscire depose su Carvalho uno sguardo neutro, con la stessa indifferenza di una compagna d'ascensore.

– Posso vestirmi?

– Ci piaci più nudo. Adesso ti inculiamo con una bottiglia e dopo ti tagliamo le palle, così non ne fai un cattivo uso. I degenerati come te bisogna trattarli così. Che bottiglia preferisci? Ti va bene una coca-cola?

Parlava con il naso e il muso arricciato, come se l'espressione lo aiutasse a dare aggressività alla voce. In compenso l'altro non diceva niente, i suoi occhi azzurri guardavano Carvalho con una neutralità tecnologica garantita dalla fermezza di una mano armata di Beretta.

– Dove l'avete pescata? Mi riferisco a quella puttanella.

– Ti morderai le mani. Stai parlando della mia sorellina.

– Perfino nelle migliori famiglie c'è una puttanella.

Preso dal suo ruolo fece il gesto di lanciarsi su Carvalho per vendicare l'onore, ma l'altro lo trattenne con la mano libera.

– Lascia stare. Ti sta provocando.

Il biondo dagli occhi azzurri aveva un accento che a Carvalho ricordò mezza Europa. Ceco? Tedesco? Sovietico? Il latinoamericano sembrava un ex pugile ben conservato. Persino la sua testa calva ben curata sfidava l'oltraggio della decadenza. Dalla sua mano era germogliato un lungo bastone nero, e colpì con forza le gambe nude di Carvalho obbligandolo a saltare. Gli assestò un colpo sul polpaccio e Carvalho cadde per terra in ginocchio.

– Non si muova.

Gli teneva la pistola affacciata sugli occhi. L'altro gli strinse delle manette ai polsi uniti dietro le spalle.

– Mettigli qualcosa addosso.

– Gli metterò una camicia. Ma i coglioni glieli lascio fuori. Sarà più facile tagliarglieli.

Lo spinsero avanti. Gli legarono le caviglie a una zampa del letto. Uscirono dalla stanza e lo lasciarono al buio. L'oscurità rinfrescò i suoi occhi indolenziti dai tanti colpi. Si sorprese a canticchiare una vecchia canzone di Catherine Sauvage:

> Braves gens
> écoutez la triste ritournelle
> des amants qu'ont véçu dans l'Histoire
> parce qu'ils ont aimé des fameuses infidèles
> qui les ont trompés ignominieusement.

Si mise a ridere e ripeté l'ultimo verso rinfrancato. Dev'essere molto forte la posta in gioco per far uscire un sottomarino come Gladys. Subito il dolore delle braccia gli frenò l'allegria e dovette muovere le spalle per attenuare le punture di spillo che gli attraversavano i muscoli delle braccia. Inoltre gli sembrava che tutti i pericoli del mondo fossero sospesi al suo sesso freddo e umido. Appoggiando il corpo sulle scapole riusciva ad alleviare il dolore delle braccia. Cercò una posizione per compensare la tensione dei muscoli e non la trovò. Quando si allentava il dolore alle braccia, cominciava a dolergli il collo. Si aprì la porta e il rettangolo di luce si allungò sulle sue gambe, fino alla vita, lasciandogli il torace e la faccia al buio. Era il latinoamericano.

– Ti piace la posizione? Puoi rimanere così una settimana. No. Non lo sopporteresti: nel giro di poche ore sarai più moscio di un fico. Qui resti, pisciato e cacato.

Appoggiò la pianta del piede sul sesso di Carvalho.

– Te li pesterò come due fichi secchi.

Era fissato coi fichi.

– Magari potremmo parlarne e chiarire le cose.

– Decideremo noi quando si deve parlare e chiarire le cose.

– Lascialo.

Il centroeuropeo occupava tutto il vano della porta. L'altro aumentò brevemente la pressione del suo piede sui genitali di Carvalho e poi si allontanò con aria disgustata, brontolando:

– Dovresti lasciarlo a me.

Si defilò in un angolo oscuro della stanza e lasciò che la faccenda si risolvesse tra Carvalho e l'altro.

– È molto scomodo parlare da qui.

– Le garantisco che tutte le sue scomodità sono calcolate e possono aumentare.

– Che cosa volete?

– Che rifletta.

Fece alcuni passi indietro e cessò di essere una gigantesca ombra in controluce. L'altro si mosse per la stanza e rispuntò sulla soglia per uscire senza dire niente. Con l'ultimo scatto della porta che si richiudeva, il dolore tornò nella coscienza di Carvalho, come se fosse stato in attesa del risultato di un colloquio finito male.

Gli sanguinavano e gli dolevano le labbra, spellate a furia di mordersele. Gli sembrava di avere le ossa di ferro, che spingevano forte per aprirsi un varco attraverso la carne. Lo sforzo di respirare profondamente per rilassarsi era andato man mano trasformandosi in un breve ansimare per non provare dolore. Ma quando la porta si riaprì poté ancora ricomporsi un volto ieratico sotto la luce piena della lampada. Gli slegarono i piedi e sentì come se mille aghi, collegati con tutti i centri nervosi, lo pungessero sulle piante: gli cedettero le gambe appena in piedi, e i due uomini lo aiutarono ad arrivare prima a un ballatoio, lungo e triste come un corridoio per il patibolo, e poi fino a un soggiorno che ospitava sulle pareti milioni di pesetas di distinzione. Il centroeuropeo si sedette dietro a un tavolo inquadrato tra due corna dell'avorio più avorio del mondo; il latinoamericano fece sedere Carvalho su una poltrona vertebrata nella quale sprofondò ingolfato in un mare di palline di poliuretano borbottanti per dover far spazio a Carvalho.

– Togligli le manette e puntagli la pistola alla nuca. Non si muova, signor Carvalho. È un sedile piuttosto rumoroso, e al minimo scricchiolio il mio amico può perdere la calma.

Il centroeuropeo disegnava o scriveva su un foglio. Carvalho sentiva la presenza dell'altro alle sue spalle. Si strofinò i polsi liberati. Si massaggiò le braccia che gli ritornavano come da un lungo viaggio pieno di dolore impotente. Dal piano superiore scese il rumore di un passo. Il fotografo passò davanti a Carvalho senza guardarlo; teneva tra le mani un pacco di fotografie che posò sulla scrivania al biondo dagli occhi azzurri. Soltanto allora quella testa si alzò perché gli occhi sbirciassero svogliatamente le fotografie, per poi spostarsi su Carvalho come cercando un punto di riferimento.

– Molto belle. Sono delle foto molto belle. Stupende quando si pubblicheranno. Mostragliele.

Carvalho si vide mentre si buttava addosso ad una povera ragazzina seminuda, con i tratti alterati dallo spavento. Quindici, venti fotografie. Il suo tentativo di farla star zitta. La sorpresa dinanzi alla irruzione, la nudità flagrante, il gesto di coprirsi. Il fotografo rimise le foto sul tavolo e se ne andò da dove era venuto.

– Molto belle. Molto belle. Le piacerebbe vederle pubblicate?

– Se mi lasciassero fare la scelta, sì. Non me ne importa niente, i miei genitori non mi sgrideranno: sono orfano. Non ho moglie, né figli.

– Ma lei ha dei clienti. E in questo momento un cliente che non può rischiare il minimo scandalo. Dopo l'assassinio del capo ci mancherebbe solo che beccassero il loro detective privato in piena corruzione di minorenne.

Poteva essere un centroeuropeo o semplicemente un funzionario aggressivo uscito da qualche scuola per dirigenti di azienda, con il linguaggio, asessuato della poliglotteria.

– Si tratta di un ricatto?

– Dipende.

– Vi siete dati troppo fastidio per ricattare inutilmente uno dei pochi uomini di questo paese che non ha niente da nascondere.

– Proprio niente da nascondere?

– Niente, neanche la cosa più orribile. Gli altri mi interessano meno della merda, amico, e per la faccia che fa, mi sembra che già lo sappia.

– Ti taglio le palle con una gillette – disse l'altro alle sue spalle, e Carvalho si ricordò che era ancora nudo dalla vita in giù, nella posizione di vittima dell'appetito vorace della poltrona oloturia.

– Il suo amico deve essere un modello recentissimo. Non conoscevo questa variante di gorilla castratore. È proprio fissato.

Il gorilla castratore gli afferrò un ciuffo di capelli e tirò fino a piegargli la testa all'indietro. Allora lasciò cadere uno sputacchio lento, pesante, come di mercurio, sulle labbra del prigioniero. Carvalho si pulì con il dorso della mano trattenendo i conati che gli salivano dallo stomaco a cerchi concentrici. Gli occhi azzurri si erano rimpiccioliti, come per valutare la capacità di Carvalho di ripulirsi dallo sputo:

– Non parli di sua iniziativa. Risponda a quello che le chiediamo. Forse queste foto non le interessano. Però vanno ad ingrossare il dossier. Invece interesseranno Santos. Quali orientamenti ha ricevuto? Che direzione le hanno dato per l'indagine?

– Di quale parrocchia siete? La CIA? Il KGB? O tutto il contrario?

– Siamo della Società Protettrice della Balena-Giovane. Lei ha avuto un incontro con Fonseca. Che cosa avete concordato? In che direzione vanno le indagini ufficiali?

– Con Fonseca abbiamo parlato dei vecchi tempi.

– Per favore, lei non è nelle condizioni migliori per fare dell'ironia. Oggi come oggi, al punto in cui stanno le cose, lei da morto non vale una cicca, né mezz'ora di inchiesta poliziesca, né mezzo fastidio di quelli del suo partito.

– Non ho alcun partito.

– Poco importa. Collabori. È una piccola informazione che non compromette niente. A chi addosseranno il morto?

– Lei che mi consiglia?

– Questa sì che è una bella domanda.

– Eccellente – ribadì il maniaco testicolare.

– Questo è un grosso gioco e lei è la pallina della roulette. Cadrà sul numero e sul colore che vorrà il croupier. Vogliamo sapere che numero e che colore le hanno dato.

– Per il momento debbo cercarli io.

– Non faccia l'ingenuo e non mi prenda per scemo. In questi momenti ci sono decine di persone che la sorvegliano e che si sorvegliano tra loro. Le serve una spalla.

– Cioè voi.

– Dipende. Se collabora, sì. Abbiamo bisogno di essere informati ogni tanto dell'andamento delle indagini. Soprattutto nel momento in cui la pallina starà per fermarsi e cadere nella casella.

– A quanto pare sapete già tutto. Ditemi in quale casella cadrà la pallina.

– Io so molto poco. So quello che debbo fare con lei. Quello che debbo dirle e chiederle. Niente di più. In questo gioco ciascuno ha il suo compito. Io svolgo il mio.

– Non le sembra un po' grottesca la faccenda delle foto?

– Le è sembrato grottesco, a lei, restare legato a terra per tre ore? Le sembrerebbe grottesco starci per altre tre o altre cento? Chi ce lo impedisce? Non badi ai dettagli. Valuti tutto l'insieme.

– Mi restituite i pantaloni?

– L'esperto in pantaloni è il mio compagno. Lo chieda a lui.

Il fissato castratore li osservava dall'alto di una annoiata indifferenza. Fu lento a comprendere che era il suo turno d'entrata in scena. Si accinse a recitare la sua parte. Arricciò il naso e indurì la voce:

– Neanche per sogno. Che stia lì a meditare ancora un po'. Dopo vedremo, dopo.

Afferrò Carvalho per il colletto della camicia e lo spinse verso una delle uscite del *living*. L'altro iniziò la marcia di ritorno attraverso il ballatoio. Parlò a Carvalho senza voltarsi:

– Mediti ancora un po'. Presto riceverà nostre notizie.

Lo lasciarono nella camera che aveva diviso con Gladys e con la violentata. Si sdraiò sul letto dopo aver controllato se avevano chiuso la porta e se le finestre erano sempre bloccate dall'esterno. I dolori si calmavano alleviati dal tempo stagnante nella stanza e le palpebre nel chiudersi lo tolsero dall'oscurità fisica per aprirgli le porte del sonno. Era seduto su una sedia articolata da barbiere e vedeva nello specchio la testa di un impiccato sorridente.

Fu svegliato dal rumore della porta aperta che sbatteva sotto un vento insistente e freddo. Nel mettere i piedi a terra trovò i suoi pantaloni deserti. Se l'infilò con ansia da drogato, come se ritrovasse parte della sua pelle. Si mise le scarpe e finì di vestirsi. Approfittò di una apertura spontanea della porta per sgusciare nel corridoio. Lo percorse in punta di piedi, strusciando con le spalle contro la parete. Si fermò accanto allo stipite della porta che comunicava con il *living* per ascoltare tutti i rumori che la casa gli offriva. Erano tutti provocati dal vento che giocherellava con le porte, graffiava le facciate come fosse una lima e cercava di strappare la chioma degli alberi piegati nel giardino. Un uomo smarrito in un *living* di più di cento metri. Era l'immagine di se stesso che gli venne davanti come una certezza. Ispezionò la casa come un Robinson in una qualsiasi isola deserta. Era stato con Gladys e con la violentata nella stanza di servizio. La casa era una residenza familiare, senza niente di interessante se non la fantasia impiegata per rendere diversi gli otto bagni e il denaro speso per arredare i cinquecento metri di spazio abitabile. Fotografie di famiglia. Diploma di un ingegnere agronomo: Leandro Sánchez Reatain. Una foto con dedica di Franco. Un'altra con quella di Juan Carlos. Nella cantina, bottiglie di vino *Rioja*, scelte senza il minimo criterio: Carvalho ne dedusse che un grossista si era disfatto delle peggiori annate. Una dispensa piena di prosciutti e d'insaccati acquistati al supermercato. Dentro un enorme frigorifero, nel quale potevano entrare mille barattoli di pesche sciroppate, Carvalho trovò le dieci sopravvissute alla voracità di una famiglia sciroppata, e un salamino orfano che mordicchiò con appetito. Neanche l'ombra dei due aguzzini, né del fotografo, né della violentata, né di Gladys. Pensò di chiamare Carmela, ma non sapeva dove fosse. Erano le sette di mattina. Uscì e scoprì un orizzonte di giardini e di ville ricoperte di tetti di ardesia e di antenne televisive buone a ritrasmettere alla luna scene di barbecue nel fasto di grigliate da Quinta Dinastia, spiedi di ferri battuti e bronzi lavorati. La giovinezza della maggior parte degli alberi rivelava l'età di quella zona residenziale, che Carvalho situava a nord di Madrid, senza tuttavia sapere a quale esatta distanza dalla strada della Coruña. Costeggiò la piscina coperta da una plastica azzurra. I sedili di una altalena prendevano un bagno di luna. Sedette su uno di essi e prese lo slancio per dondolarsi. Saliva e scendeva in un silenzioso andirivieni di altalena da poco ingrassata. Saliva verso una luna dagli occhi pesti e scendeva per ritrovare il fulgore diamantino di una stupenda pietruzza. Un rospo risoluto gli passò sotto il sedile volante e se ne andò verso la piscina. Sparì sotto il telo di plastica nelle acque paralitiche. Carvalho saliva verso cieli di impotenti oscurità davanti ad una simile luna. Era lo stesso cielo del carcere di Lérida trasformato in un percorso immaginario di fuga da una realtà chiusa da quattro punti cardinali di pietra. Un compagno gli aveva mandato una cartolina che riproduceva un quadro magico di Klee. La luna era una palla rossa che giocava sui tetti di una città cubica. Era la luna di Lérida. Era la luna di Madrid, una ventina di anni dopo: trattenendo l'ultima spinta sentì che il freddo penetratogli nel corpo era eccessivo, come se si fossero uniti il gelo delle notti nel carcere di Lérida e quello che faceva brillare la ghiaia nella villa trasformata in prigione. Ma che cacchio ci fai qui? Che cacchio faresti in qualsiasi altro posto?

– Sai quale sarebbe la tortura più grande per un prigioniero? Non lasciargli vedere il cielo.

Era l'ora del crepuscolo. I tre fratelli fuggiaschi avevano ricevuto il raro permesso di uscire nel cortile in compagnia dei quattro prigionieri politici della colonia agricola di Lérida. I tre fratelli avevano tentato la fuga dodici volte e totalizzavano centocinquanta anni di condanna ciascuno. Si dichiaravano colpevoli di tutti i delitti commessi nelle province spagnole per provocare il trasferimento e l'opportunità di una fuga. Due non parlavano mai. L'altro accettava sigarette e contemplava il cielo come se volesse berlo.

– Non lo dico a voce alta così questi cornuti non mi sentono, sennò ne approfittano subito. Siete stati a Burgos? Là è pieno di vostri compagni.

– Conosce un certo Cerdán?

– Cerdán? Mi pare di sì. È uno giovane, come voi. Là è un'altra cosa. Là ci sono tutti i rossi di Spagna. Mi scusi, dico rossi con rispetto. Io ho rispetto per i rossi. Verrà il giorno che arriva Kruscev in moto e butta tutti questi figli di puttana a mare. Mio fratello grande ed io ce la siamo filata da Burgos nascosti nell'immondizia. Sei chilometri. Sei chilometri con addosso la puzza di marcio e poi non ci hanno fatto lavare per tutto il tempo dell'isolamento.

Una mantide religiosa si era posata sulle patate appena sbucciate dal grasso cuoco che metteva la sua carne a seccare sotto la luce della luna nuova.

– Questa è la bestia più puttana che esiste. Uccide il maschio dopo esserselo fatto.

Il fuggiasco conosceva tutti gli animali di passaggio che s'infilavano nelle carceri, e sistemava le zampe dei passerotti feriti con degli stuzzicadenti e del filo di nylon.

– In questo cortile ci starebbe bene un'altalena.

Giusto. Un'altalena avrebbe permesso di salire, salire, di avvicinarsi alla luna palla rossa di Klee sulle architetture cubiche e bianche di quella colonia agricola. Due settimane dopo, trasferirono i fratelli fuggiaschi al bagno penale di Puerto di Santa María. Avanzarono al centro del raggio della prigione, gettando un ultimo sguardo di disprezzo e di stanchezza su un capo-secondino miope e poeta di versi alessandrini. Carvalho batté le mani per scrollarsi la polvere che le catene dell'altalena gli avevano lasciato addosso. Lo scricchiolio della ghiaia lo accompagnò fino al cancello di ferro battuto. Uscì in una strada curata, elegante, quasi inutile, una strada da zona residenziale distinta. La percorse in cerca del primo incrocio, lo imboccò tra case omologate, in cerca dell'uscita dal labirinto. Il rumore del traffico cresceva verso ovest e lì si diresse per ritrovarsi davanti alla strada della Coruña e alla prima sfilza di fari accesi delle automobili. Salì carponi su un pendio, ne emerse come un figlio del mattino e della strada. Ci mise tempo per assumere il gesto decontratto dell'autostoppista. Le auto passavano schizzandolo di velocità e di indifferenza. Faceva alcuni metri, tornava indietro, affrontava i fari accecanti e ripeteva il gesto. Una Chrysler familiare guidata da un uomo flaccido con le basette si arrestò. Portava il gilè.

– Un guasto?

– No, una festicciola durata troppo a lungo.

– Le festicciole se sono divertenti non durano mai troppo a lungo.

– La pupa che era con me si è addormentata.

– Le donne sono dei bei tipi.

Guidava senza quasi toccare il volante, come se gli facesse schifo.

– Lei sa il nome del quartiere dove mi ha preso?

– Las Rozas. È un quartiere residenziale chic. Io ho un piccolo albergo più su. Anche la mia zona è buona, ma non è lo stesso. Sono le colline dell'Almendro, un complesso che un gruppo di amici e io portiamo avanti. Sa quanto ci è costato al palmo quindici anni fa? Venticinque pesetas. Proprio così. E adesso, quello che è rimasto sta sulle centocinquanta, duecento, dipende.

– Dipende da che?

– Dal sole.

Il sole si alzava definitivamente sui tetti della città.

– Uno di questi giorni mi vendo tutto e non mi vedono più. Se l'immagina la faccia?

– Di chi?

– Di mia moglie, per esempio. Signora, senta, suo marito mi ha venduto questa casa. Ma dov'è mio marito? Ed io all'altro capo.

– Del mondo?

– Di dove sia, ma all'altro capo. Lei è basco? Meno male. Perché me ne voglio andare all'altro capo ma a condizione che non ci siano baschi. Si credono di avere più coglioni degli altri. La colpa è del berretto. Gli schiaccia le meningi. E non creda: voglio bene a mia moglie ed ai miei figli, però mi divorano. Ho la sensazione che mi divorino. Di dov'è lei?

– Di Barcellona.

– Qua la mano.

Gli strinse la mano.

– Là è tutt'altra cosa. Sono i più svegli di tutti. Hanno più soldi e più educazione di tutti gli altri. E non mettono bombe come i baschi. Tutt'altra cosa. Là è Europa.

– Era ora.

Dapprima ebbe il cinematografico sospetto di aver sbagliato stanza e fece un passo indietro. Ma le cartelle azzurre aperte sul letto, il sorriso accattivante dell'uomo grasso insaccato nella poltroncina dell'albergo, gli confermarono che era nel luogo giusto e che doveva entrare in scena senza togliere lo sguardo dalla mano che il grassone teneva nella tasca di una giacca troppo grande per lui.

– Ho passato tutta la notte qui ad aspettarla.

– Non avevamo nessun appuntamento.

– Lei è l'uomo del giorno. Ha un appuntamento con tutti.

Rise con la faccia alzata verso il soffitto ed una mano aggrappata al bracciolo della poltrona per trattenere il movimento sismico del suo corpo.

– Io non porto rancore. Ho dormito un po', un pisolino qui sopra. Poi non ce l'ho fatta più e mi sono trovato un angolino nel letto. No, non le ho spostate, le cartelle. Stanno com'erano prima.

– Lei è russo, americano, tedesco, o ceco? Dall'accento mi sembra del centro Europa, e per oggi ne ho fino al collo di centroeuropei.

– Che cos'è un centroeuropeo? Cosa siamo noi centroeuropei? Gente d'incrocio, gente di passaggio. Io stesso non so chi sono. E se ordinassimo una colazione per due?

– E la mia reputazione?

Stavolta la mano libera fu impiegata per contenere l'epicentro degli scoppi di risa, esattamente la terza piega di grasso debordante sopra la brachetta.

– Ha perso l'altra mano all'assedio di Stalingrado?

Altri scoppi di ilarità si aggiunsero ai precedenti, ma l'uomo non tirò fuori la mano invisibile.

– Lei è molto simpatico, il detective più simpatico che abbia mai conosciuto. Un buon inizio, sissignore. Se facciamo colazione, il nostro umore migliorerà. Voglio fare colazione qui.

Era un ordine. Carvalho prese il telefono e chiese una colazione per due.

– Io non voglio niente. Detesto le colazioni d'albergo.

– Le mangerò io tutte e due. L'importante è il rituale. Il rumore delle tazze, quello del latte che le riempie, la spatola del burro sul pane tostato. Solleva lo spirito.

– I suoi colleghi non sono amabili come lei.

– Quali colleghi?

– Ho trascorso tutta la notte in compagnia di due signori che mi hanno sottoposto ad un abile interrogatorio.

– Lo vede? Lei ha appuntamento con tutti. Maledizione! Mi hanno preceduto. A che ora c'è stato l'incontro?

– Alle due di notte.

Sospirò soddisfatto:

– Io sono arrivato qui molto prima. Di fatto, sono arrivato per primo, ma lei non c'era al mio appuntamento. Lo farò notare.

– A chi?

– Signor Carvalho, io non ho niente da spartire con il suo incontro di stanotte. Diciamo che non era gente della mia ditta. La mia è una ditta seria e non ci sono interferenze. Ciascuno ha il suo settore ben delimitato. Che volevano?

– La stessa cosa che vuole lei.

– Ma io non le ho ancora chiesto niente. Vengo ad offrire.

– Cosa?

– Protezione. Lo so, lo so già che lei ha una scorta di comunisti nobili e leali. So anche che la polizia spagnola può proteggerla. Però questo è un gioco troppo complesso, signor Carvalho. Mi descriva i suoi compagni di stanotte.

Carvalho glieli descrisse.

– Conosco il latinoamericano. Un tipo pericoloso convertito da poco e che vuole mettersi in luce. L'altro, no, devono averlo fatto venire appositamente per questo caso. Adesso è tutto più complicato, signor Carvalho. Ci sono momenti in cui debbo fermarmi e dire a me stesso: allora, con chi stai e contro chi. Ha letto i romanzi di Le Carré? Faccio sempre un gran casino con Le Carré. Smiley lavora veramente per l'Intelligence Service? Non sa mai l'origine di quello che trova né dove andrà a finire. Immagini che un giorno Smiley scopra che sta lavorando per il KGB, quale sarà la sua prima preoccupazione? Sapere se valgono gli scatti quinquennali per la pensione. Voglio andare presto in pensione. Sono trentacinque anni che faccio questo mestiere.

– Al servizio di chi?

– Dell'umanità.

– Dove si ritirerà?

– In una casetta che mi sta aspettando in riva al mare, non le dirò quale.

– Come potete proteggermi?

– Dipende dall'interesse che avrò a proteggerla. Dipende da quello che lei mi dà in cambio.

– Volete sapere esattamente a che punto è la mia inchiesta.

– Appunto.

– Soprattutto che vi preavvisi quando proporrò il nome dell'assassino al mio cliente.

– Perfetto.

– Ho il sospetto che tanto voi quanto quegli altri di stanotte sappiate già chi è stato realmente e vogliate essere pronti a prendere posizione davanti all'assassino ufficiale.

– È un assassinio non comune. È chiaro che coinvolge il Partito Comunista Spagnolo e i Comitati Operai. Ma, a chi giova? Al capitalismo monopolistico internazionale? A Mosca e alla sua strategia per il Sud Europa? Appunto, giova sia agli uni che agli altri, ci ha fatto caso?

– Come tutti. Mi sembra di leggere l'editoriale di « El País ».

– Però questo non vuol dire che il crimine sia opera degli uni o degli altri. La politica internazionale è piena di outsiders, e qualsiasi dittatorello del mondo la prima cosa che mette su è un servizio segreto personale e poi, ovviamente, una bomba atomica. Soltanto così si fanno rispettare. Non è come prima. Quando ho incominciato io, solo le grandi potenze erano in grado di compiere questi sforzi. Era un piacere. Adesso il mercato si è riempito di balordi. Per esempio, quello che fa Gheddafi è incredibile: sub-ingaggia agenti di altri servizi segreti. Proprio così. In questa maniera ti trovi a lavorare per la stessa causa con agenti dell'una o dell'altra parte. Non è serio.

Una cameriera sbirciò con la coda dell'occhio i due uomini e lasciò il carrello a una giusta distanza tra i due.

– Mio nipote non ha fame, mangerò tutto io.

La ragazza gli augurò buon appetito e se ne andò.

– La sua reputazione è salva. Sono molto rispettoso verso i miei soci.

– Quanta gente c'è in lista d'attesa? Dopo di lei chi mi chiederà la stessa cosa?

– Dubito che ci sarà qualcuno che si azzardi, così, direttamente faccia a faccia. Però a distanza seguono il caso, questo mi risulta, e in qualsiasi momento può intervenire un outsider. Le conviene la nostra protezione. Queste marmellate di adesso non valgono niente. Per lei sarà molto semplice. La finestra di questa stanza dà sulla strada. Quando avrà da comunicarci qualcosa si affacci e agiti un asciugamano, o quel che sia.

– E, se è notte?

– Lo stesso. La seguiamo giorno e notte.

– Anche ieri notte?

– Anche. Non mi importava che i miei concorrenti arrivassero prima. Mi interessava di più passare un po' di tempo in questa stanza a studiare quelle cartelle. Lei ha fatto un calcolo della distanza tra gli altri tavoli e quello di Garrido e il tempo che è rimasta spenta la luce? Questo riduce i sospetti a quelli seduti nelle prime tre file, più quelli situati perpendicolarmente a Garrido. Curioso che il criminale riuscisse a orientarsi al buio.

– Lo ha notato?

– Mi dica il nome dell'assassino che le interessa.

– Io non lo so, e neanche so quale assassino interessi. Non sono io a guidare il gioco. Però sono una vecchia volpe e mi limito a dirle verità obiettive. Non prende nemmeno una tazza di caffè? – Servì una tazza di caffè a Carvalho. – Suppongo che adesso lei si metterà in contatto con Fonseca per riferirgli sui due incontri.

– Appena lei se ne sarà andato.

– Chiami, chiami. Non faccia complimenti.

– Mi piace fare la doccia e telefonare quando sono solo.

– È l'individualismo che rovina gli spagnoli.

Si alzò aiutandosi con ambedue le mani.

– La ringrazio per avermi trattato amichevolmente. I suoi colleghi non sono stati altrettanto cortesi.

– Ci danno più forte perché sono giovani. L'esperienza va per gradi; io non ho alcun bisogno di ricorrere alla violenza. Però stia attento, signor Carvalho: se è necessario le pianto una pallottola in fronte e senza perderci l'appetito.

Apparentemente dette le spalle a Carvalho per uscire dalla stanza, ma uno dei suoi occhi a fessura controllò i movimenti del detective fino a che la porta non li separò.

– Las Rozas. Leandro Sánchez Reatain. Proprio adesso siamo venuti a sapere chi è questo signore.

Fonseca passò il foglio a Sánchez Ariño. *Dillinger*

lo prese con molto interesse e uscì dalla stanza alla velocità di un razzo. Fonseca osservò soddisfatto la solerzia del suo aiutante:

– Vede? C'è un vero interesse ad arrivare in fondo alla vicenda. L'hanno molestata? Selvaggi...

Carvalho lo guardò fisso per vedere se per caso ci fosse dell'ironia dietro quell'occhio acquoso. Ma Fonseca sembrava davvero sul punto di piangere immaginando le vessazioni subite dal detective.

– E poi mi sembra un affronto alla nostra sovranità.

La signorina Pilar scosse la testa dietro la macchina da scrivere. Fonseca formò un numero di telefono. « Il Signor Ministro », chiese.

– Signor Ministro, abbiamo appena subito un attacco, un'aggressione alla nostra sovranità.

Gli raccontò quello che era successo a Carvalho.

– Il Signor Ministro si mette a sua disposizione – disse Fonseca tappando il ricevitore con la mano.

– Molte grazie.

– La ringrazio sentitamente, collaboreremo fino in fondo. Certamente Signor Ministro. Il buon nome del Corpo e della Spagna soprattutto.

Riappese e si alzò gonfio di astratte indignazioni.

– Non posso sopportare che uno straniero metta le mani addosso a uno spagnolo. Non posso sopportarlo.

Singhiozzò e si coprì la faccia con le mani.

– Finiranno per pisciare sulle nostre case e cacare sulle nostre tombe.

– Con le indicazioni che le ho dato, non sa a quali servizi segreti appartengono?

– Ahi, figliolo mio, che domanda mi fa. A Madrid funzionano regolarmente ventiquattro servizi di spionaggio di vari paesi e di organizzazioni internazionali. Lei dice che uno era grasso, molto grasso? Aveva il labbro così?

– No, no, ce l'aveva così.

– Sicuro?

– Sicuro.

– Allora non è quello che penso io.

Sánchez Ariño entrò e gli mise una carta tra le mani.

– Santo Iddio. Santo Iddio. Santo Iddio.

Carvalho si alzò allarmato. Fonseca lo guardò sorridente, rilassato, scherzoso:

– Fantastico. Risulta che la casa esiste ma il suo padrone no. Sánchez Reatain è morto quattro mesi fa in un incidente stradale e la casa è in vendita.

– Il frigorifero conteneva cibi comprati di recente e l'altalena del giardino era stata ingrassata da poco.

– Lei è andato sull'altalena?

– Sì.

Fonseca e il suo impiegato si guardarono.

– È andato sull'altalena – ripeté Fonseca come a convincere se stesso. – Strano. La casa è sempre di proprietà della famiglia Sánchez Reatain e non l'hanno affittata a nessuno. Molto strano.

– Si può parlare con la famiglia?

– Inutile, è fuori città. La moglie in Svizzera in casa di una sorella e i figli studiano all'estero. Hanno licenziato persino la servitù e si sono accordati con un'impresa che fa le pulizie una volta alla settimana.

– Quale impresa di pulizia?

– Quale impresa di pulizia?!

Dillinger ripeté la domanda con un certo fastidio e uscì di nuovo dalla stanza.

– Una domanda interessante. Quale impresa di pulizia? Certo, da lì deve venire il contatto. Lei è un ottimo investigatore. Si vede che è del mestiere. Non le offro di lavorare per me perché neanche io so quanto durerò. Che tempi questi, in cui l'infedeltà paga le più grandi fedeltà!

– Vorrei avere l'accesso agli schedari riservati di tutti i membri del Comitato Centrale del PCE.

– Se vuole buttar via una settimana io non ho nessun inconveniente. Però non aggiungeranno niente a quello che già sa. Si limitano a registrare la traiettoria delittuosa di quelle persone fino alla legalizzazione del partito. Dovrei consultare i miei superiori.

– Io voglio vedere quello che non è attività « delittuosa », come dice lei, ma la vita privata. Per esempio, di che cosa parlano al telefono?

– C'è tutta una leggenda intorno a questa storia delle intercettazioni telefoniche. Siamo una nazione povera e non abbiamo né la tecnologia adeguata, né funzionari a sufficienza perché stiano attaccati al telefono di tutti i rossi del paese. Bene, se lei non generalizzasse tanto e mi dicesse voglio questo o quello, cinque o sei, sarebbe più facile accontentarla. Ma a decine, no, non chieda l'impossibile. Non mi dirà che al punto in cui è non ha già i suoi candidati.

– Li scambio con i suoi.

– Si potrebbe esaminare l'offerta.

Gli occhi acquosi di Fonseca per il momento si limitavano a studiare Carvalho.

– Io ho un candidato, o meglio, due. Ma soprattutto uno.

– Chi?

– Sarò sincero con lei e dopo lascerò al suo libero arbitrio di rivelarmi i suoi preferiti. I miei candidati sono Martialay e Marcos Ordóñez. Martialay e Garrido erano in pessimi rapporti. Lei sa che Garrido era in apparenza molto eurocomunista e molto liberale, ma lo irritava perdere il controllo di qualsiasi centro di potere e questo gli stava capitando con il movimento sindacale. Quanto a Marcos Ordóñez, è una lunga storia, una storia di lana caprina. Lei sa bene di chi sto parlando.

– No.

– Non scherzi.

– Non scherzo.

– Marcos Ordóñez è uno degli storici d'anteguerra, legato a filo doppio con Garrido finché non iniziò la lotta per la successione alla fine del quaranta. Marcos Ordóñez non appoggiò Garrido, ma un altro che ora è morto, un certo Galdón. Galdón perse, vinse Garrido e Marcos Ordóñez fu emarginato al punto da doversene andare in Cecoslovacchia a lavorare in una fabbrica. Non le hanno mai raccontato le storie dell'esilio di questa gente, vero? Le hanno raccontato soltanto la parte eroica, quanto erano eroici, come resistevano alle mie torture, le torture del boia Fonseca e tutto il resto. Già, già. So tutto. Però c'è molta merda in quelle storie di esilio, soprattutto in quelle dei dirigenti. Molte gelosie, grandi e piccole. Molte lotte di gruppi influenti all'interno del partito. Ma ritorniamo a Marcos Ordóñez. Dopo il XX Congresso del PCUS, Garrido aveva bisogno di tutti gli appoggi possibili per la destalinizzazione nel partito e si mette a recuperare elementi per far fronte alla congiura degli stalinisti. Uno degli elementi recuperati fu Marcos Ordóñez, però in condizioni di prostrazione politica totale. Pensi un po', era uno dei primi e arriva al Comitato Esecutivo solo nel 1973, come dire alla fine della sua vita; perché quest'uomo sta male, molto male, molto provato dalle sofferenze morali a cui l'hanno sottoposto. Cerchi di capirlo. Si metta nei suoi panni, ci si metta.

– Lei stima molto Marcos Ordóñez, si sente.

– Perché lo dice?

– Perché vedo che la sua sorte la rattrista.

– Non sono di pietra ed ho osservato a lungo quella gente, tanto a lungo che non mi è indifferente; solo grazie alla solidità dei miei principi, soprattutto dei miei principi cattolici, ho potuto resistere al loro enorme potere di seduzione e non mi sono fatto comunista.

Fu la signorina Pilar che iniziò a ridere piano piano; dopo una breve, severa esitazione, Fonseca la seguì con risate che lo portarono sull'orlo dell'asfissia.

– L'« Urbana Matritense » – disse dalla porta *Dillinger.*

– L'« Urbana Matritense » – ripeté Fonseca a bassa voce e lanciò occhiate di curiosità ad un laconico *Dillinger.*

– Sarebbe?

– L'impresa che si occupa delle pulizie della villa. Niente di anormale. È un'impresa artigiana con cinquanta anni e passa di tradizione.

– Me ne fotto della tradizione, la tradizione! Indaga, indaga! Indaga!

Fonseca picchiava col dito rigido sul bavero di *Dillinger.* Carvalho gli passò accanto dicendo qualcosa che sembrava un ciao.

– Se ne va di già? Prometto di tenerla puntualmente informata di quello che scopriremo.

Carvalho annuì.

– Però la prossima volta non sarò così leale con lei. Io ho parlato e lei no.

– Per una volta abbiamo invertito i ruoli.

Santos lo aspettava solo, seduto all'estremità di un lungo tavolo di riunione. Davanti a lui erano ammucchiate le famigerate cartelle azzurre. Le indicò a Carvalho e si alzò per passeggiare intorno al tavolo mentre l'altro esplorava le viscere delle venti cartelle.

– Se vuole può andarsene. Ho da fare per due ore.

– Se non le dà fastidio rimango.

Carvalho tirò fuori dalla tasca un blocco di appunti e una pianta del salone dell'hotel Continental. Sistemò il block-notes come se fosse il tavolo di presidenza e distribuì le cartelle secondo la posizione che avevano occupato nella sala le persone alle quali si riferivano. In ciascuna cartella c'era una fotografia ed un fascicolo personale.

– Un ottimo lavoro.

– L'ho fatto io stesso. Non ho voluto che nessuno ci mettesse il naso.

Come se aspettasse il risultato di un esame, Santos continuava il suo andirivieni, osservando ogni tanto i gesti di Carvalho. Questi lesse i curriculum, prese appunti, finalmente mise da parte le cartelle e collocò le fotografie nei luoghi teoricamente occupati dalle persone rappresentate. Guardava i volti uno ad uno, scrutando gli sguardi inespressivi di quelle foto tessere, ingrandite. Scelse sei foto e sei curriculum e li mise all'altra estremità del tavolo. Santos si fermò ed esaminò le foto con un sorriso scettico sulle labbra:

– Gli indiziati?

– I più indiziati.

– Juan Sepúlveda Civit, Marcos Ordóñez Laguardia, Juan Antonio Lecumberri Aranaz, Félix Esparza Julve, Jorge Leveder Sánchez-Espeso, Roberto Escapá Azancot. Una buona scelta. Complimenti.

– Ho tenuto conto della loro disposizione nella sala. Ho scartato le donne ed i vecchi perché non erano in condizioni di dare una pugnalata di quel genere. Questi sei nomi non escludono altre possibilità. Se non salta fuori niente da loro continuerò fino a raggiungerne una ventina.

– Ritengo che abbia letto il curriculum di questa gente. D'altra parte noto che ha incluso pure un veterano, Marcos Ordóñez. Era in condizioni fisiche per farlo?

– In teoria no. Però poteva esserlo in condizioni psicologiche. Secondo i miei dati, Ordóñez collezionava rancori contro Garrido.

– Le hanno raccontato dell'epurazione del '50? Però Ordóñez fu poi riabilitato ed ha raggiunto alti gradi del partito.

– A quanto pare, l'esilio in Cecoslovacchia è costato a Ordóñez addirittura la famiglia. Sua moglie scrisse una lettera alla direzione del partito rinnegando il marito e accusandolo di titoismo. Era molto grave essere titoista?

– Fino al 1954 molto grave.

– Che successe nel 1954?

– Il nuovo gruppo dirigente dell'URSS rivide la sua posizione nei confronti della Jugoslavia. Era l'inizio della destalinizzazione.

– La coppia Ordóñez si riunì?

– No, lei passò all'« interno ». Fu arrestata nel 1958 e non uscì dal carcere fino al 1965. Troppi anni.

– Che fa adesso?

– È morta a Bucarest due anni fa. Fisicamente era un relitto umano, e la mandammo ad un sanatorio rumeno.

– Aveva figli?

– Rimasero con la madre e, quando fu incarcerata, scomparvero. Oggi non hanno niente a che vedere con il partito. Credo che uno lavori da sarto a Barcellona e l'altro ha un ristorante a Melbourne.

– Hanno rapporti con il padre?

– Appena.

– Una bella storia politica, a gloria e vanto della disciplina militare.

– Lottavamo contro una dittatura militare e non potevamo badare alle sfumature. Eravamo duri, ma non solo con gli altri, anche con noi stessi. Io non ho visto crescere i miei figli, sono un estraneo per loro. I nostri figli sono cresciuti grazie alla tenacia delle nostre donne che sono vissute come vedove, di carcere in carcere, di processo in processo. Altri hanno avuto sorte peggiore di Ordóñez. Perlomeno con lui si è potuto riparare.

– Juan Sepúlveda Civit. Ingegnere industriale. Quarantadue anni. Militante del Fronte di Liberazione Popolare, incorporato al Partito Comunista nel 1965. Responsabile del settore quadri per circa dieci anni fino alla centralizzazione. Che vuol dire centralizzazione?

– Quando il partito cominciò a crescere quantitativamente si passò dall'organizzazione settoriale a quella centralizzata, tra l'altro per impedire certe deviazioni corporativistiche che iniziavano a manifestarsi.

– Sepúlveda Civit. Consiglio di guerra del 1962. Tribunale Speciale nel 1967. Espulso da Perkins, da Pegaso. Sposato, due figli. Vedo che versa quattromila pesetas al mese; è parecchio denaro.

– È l'uno per cento delle sue entrate.

– Quattrocentomila pesetas al mese. Mica male.

– È un ingegnere molto quotato. Il partito ricorre a lui economicamente quando ci sono problemi: elezioni, spese particolari...

– Secondo i miei dati è uno dei possibili eredi di Garrido. Qui si dice che ebbe contrasti con Garrido prima dell'ultimo congresso. Si identificò con le posizioni « leniniste » contro le « eurocomuniste ».

– Forse ho un po' esagerato. Si è notata in lui questa tendenza, d'altra parte logica. Sepúlveda è un grande militante, ma non può prescindere da un condizionamento sociale e culturale che lo spinge a volte ad adottare posizioni massimaliste. Gli intellettuali di solito sono più radicali degli operai nell'autoaffermazione. Bisogna diffidare sia degli intellettuali presuntuosi che sanno sempre tutto come di quelli umili con il complesso di inferiorità verso la classe operaia.

– Lei ha studiato molto il problema.

– È il mio mestiere. Io sono un burocrate, non lo dimentichi.

– Sposato con due figli. La moglie non è iscritta però collabora attivamente, e lo ha aiutato molto durante la campagna elettorale. È una Lamadrid-Raistegnac. Questo nome non mi è nuovo.

– Suo padre fa parte di una ventina di consigli di amministrazione ed è conte di non so che cosa, un titolo pontificio.

– Siete molto ben imparentati. Proseguiamo. Juan Antonio Lecumberri Aranaz. Viene dall'ETA militare. Cazzo, andiamo bene! È un acquisto recente: 1973. Un passato violento a quanto vedo, processato come terrorista dell'ETA già nel sessantasette, ferito in uno scontro con la Guardia Civile. Economista. Attualmente membro della Commissione Finanze del partito. Prosciolto. Vuol dire che ora è un funzionario del partito, suppongo.

– Dà una mano alle finanze del partito ed è anche uno dei responsabili dell'organizzazione. È un ragazzo un po' difficile. Adesso sembra scontento del suo lavoro politico e pare che chiederà un'aspettativa. Si è sposato tre anni fa e sua moglie non ne vuol sapere del voto di povertà al quale suo marito la costringe. Potrebbe guadagnarsi molto bene la vita. È comprensibile. Ma non mi sembra un motivo sufficiente per assassinare Garrido.

– Félix Esparza Julve. Quarant'anni. Iscritto nelle file della Gioventù Comunista di Burdeos dal 1953. Figlio di esiliati. Fattorino. Sposato. Tre figli. Attivista del partito dal sessanta, a Parigi e in Asturia.

– Lo infiltrammo in Asturia dopo gli arresti del 1961 e 1963 per riorganizzare il partito. Io ero stato amico di suo padre, uno dei compagni più in gamba. Esule nel 1939; lo facemmo rientrare in Spagna clandestinamente nel '44 per stabilire un collegamento con i partigiani di Valencia; lo presero e lo pestarono di brutto. Morì tubercoloso nel penitenziario di San Miguel de Los Reyes. Io sono stato una specie di padrino per Félix, per Julvito. Io lo chiamo Julvito. Per ragioni politiche ho vissuto più con lui che con i miei figli. Metterei mani e piedi sul fuoco per lui.

– E per gli altri, no? Come la mettiamo?

– Gli altri meritano tutta la mia fiducia e le giuro che in questo momento desidererei una spiegazione soprannaturale per discolpare tutti. Mi vergogno di aver preparato queste cartelle e adesso di star qui con lei a discutere sulla credibilità dei miei compagni.

– C'è un assassino in un partito di duecentomila iscritti. Mica tanto alta la percentuale.

– No, non è questo il calcolo. C'è un assassinio in un Comitato Centrale formato da un centinaio di persone, nel quale si concreta e si sublima la storia eroica del partito. Questo è il problema.

– Paco Leveder Sánchez-Espeso. Vedo che nella biografia lei ne ha fatto un ritratto frivolo. Lo qualifica come « contestatario cronico ». Perché?

– Perché è un appassionato di estetica e sceglie sem pre le posizioni più eleganti. Comunque, è stato un attivista assai combattivo, sia all'Università che nelle fila degli intellettuali. Ha trascorso tre o quattro anni in carcere e ha dato l'anima al partito quando ce n'è stato bisogno. Sta nel Comitato Centrale perché gode di una buona fama tra gli intellettuali.

– Qui lei scrive: ha votato contro Garrido.

– Nell'ultimo congresso abbiamo eletto l'attuale Comitato Centrale, che poi ha scelto il segretario generale e l'Esecutivo. Garrido è stato eletto quasi all'unanimità. Quel quasi vuol dire Leveder: quando chiedemmo se c'era qualcuno contrario, solo lui alzò il braccio.

– Non l'avete spedito in Siberia?

– Bisogna convincersi che nel partito l'unanimità è finita da un pezzo.

– Giustificò il suo voto contrario?

– Sì, chiese la parola e spiegò il suo voto. Disse che votava contro Garrido per una questione di pedagogia elementare, per far capire ai dirigenti carismatici che non sono affatto degli dei. Io credo che sia stata la spiegazione del voto a dar fastidio a Garrido più che il voto contrario. Scoppiò. Scoppiò come sapeva scoppiare lui. Con quella carica di violenza contenuta che gli affiorava dalle parole. Da allora non ebbero più buoni rapporti. La dissimulavano con molto spirito, però c'era un'antipatia di fondo.

– Dunque, Leveder è il suo candidato.

– No, assolutamente. È un frivolo, un esteta. Si uccide per questo? Nella letteratura e nel cinema, può darsi. Nella vita reale, no.

– Leveder è separato ed ha una figlia. Separato da una del PCE internazionale. È professore di sociologia nella facoltà di Scienze dell'Informazione. Qui leggo che lo definisce anarchico.

– Lui dice di se stesso che è un liberal-marxista, ma io credo che sia soltanto un anarchico diventato comunista per ragioni di validità storica.

– Roberto Escapá Azancot, contadino della Mancha. Sindaco del suo paese dalle ultime elezioni comunali. Trentacinque anni. Sposato. Quattro figli. Membro del partito dal 1970. Pochissimi dati.

– È un compagno tenace e sicuro, ma privo di una biografia apprezzabile. Uno di quei grandi lavoratori del partito. Lui da solo è capace di far funzionare tutta una regione. Vale quanto pesa. Forse mi sono dimenticato di precisare che suona il piffero, ed ha rimesso di moda in tutta la regione questo strumento.

– A Garrido piaceva il piffero?

– Non mi risulta.

Una faccia di rana vecchia, saggia e stanca, quella di Marcos Ordóñez, di basco anarchizzato, quella di Lecumberri, sorridente e da venditore sottobanco il viso di Esparza Julve, l'ironia come metodo di conoscenza nel sorriso di Leveder, solidità agropecuaria nella faccia di cacio di Escapá Azancot e in cima a tutti la testa da ministro di Sepúlveda, una testa da conferenza stampa e discorso programmatico, una testa importante.

– Se non ha più bisogno di me...

– No, non ne ho più bisogno.

– Ha passato questi nomi a Fonseca?

– No.

– Lo farà?
– No.
– Perché?
– Non voglio precipitare le cose, né mettere in pericolo qualcuno. Non voglio prefabbricare un Oswald.
– Grazie per la fiducia che mi ha dimostrato.
Uscito Santos Pacheco, Carvalho si rilassò mettendo i piedi sul tavolo e facendo dondolare la sedia sulle due zampe di dietro. Trattenne la tentazione di prendere il telefono là vicino per chiamare i sei indiziati. Raccolse le cartelle e le fotografie. Si affacciò ai vetri del balcone e scrutò nel viale alberato che portava un nome di fiume. Lì stavano Julio e il suo compagno, appoggiati alla macchina di scorta. Alcuni metri più lontano c'era un furgoncino bianco. Carvalho lo guardò distrattamente, finché di colpo fu attratto dalla scritta che diceva: URBANA MATRITENSE. Carvalho si palpò la pistola sotto l'ascella, prese le cartelle, uscì dalla stanza, scansò il saluto di Mir rispondendogli con un grugnito e puntò diritto verso una ragazza che arpeggiava a macchina.
– Dammi una busta grande, in cui possano entrare queste cartelle.
Chiuse la busta con gelosa attenzione ed incaricò la ragazza di farla recapitare a Santos. Uscì in strada: Julio e il suo amico erano ancora lì. Il furgoncino no.
– È appena andato via un furgoncino?
– Sì, proprio adesso.
– Vengo con voi.
– Non s'era d'accordo così, ma andiamo pure.
Carvalho piegò e ripiegò gli appunti che aveva preso sui sei uomini e li ripose nel taschino della giacca.
– Andate come se vi dirigeste alla sede centrale del partito.

– A Castelló, forza, fa' presto.

Il furgoncino li seguiva ostentatamente, accostandosi persino alla macchina.

– Tenetevi affiancati.

Carvalho abbassò il vetro del finestrino e sorrise al latinoamericano, seduto accanto al guidatore. Il detective estrasse la pistola e mirò al volto del maniaco castratore. L'orografia facciale dell'uomo si mise in moto, il viso si ritrasse ed il furgone sterzò bruscamente a sinistra.

– Accelerate.

Dal lunotto posteriore osservò la manovra che il furgoncino faceva per rimettersi all'inseguimento.

– Fa il mattacchione, l'amico. Come se non ci fosse già abbastanza casino.

Anche Julio teneva una pistola in mano e guardava preoccupato Carvalho.

– È una vecchia storia. Quei figli di puttana del furgoncino mi hanno rotto i coglioni tutta la notte.

Julio sostituì la pistola con una biro per annotare la targa del furgoncino.

– È inutile. Sono protetti. Non so come, ma sono protetti e vogliono dimostrarmelo.

Il furgoncino stava di nuovo all'altezza della macchina. L'uomo accanto al conducente abbassò il vetro e apparve una mano che agitava un foglio. Carvalho tirò fuori il braccio, prese il foglio e la mano.

– Accelerate.

Si sentì il grido dell'uomo quando il braccio gli si ruppe contro il bordo del finestrino abbassato. Carvalho rimase con il foglio in mano e si girò per vedere il furgoncino che perdeva velocità tra le altre automobili che lo superavano.

« Oggi pomeriggio alle cinque al " Vip " di via Princesa ».

– È un americano fottuto che se l'è cercato. Adesso lasciatemi vicino ad un mercato.

– Che mercato?

– Di roba da mangiare.

– Un supermercato?

– No, un mercato.

– A Diego de Léon ce n'è uno piccolo.

Li pregò di avvertire Carmela che voleva vederla a metà pomeriggio.

– Ditemi voi un locale.

– Lei va spesso dalla Manuela, a Malasaña.

– Alle sei.

All'ingresso del mercato un uomo suonava *Los estudiantes navarros*, con un piccolo mandolino. Ai suoi piedi un foglio di giornale con dentro una povera pioggia di spiccioli. Carvalho percorse il mercatino con lo stesso piacere che può provare il visitatore di una chiesetta romanica. I mercati di Madrid danno una lezione di simmetria policroma con i loro banchi: armonie di serti di cipolle, musetti di tonni metallizzati, trote di vetro dipinte in stile liberty, frattaglie di cartone umanizzato, pizze rustiche, salamini, fagioli lucidati uno ad uno, ceci di porcellana. Comprò trippa cotta, testina di vitello, piselli surgelati, i primi carciofi freschi dell'anno, una testa d'aglio, mandorle, pinoli, una trancia di tonno fresco, una scatoletta di acciughe, olio, cipolle, pomodori e si ritrovò sulla soglia del mercato con le mani occupate in un giorno decisamente inadatto per affrontarlo a mani piene. Gli fu chiaro quando giunse all'altezza dell'uomo del mandolino. Adesso suonava un motivo basco, *Maite, Maitechu mia...* Sembrava un ferroviere disoccupato, cubico, braccia forti e ginocchia molli, come tutti i ferrovieri. L'uomo guardava le buste della spesa nelle mani di Carvalho e poi lui, fisso, con uno sguardo pieno di dubbio e di sarcasmo. Carvalho posò le buste per terra e lasciò cadere cento pesetas sul foglio di giornale. Gli occhi del suonatore divennero gravi e suonò più lentamente, con più precisione. La musica rimase soffocata dal rumore del traffico mentre Carvalho risaliva l'ampio marciapiede chiedendosi come potesse fare con tutte quelle buste. Fermò un taxi.

– Vada all'hotel Opera e dica al portiere di portare questa roba nella stanza trecentoundici.

– Che c'è dentro?

– Una cena per due.

Il tassista sbirciò il contenuto.

– Non è per non fidarsi, ma capita di tutto.

Sorrise vedendo la mancia.

– A tutta birra e buon appetito.

Carvalho entrò in una cabina telefonica senza telefono, poi in un'altra: il telefono c'era, ma con i nervi rotti e le viscere appese. Finalmente riuscì a chiamare da un bar dopo aver consumato una porzione di cozze e mezza bottiglia di vino bianco di *Rioja* freddo.

– Non avete vino di *Rueda*?

– No. O *Valdepeñas* o *Rioja.*

« Madrid è una città predeterminata sul piano enologico », fu l'ultimo pensiero banale che gli passò per la testa prima di chiudersi nella cabina del bar per cominciare a prendere appuntamenti con i sei uomini della lista. Chiamò il Comitato Centrale perché gli localizzassero il mancego e lo mettessero a sua disposizione per l'indomani.

– Brutta giornata. Preparo le lezioni per domani.

Sono assediato da studenti voraci che pensano solo a studiare e al domani. Magari potremmo mangiare un boccone insieme, una cosa qualsiasi.

– Io non mangio mai una cosa qualsiasi. La invito al « Lhardy ».

– Ha fatto tredici al totocalcio?

– Paga il partito.

Leveder sapeva scegliere un menù, ma faceva sforzi espiatori per dimenticarlo. Represse il primo impulso di consigliare Carvalho e lo lasciò scegliere con distaccata inquietudine. Approvò con gli occhi le scelte di Carvalho e chiese per sé un brodo di coda di bue e salmone fresco alla griglia.

– Ho l'ulcera. Altrimenti mi associerei al suo menù.

Carvalho aveva ordinato caviale iraniano e trippa alla madrilena.

– Ottima scelta – approvò Leveder molto compiaciuto. – Visto che il miglior caviale è l'iraniano e la miglior trippa è quella di « Lhardy ». Al suo ritorno a Barcellona potrebbe portarsene una porzione in gelatina. La vendono giù in negozio. Se ne andrà presto?

– Appena avrò finito. Non sto certo qui per divertimento.

L'ambiente del « Lhardy » incorniciava il pasto in un soddisfacente clima da club privato inglese arredato da un architetto francese, neoclassico, della metà di un tardo XIX secolo, di tono discreto. Un ambiente ideale per i piatti fumanti, ma forse poco adatto ai piatti freddi.

– Eccellente cornice per parlare del partito.

Leveder ammiccò e portò alle labbra il suo bicchiere di acqua minerale.

– Un'acqua minerale magnifica. Imbottigliata nel settantadue. È un'annata buona per le acque minerali. Invece eviti quelle del 1973, piovve poco e sanno di fondo di pozzo. Non mette burro sul pane tostato?

– Lo trovo assurdo quando il caviale è così morbido.

Carvalho si versò ancora un bicchiere di vodka ghiacciata e lasciò che Leveder si concentrasse, quasi a cercare in se stesso la risposta al perché del loro incontro. Leveder ritornò al « Lhardy », a Carvalho: si chinò verso di lui per dirgli:

– Mi ha scelto come il principale indiziato?

– Come interlocutore.

– La vecchia guardia mi ha denunciato. Non è che ce l'abbiano con me, ma parliamo due lingue diverse. Io non uso mai parole come « condizioni oggettive, privilegiare, tessuto sociale, occorre imporre le migliori condizioni, la classe operaia paga il prezzo della crisi ». Comprende? Non è che non creda alla verità che c'è dietro questo linguaggio, ma mi sforzo di cercare dei sinonimi. In ogni tribù non c'è niente di tanto allarmante come le violazioni del codice linguistico. Forse per questo sono malvisto. Inoltre ho votato contro Garrido, lei ormai lo saprà. Ma non l'ho ucciso. Ho un grande appetito storico, mi piacerebbe essere Napoleone o la Vergine Maria, ma mi manca la spinta finale, specialmente se si tratta di compiere un tirannicidio.

– Garrido era un tiranno?

– Un tiranno scientifico, come tutti i segretari generali dei partiti comunisti. Esercitano la tirannia non per mandato divino, ma per mandato del Comitato Esecutivo, il quale a sua volta la esercita per mandato del Comitato Centrale, che la esercita per mandato del partito, che la esercita per mandato della Storia. Come avrà arguito sono un trotskista ed adesso mi chiederà: che fa un trotskista come te in un partito come questo? Forza, me lo chieda.

– Lo consideri già fatto.

– Evitarmi la tentazione di rientrare in un partito trotskista. L'ha già detto il Che: « Se si deve sbagliare, meglio farlo con la classe operaia ». Io ho sempre preferito stare là dove era l'avanguardia oggettiva della classe operaia vera, e mi sono lasciato alle spalle molta gente, per esempio mio fratello che è presidente del tiro al piccione di Coria ed è padrone di mezza provincia, e mia moglie che è marxista gruppuscolare. È passata per tutti i partitini comunisti perché ha una grande capacità di tenerezza. Le piacciono i partiti di sinistra tanto bellini. Quando eravamo fidanzati se vòlevo farla felice bastava che le comprassi sedioline, caffettierine. Ricordo che il regalo che l'ha resa più felice è stata una caffettiera italiana che faceva il caffè solo per due persone. Nella politica era lo stesso. Aderiva a qualsiasi causa promossa da un partito di sinistra con una spruzzata di marxismo. Adesso credo sia anabbattista-marxista-leninista o qualcosa del genere. Signor Carvalho, a me piace sbagliarmi alla grande. Adesso come adesso mi corresponsabilizzo di tutti i delitti di Stalin e di tutti i cattivi raccolti sovietici da che ebbe inizio la distruzione dei kulaki e dei piccoli agricoltori privati. Quello di cui non mi sento responsabile sono i minchioni come mia moglie o come Cerdán che se ne vanno in giro a montare baracche ideologiche o inventano un marxismo piagnone alla Cerdán. È osceno. Stanno là a mostrare la bua dicendo: « Ci hanno traditi ». Merda, ma vadano a prendersela in culo, ma proprio tanto.

Leveder era realmente indignato.

– Da tutto quello che ho detto lei capirà che io non ho ammazzato Garrido. In fondo avevo molto affetto per il vecchio, malgrado non ci fosse più il rispetto storico. Alla sua età, e vista la situazione, avrebbe dovuto dare inizio ad una vera riforma del partito. Avrebbe dovuto portare la destalinizzazione fino alle estreme conseguenze, arrivare a quella identificazione base-direzione senza la quale qualsiasi progetto di partito di massa è una truffa. Avrebbe dovuto approfittare del seguito che gli veniva dalla clandestinità per promuovere una rivoluzione culturale interna: culturale, insisto, culturale, perché ciascun partito comunista ha una cultura propria, una coscienza della sua identità condizionata dalla sua evoluzione interna, intellettuale e organica. Mi segue? Lei crede sul serio che quella cultura interna può essere identica sia in un partito condizionato da Gramsci e da Togliatti come in un altro influenzato da Thorez e Marchais, un partito che ha buttato a mare in ordine di entrata in scena, Nizam, Lefebvre, Garaudy?

– Per lei, quindi, Garrido era un freno.

– Sì, perché era solo. Aveva cominciato a lasciarsi indietro persone valide che avrebbero potuto aiutarlo in questa battaglia, ma al momento buono per attaccare era circondato da gente che non poteva né voleva aiutarlo a raddrizzare il partito. Inoltre non si fidava di quelli che non gli dicessero sempre amen. La fortuna era stata buttata via. Avremmo potuto seguitare così, in questa situazione d'impasse, né acqua né vino, né carne né pesce, fino al duemila. Adesso per lo meno si dovrà scegliere, si dovrà decidere.

– Qual è il suo candidato?

– Chiunque meno Santos.

– Perché?

– Perché è un sant'uomo, che praticherà la necrofilia con il Fernando Garrido del suo cuore. Preferisco che vinca un arrivista che però abbia il senso della realtà.

– Chi è un arrivista?

– Tutti e nessuno. Un arrivista in un partito come il nostro è sempre un arrivista relativo. Gli arrivisti assoluti stanno nei partiti che oggi possono già vincere.

– C'è qualcuno abbastanza arrivista da arrivare ad uccidere per ottenere l'incarico?

– No, questa è un'impostazione stupida. Questo assassinio non era diretto contro Garrido, ma contro il partito. Chi può voler assassinare un partito per impadronirsene?

– Però l'assassino è uno di voi.

– L'assassino è un traditore. Non è necessario essere una lince, né un detective privato per capirlo.

Carvalho mise sulla tovaglia, a pochi millimetri da un gelato allo champagne, lo schizzo della sala della morte dell'hotel Continental. Tracciò un cerchio davanti al tavolo presidenziale:

– Da questo cerchio uscì l'assassino se calcoliamo il tempo di cui disponeva. Esamini i nomi scritti qui. Chi è il traditore?

Leveder guardò fisso Carvalho, poi piantò gli occhi sul foglio; più che leggere scrutò ciascun nome. Dopo, si lasciò andare sulla sedia, sospirò, pareva che avesse le lacrime agli occhi.

– Paga lei il pranzo?

– Sì.

– Allora mi scusi.

Si alzò e se ne andò verso le scale, per uscire.

– Alle cinque ho una riunione con la commissione parlamentare, alle sei devo stare a San Cristóbal per cercare di convincere alcuni compagni che la classe operaia polacca non è pagata dalla CIA. Alle otto si riunisce l'Esecutivo per mettere a punto gli ultimi dettagli sulla prossima riunione del Comitato Centrale nella quale si eleggerà un segretario generale provvisorio e si convocherà un Congresso straordinario. Con molta fortuna spero di essere a casa alle quattro del mattino. Non si sorprenda se le dico che ho poco tempo.

Sepúlveda Civit ancora odorava di deodorante mescolato a lozione per il viso. Bellezza, muscolatura, efficienza, e un senso perpendicolare dell'esistenza che si manifestava negli scarsi interventi alle Cortes, quei pochi che il protagonismo di Garrido gli permetteva.

Avrebbe potuto continuare il suo programma di vita: alle sette mi alzo per fare footing, o magari jogging? Alle otto, colazione con i bambini e li accompagno a scuola: è l'unica occasione per vederli. Alle nove devo andare in studio, ingegnere al servizio di Entrecanales y Tavora, ma alle undici mi aspettano al Comune, sono assessore ai Trasporti. All'una devo discutere con l'amministratore di Entrecanales y Tavora la possibilità di aprire un tunnel a Salardú senza che si crei uno smottamento nei Pirenei, alle due... Carvalho ricordava una canzone del tempo dell'infanzia: all'una esce la luna, alle due esce il bue, alle tre esce il prete, alle quattro esce il gatto, alle cinque don Francesco, alle sei esce la moglie, alle sette glielo mette, alle otto le va sotto, alle nove esce il bambino, alle dieci si ripete. Sepúlveda Civit non poteva indovinare la silenziosa canzone che divertiva intimamente Carvalho, ma intuiva che il detective non considerava seriamente i suoi problemi temporali. Guardò l'orologio digitale e, come se lo sguardo fosse stato un segnale, l'orologio cominciò ad emettere una musichetta siderale che ricordava vagamente le campane a morto. Alzò uno sguardo critico verso Carvalho. « Vede? La musica mi avverte, mi sollecita e lei sta là in silenzio senza dire niente ».

– Diceva qualcosa?

– Mi dispiace, ho la digestione pesante.

– Faccia come me, che mangio pochissimo. Un panino integrale con poca carne, un bicchiere di latte, un succo di frutta, caffè e al lavoro. Però mi rifaccio a cena, se non ci sono riunioni, è ovvio. Il problema è che c'è sempre una riunione. Per fare politica bisogna avere un culo di ferro.

Carvalho gli mise sotto gli occhi la stessa piantina della sala del Continental che aveva mostrato a Leveder, indicò il cerchio.

– Lei era seduto lì in mezzo.

Guardò attentamente la pianta.

– In effetti. E la prevengo su quanto sta per dirmi. Da questo cerchio è uscito il pugnalatore. Guardi.

Aprì il cassetto e tirò fuori una pianta del tutto uguale a quella di Carvalho. I posti erano disegnati con colori differenti a seconda della vicinanza al tavolo presidenziale.

– Ho fatto calcolare da uno dei miei assistenti i tempi di spostamento in rapporto alla distanza. Le possibilità sono numerose perché dipendono dal fattore età, a parte quello della posizione. Io stesso l'ho ridotto a formula matematica. Eccola qui.

– Bella.

– Se vuole gliela spiego.

– Il mio ultimo rapporto con la matematica fu un

« respinto » al 5° ginnasio: dopo, passai a lettere.

– Si può essere un detective privato senza conoscere la matematica?

– Le assicuro però che me la cavo benissimo con l'aritmetica.

Neanche l'ombra di un sorriso in quei lineamenti di dirigente della rivoluzione pastorizzata.

– Vediamo se lei con la matematica ed io con l'aritmetica siamo arrivati a conclusioni parallele.

– Dal tracciato del suo cerchio credo di sì, nonostante possa dimostrarle che qualcuno di quelli di lato poteva avere tutto il tempo per alzarsi, ammazzare e ritornare al suo posto prima che si riaccendessero le luci. Il problema è sempre lo stesso: l'orientamento. Hanno potuto orientarsi meglio quelli che stavano in posizione perpendicolare al tavolo.

– Orientarsi, come? La sala stava al buio.

– Questo è il quid ed io l'ho risolto. Garrido fumava. L'assassino poté orientarsi per il piccolo brillìo della brace della sigaretta.

– Più di tre o quattro sono pronti a giurare che fecero spegnere la sigaretta a Garrido prima di entrare nella sala. In ogni caso, l'assassino non poteva fidarsi di un fattore così incerto. Poteva accadere che non fumasse, ligio al divieto specifico di non fumare. E comunque è molto difficile assestare un colpo così preciso con una luce così debole.

– Con l'allenamento tutto è possibile ed il colpo è opera di un esperto.

– Un esperto che si era allenato alla luce di un mozzicone?

– Bisogna risolvere il problema del segnale, glielo consiglio. Risolva quello ed il caso è chiuso. Tutto il resto è perdita di tempo, anche questi interrogatori a indiziati posizionali.

– Lei accetta di essere un indiziato posizionale?

– L'accetto. È una verità oggettiva e noi marxisti crediamo nelle verità oggettive. Se non c'è segnale di orientamento, l'unica possibilità è che l'assassino avesse occhi di gatto capaci di vedere in piena oscurità.

– Un altro sistema è quello del testamento.

– Di quale testamento parla?

– Chi trarrà vantaggio dal testamento? È la prima domanda che di solito ci si pone nei romanzi gialli.

– Mi dispiace contraddirla. Questo non è un romanzo giallo. È un romanzo politico e l'assassino ha cercato di distruggere un uomo e allo stesso tempo di screditare il suo testamento.

– È quello che mi dicono tutti.

– Basta essere razionali: non è neppure necessario applicare il materialismo dialettico.

Aveva parlato con forte accento madrileno, sottolineando le sillabe, separandole con piccoli soffi d'aria, come i cinesi; i madrileni parlano come i cinesi, glielo aveva detto chissà chi, una volta.

– Torniamo al testamento, non si sa mai. A volte le domande classiche sono quelle che rendono possibili le vere risposte. A chi poteva giovare il testamento?

– Sta cercando un delfino politico? Non sia ingenuo. Il gioco non funziona così. E non guardi me, io non sono mai stato un delfino. Noi intellettuali svolgiamo un grande ruolo in questo partito perché portiamo saggezza concreta e una grande capacità di teorizzazione. Ma si continua a diffidare di noi. Non dimentichi che il movimento comunista fu iniziato proprio dagli intellettuali, ma poi non ci si fidava mica tanto di loro. Anche Lenin.

E Dio Onnipotente, lo stesso Marx, disse cose durissime contro gli intellettuali. Dal canto nostro ci trasciniamo dietro un complesso di colpa ben sapendo che dobbiamo cedere il trono a qualcuno che per le sue origini sta più vicino alla classe operaia. Forse nel duemila, quando la classe operaia sarà tutt'altra cosa, quando sarà scomparsa nella sua accezione tradizionale, così come ha detto Adam Shaff. Ma per il momento la classe operaia è la classe operaia, ancora siamo lontani da quel mutamento dell'assetto economico condizionato dall'automatismo, dalla rivoluzione della microelettronica. Mi segue?

Dì, perché non mi hai chiesto se eri tu a spiegarti invece di chiedermi se ero io a seguirti o a capirti? Sepúlveda consultava di nuovo l'orologio. La lezione era terminata. Carvalho ebbe ancora la forza di alzare un dito.

– Mi permette una domanda?

– Ci mancherebbe, se è solo una.

– Lei come avrebbe individuato Garrido per pugnalarlo?

L'ingegnere, che si era alzato a metà, si lasciò ricadere sulla poltrona girevole.

– Non lo so. Ma insisto: Garrido aveva su di sé un segno. Lo ricordo perfettamente, un punto luminoso. Ripeto: ricordo perfettamente un punto luminoso.

Non era più entrato in una libreria da quando ad Amsterdam si era visto costretto a farlo per sorvegliare uno degli implicati nel caso del tatuaggio. Gettò uno sguardo di critico scetticismo su tutte le novità esposte sui banconi della libreria del « Vip » di via Princesa, sebbene subito dopo ne sbirciasse i titoli. Avrebbe dovuto aggiornarsi, prima o poi, per comprare libri e bruciarli con cognizione di causa. La sua carriera di compratore-lettore si era chiusa agli inizi del settanta, dal giorno in cui si era sorpreso schiavo di una cultura che lo aveva separato dalla vita, una cultura che aveva alterato la sua sentimentalità come gli antibiotici possono distruggere le difese dell'organismo. Con la coda dell'occhio vide avvicinarglisi il centroeuropeo della notte; subito cercò con lo sguardo il centroeuropeo del giorno, non poteva essere lontano. L'uomo conservava la stessa freddezza di qualche ora prima. Si piazzò vicino a Carvalho e prese un libro rosso da uno dei mucchi in vista: *Comunismo in libertà*, di Robert Haveman.

– Non ci è piaciuto per niente quello che ha fatto al nostro compagno.

– Bisogna scegliersi meglio la compagnia.

– In fin dei conti lei ne è uscito bene, lui invece ha il braccio rotto in due punti.

– Un braccio è importante.

– Vorremmo sapere cosa le ha raccontato il grassone stamattina in albergo.

– Si è mangiato tutto il mio pane tostato. Non ha avuto tempo per dirmi niente. Ma se voi sapete tutto ciò che fanno gli altri, e viceversa, perché non lavorate insieme? Il grassone sta qui intorno?

– Se non c'è lui ci sarà qualcuno della sua congrega. Non cerchi di fare il furbo. Non si senta protetto dalla nostra rivalità, quando meno se lo aspetta noi la schiacciamo, tutti e due insieme. Non tenga il piede in due staffe. Come vanno le indagini?

Carvalho trattenne una risposta sarcastica. Un blocco di indignazione e di nausea gli chiuse la bocca. Un remoto centro nervoso gli ordinava di rompere il muso a quel gran figlio di puttana, di trasformarglielo in una massa di carne sanguinolenta.

Sentì un gomito nelle reni e non era quello del suo interlocutore. Girò la testa per vedere il profilo topesco dell'uomo che gli puntava il gomito e con lo stesso braccio sosteneva un libro oltremodo interessante.

– È amico suo?

– No, ma capita giusto in tempo per toglierle la tentazione di fare sciocchezze. Si convinca. Non può neanche muoversi. È facilissimo. Basta che ci trasmetta le informazioni al momento buono. Né lei né i suoi capi ci perderete niente. Sicuramente ha mangiato con Leveder e poi si è intrattenuto con Sepúlveda. Niente d'interessante?

– Routine.

– Sospetta di loro?

– Sono persone che sanno parlare ed è un piacere ascoltarle. Mio padre mi raccomandava sempre di frequentare gente più saggia e più anziana di me. Può dire al suo amico se mi si toglie di dosso? Ci prenderanno per due froci.

– Le ripeto che non conosco quel signore, però lei non dimentichi quanto le ha detto. L'uomo del braccio rotto pensa molto a lei e sogna di contraccambiarla. Ha raccontato a Fonseca del nostro incontro?

– Sì, vi siete fatti un pessimo nemico. Fonseca vi odia. Lui sostiene la teoria che non abbiamo bisogno di torturatori d'importazione. È un grande professionista. Ho voglia di fare una domanda. Posso?

– Dica.

– Perché avete riempito il frigorifero di quella casa di pesche sciroppate?

– Non sono il responsabile dell'ufficio approvvigionamenti.

– E sono anche pesche sciroppate di scarto.

– Mi dispiace. Protesterò per via gerarchica. Ci vediamo.

Carvalho si girò bruscamente e dette uno spintone all'uomo-topo che gli stava bucando le reni.

– La pianti di toccarmi, brutto frocio! Questo porco mi sta toccando!

Prese per i baveri l'omuncolo tra la curiosità del capannello rapidamente formatosi.

– Oddio! Ma cosa avrà mai questo bell'uomo contro i finocchi! – disse una voce, accolta da una risata generale.

L'uomo-topo si lasciava strapazzare da Carvalho senza muovere neanche un muscolo della faccia, con gli occhietti neri e freddi piantati come punzoni negli occhi infuocati di Carvalho.

– Chiamate la polizia – chiedeva Carvalho congestionato, con le vene delle tempie gonfie.

– Mollalo, matusa! Ma che cerca questo tizio! – si risentì la voce effeminata ed il pubblico aprì un varco fino al ragazzo dal cappello a tricorno, foulard di seta bianca e mantella marrone, che agitava la lingua e un bastoncino intarsiato di madreperla. L'uomo-topo approfittò della confusione per sibilare vicino al naso di Carvalho:

– Un minuto ancora di casino e ti sbudello.

Una mano affondata nella profonda tasca del soprabito spingeva la punta di una pistola contro il basso ventre di Carvalho. Il detective lo respinse con disgusto.

– Vattene, frocio di merda.

L'uomo-topo si ricompose, guardò in giro tranquillo

e si allontanò senza affrettare il passo. Carvalho non ebbe il tempo di osservare la sua ritirata perché il ragazzo del tricorno gli si buttò addosso, richiamando la sua attenzione con colpetti di canna sul braccio.

– Finiamola con tutto questo maschilismo. Ma in che paese credi di vivere, mister Universo? Quell'uomo ti ha sfiorato senza malizia ed invece tu lo hai insultato, brutto prepotente che non sei altro.

– Vattene fuori dai piedi, pagliaccio!

– Cafone, cafone che non sei altro!

– Basta con questo baccano!

La guardia giurata del « Vip » spinse delicatamente l'indignato difensore dei froci.

– E lei se vuole reclamare si rivolga alla direzione, ma non crei confusione.

– Di cosa va a reclamare? Che gli hanno tolto la verginità? – replicò il tricorno, con i nervi tesi come corde di violino.

– Ti ho detto di startene zitto, sporcaccione, zozzone.

La guardia giurata appoggiò la palma della mano sul petto del giovane e senza dargli tempo lo sbatté contro una scansia di libri di cucina. La statuina di boemia si sbriciolò sotto una valanga di grossi volumi che gli caddero addosso. Carvalho gli vide le bianche e magre caviglie senza calzini infilate in due mocassini dalle suole consumate dai marciapiedi più duri e notturni di Madrid: non ebbe il coraggio di continuare a guardare quella faccia in lacrime che spuntava dalla valanga di libri con la antiquata dignità di un condannato alla gogna.

Il movimento consiste non nel muoversi, ma nell'essere mosso. Dove mi portano? Un'angoscia da Getsemani lo scaraventò, disorientato, sul marciapiede. Aspetterò qui che mi consegnino il capro espiatorio. È stato lui. No, è stato l'altro. Andò verso Moncloa con un passo volutamente lento per dare il tempo di raggiungerlo, di seguirlo, a tutti quelli che fatalmente l'avrebbero raggiunto o seguito. Che aspetti ad apparire, ciccione? Non apparve. Carvalho entrò in una cabina interurbana e chiamò Biscuter. Niente di nuovo? E Charo? Di' a Charo... No, non dirle niente. Come vanno le Ramblas? Come si mangia a Madrid, capo? Non esageri con la trippa, si ricordi del suo fegato. La trippa fa bene all'acido urico. Biscuter non si lasciava convincere. Stai guardando le Ramblas? È quasi notte, capo. Biscuter doveva odorare di porto, quell'odore particolare delle sere d'autunno che sale dalla Puerta de la Paz e ricorda ai barcellonesi il loro destino marinaro, rinviandogli la propria immagine di estatici contemplatori dei loro piedi immersi nel bacino mediterraneo. Una signora ha perso la figlia, capo. È una contorsionista. La signora? No, la figlia. È scomparsa a Marbella o a Tunisi. La troverà, capo? La signora è assai angosciata. Una contorsionista può perdersi ovunque. Cos'è una contorsionista, capo? Una persona che può mettersi un piede dietro la nuca e l'altro in tasca. Sembra proprio una barzelletta di Forges, capo.

– Per oggi ho finito. Possiamo andare a casa tua?

– A casa mia? Bene. Non c'è problema. Prima però debbo passare in sezione, riprendere il bambino a casa di mia zia, litigare un momento con mio marito.

Nel caffè di Malasaña ci stanno venti ex comunisti anarchizzati, altri venti ex anarchici neoliberalizzati e due camerieri che hanno l'aria di chi gioca a Monopoli di giorno e alla lotta di classe di notte. Ma tutti sembrano travestiti da ragazzi e ragazze fuggiti da casa, da quale non importa, obbligati a posare da *Malasaña way of life*.

– Ai miei tempi questo non si chiamava Malasaña.

– Sotto il franchismo persino i quartieri si chiamavano Spagna. Ma questo da sempre è stato Malasaña.

– Perché è diventato di moda?

– Perché è vecchio senza essere archeologico e molte giovani coppie progressiste ci si sono installate, di quelle che hanno avuto un figlio nove mesi dopo il maggio '68.

– Posso accompagnarti alla sezione, a cercare tuo figlio, da tuo marito?

– Puoi.

– Prima devo passare all'hotel a riprendere dei pacchi. Hai olio in casa?

– Olio e burro. Tutto quello che serve.

All'hotel, Carmela lasciò Carvalho con uno sguardo in cui era sottintesa una domanda ed una risposta; dopo, quando lo vide riapparire con le buste della spesa, trasformò la piega tra le sue ciglia in un crepaccio alpino.

– Che cos'è 'sta roba?

– Se non hai niente in contrario ti invito a cenare a casa tua e cucino io.

– Ma quali europei del cavolo: americani, ecco cosa siete voi catalani. Accidenti che dritto sei! Si può conoscere il menù?

– Debbo finire di compilarlo. Secondo come si mettono le cose.

– La sezione odora di timballo di riso perché il gestore è aragonese e pare che là i timballi li fanno solo col riso.

– Non tutti.

Carmela non aprì bocca per tutto il percorso a singhiozzo attraverso una Madrid-ora-di-punta, piena di vigili snervati per l'onnipresenza di jeeps e di camions militari, spugne cachi che assorbivano l'oscurità notturna punteggiata da luci fredde e malinconiche.

– Signorina, non ha visto il rosso?

– Per vederlo l'ho visto, ma poco, perché è sparito subito.

– Lei pensa che giochiamo a nascondino con i semafori?

– Non gridi così, lei: questo signore è di Barcellona e può pensare che stiamo in Africa.

– Speriamo che lo sia davvero, di Barcellona, perché si dice che lì guidano come in Europa: chissà che lei, signorina, non impari qualcosa da lui.

La guardia non capiva le risate di Carmela e stava quasi per raddoppiarle la multa che intanto aveva scarabocchiato sul suo libretto. Una volta fuori della portata della guardia, Carmela continuò a ridere a crepapelle, come se stesse raccontandosi una storia degna della più grande ilarità.

– Se me la racconti, ridiamo tutti e due. Credevo che avessi messo il lutto.

– È per l'olio.

– Che c'entra l'olio?

– Ed io che ti ho risposto che avevo pure il burro!

La risata cresceva velando di lacrime gli occhi sfavillanti della ragazza.

– Vuoi entrare? È un gruppo molto preparato. Oggi c'è un dibattito sulla politica dei blocchi, sarà molto vivace. Quando c'è un tema di questo genere, tutta la vecchia guardia si mobilita e arrivano qui coi cannoncini puntati. Credono che tutta la colpa della disoccupazione sia dell'eurocomunismo. Io non mi fermo fino alla fine, ma qualcosa possiamo ascoltare.

Dietro la serranda alzata una porta a vetri rivelava un bar che si sarebbe detto convenzionale se appese alle pareti non ci fossero state foto di Marx, Lenin, Garrido, e manifesti propagandistici della festa di « Mondo Operaio ». Le persone si infilavano in un corridoio verso la sala di riunione mentre i ritardatari lasciavano sul banco i soldi della consumazione.

Carmela andava e veniva da un orecchio all'altro, lasciava qui un commento, lì un complimento o una battuta. Ad una frase pesante Carmela divenne di colpo seria, mentre Carvalho, là accanto, osservava la liturgia della comunicazione tra direzione e base. La direzione a destra, settantacinque chili, capelli alla Beatle con dieci anni di ritardo, giovane quadro, professionista, una buona voce, facilità per una costruzione sintattica, magari con l'aiuto forse eccessivo di « ... in un contesto » o « a livello di... ». A sinistra la base, cinquanta o sessanta persone di una età media sui cinquanta anni dovuta al corretto equilibrio tra sessantenni e quarantenni, per lo più operai della fascia industriale, mogli affascinate dal rituale e allo stesso tempo sulla via dell'emancipazione attraverso domande non sempre attinenti alla condizione femminile: « Tu credi, compagno, che sia giusto? Saremo sempre noi lavoratori a pagare per la crisi economica? ».

– Questa riunione riveste un significato speciale. È volontà della direzione che l'assassinio del nostro compagno segretario generale Fernando Garrido, non incida sul normale corso delle nostre attività. Tutte le riunioni programmate saranno svolte. È la migliore risposta che possiamo dare ai provocatori.

Parlava il quadro trentenne, rughe quarantenni intorno agli occhi, con un tono retorico di discorso riciclato:

dava la sensazione finale di dover fare da paracarro dinanzi alle rivendicazioni di una base alla quale era stato rubato, e per sempre, il sogno dell'assalto al Palazzo d'Inverno.

– Non è che vogliamo sostenere una posizione equidistante tra i due blocchi: un comunista deve sapere che un blocco nasce per aggredire e l'altro per difendersi. Ma cadere in quel gioco come se fosse una fatalità storica, significa paralizzare la lotta emancipatrice di ogni popolo in attesa di una risoluzione al confronto tra i blocchi o dell'ingresso nella zona di influenza di uno dei due. Non dimentichiamoci che noi spagnoli stiamo nella zona d'influenza del blocco capitalista e che non possiamo accettare questo dato oggettivo come una fatalità, ma come una verità oggettiva che condiziona la nostra strategia. La storia ha dimostrato che non esiste un modello unico per affermare il socialismo e noi crediamo che le libertà democratiche sono strumenti per arrivare ad un socialismo nella pluralità, ad un socialismo nella libertà.

– Prima di tutto io voglio la libertà di poter lavorare e di poter mangiare e di non vivere come una bestia.

Fu il primo intervento di base. Il secondo, la voce femminile di una madre abbondante e decisa come Dio nel momento di creare qualcosa.

– Superare la politica dei blocchi. Benissimo. Io sono d'accordo. Ma, come? I blocchi sono lì, e un bel giorno gli imperialisti danno il via a una aggressione ai socialisti. Che facciamo?

Il giovane quadro respira profondamente, si butta indietro sulla sedia e risponde alla domanda che gli hanno servito su un vassoio.

– Quel giorno faremo quello di cui non abbiamo mai dubitato: lottare contro l'imperialismo.

Gomitate di complicità nella base, gesti di compiacimento. Impressione generale che l'eurocomunismo è salvo. Ma Carmela avverte Carvalho che devono andarsene, non comprende la riluttanza iniziale dell'uomo, e perché si sottrae al lavoro per ascoltare la domanda seguente che già si preannuncia complicata perché l'anziano interlocutore comincia a raccontare che a lui hanno dato la licenza di un bar in via Hortaleza nel giugno del 1936.

– Sembrava che ti piacesse.

– Per un momento ho pensato che ventiquattro anni della mia vita non fossero trascorsi e che la riunione di oggi si svolgesse il giorno appresso in cui lasciai il partito.

– Ah, ma tu ci stavi dentro?

– Già.

– Proprio non si direbbe.

Il bambino di Carmela è biondo come tutti i bambini biondi di Madrid. L'addetta alla portineria suggerisce a Carmela di andarselo a prendere presto perché ha dovuto rimanere apposta per lui. Il bambino di Carmela le racconta che le galline non volano quasi per niente.

– Chi te l'ha detto, tesoro?

– La maestra. Per questo non c'è bisogno di tenerle nelle gabbie come i pappagalli.

Naturalmente il bambino addita Carvalho e chiede: Mamma, chi è lui? E davanti all'incertezza di Carvalho nel rispondere, Carmela gli dice che è un signore di Barcellona, cosa che provoca un sorrisino scettico sul viso del bambino, incapace di credere che al mondo ci sia altra cosa oltre la perpendicolare che unisce Madrid al cielo. Carmela parcheggia in doppia fila davanti a un locale illuminato. Il vento agita un manifesto azzurro e rosso che annuncia: EUROCOMUNISMO E LOTTA DI CLASSE. Carmela prende in braccio il pupo, entra nel locale, e ne esce quasi subito con un uomo che dà la mano al bambino, discutono animatamente, e poi lei si allontana alzando le spalle.

– È un cinico. È la prima volta in tutto il mese che gli dico di badarci lui al bambino e risponde che non può. Sicuramente gli ho sconvolto un programmino. Beh, per me che vada a prendersela...

– Non vivete insieme?

– Ma che ne so. Quando non ha una riunione del partito ha una riunione come membro di non so quale commissione consultiva del gruppo parlamentare, e se no, della commissione del gruppo provinciale. Eppoi fa comizi dappertutto sui carri armati sovietici se debbono restare in Afghanistan o proseguire fin qui dietro all'angolo. Non è certo l'unico che vive così, sbalestrato, oppresso da mille responsabilità, ma io mi sono proprio rotta, perché alla resa dei conti sono sempre io che devo pensare a tutto, lavorare, fare la spesa, la casa, il partito, fare la madre, che del resto è quello che mi dà meno fastidio.

E se per caso ti lamenti, ecco che arriva subito qualche vecchia compagna a raccontarti la sua vita, uno strazio che non ti dico. Quindici anni di fidanzamento a parlarsi da dietro un'inferriata, e che inferriata, quelle di Carabanchel o di Burgos. Poi un figlio per ogni periodo di libertà condizionata e a sessant'anni l'amnistia, la legalità a prendere il sole su una panchina del Retiro. Questo ancora lo ammetto, perché bisognava farlo e basta. Ma quello che fa mio marito non è mica militanza, è vizio, un vizio bello e buono e nessuna voglia di assumersi altre responsabilità che non siano politiche. E tu, che cosa porti là nelle buste?

– Ce l'hai il vino?

– Una bottiglia ci sarà in casa.

– Senza nome né cognome?

– Ti sarai già reso conto che non apparteniamo ad una greppia gastronomica anche se ci sta sempre più gente del nostro apparato che cucina per dimenticare.

– Per dimenticare cosa?

– Che non ci fu rottura ma solo riforma, per esempio, o che dalla sera alla mattina si sono ritrovati monarchici o infiltrati in mezzo a una parata militare. Ci sono persone che hanno una sensibilità molto acuta.

– Mi spaventa la semplice idea che tu possa avere solo una bottiglia di vino da un litro. È da un litro?

– Mi sembra di sì.

– Allora fermati davanti ad un bar appena puoi. A quest'ora soltanto in un bar possono venderci del vino.

Carvalho implorò senza successo che gli vendessero un vino che non fosse né *Rioja* o *Valdepeñas*, e nel quarto bar riuscì ad imbastire una conversazione da esperto con un signore di Simancas, patito del *Cigales*. Lo sapete che a Barcellona vendono il vino di *Cigales*? Guardi, qui me lo chiedono soltanto quelli che stanno da Segovia in su. Non è che sia meglio del *Rioja*, ma è un'altra cosa. Proprio come dice lei dottore, proprio così. Avete sentito? Non è che sia meglio del *Rioja*, ma è un'altra cosa. A León ci sono vini molto buoni. A León no, cacchio, a El Bierzo. Quello lì è un separatista di El Bierzo. Io sono di dove sono, come te e come questo signore, che è di Barcellona: magari loro sono un caso a parte, quelli di Barcellona, intendo dire. Sono un caso a parte.

– Una conversazione ad alto livello.

– Siamo passati dal vino alle autonomie. È curioso, ma capita. La Spagna un giorno sarà una federazione a denominazione d'origine controllata.

Un ascensore di capienza limitata adeguato ad un edificio di rendite altrettanto limitate accolse Carvalho e le sue buste, Carmela e una signora cinquantenne con una fastosa testa coronata da una pettinatura metallizzata di capelli argentei. La signora temeva che la ristrettezza dell'ascensore mettesse in pericolo l'impalcatura metallica della sua permanente e alzava al massimo le sopracciglia per dare agli occhi la possibilità di controllare che la corona fosse sempre al suo posto. Lasciò l'ascensore con un « buona notte » canzonatorio e trionfante, perché gl'invasori non erano riusciti neanche a sfiorare gli architravi della sua cattedrale argentata, e uscendo squadrò Carmela con uno sguardo moralistico che la diceva lunga sullo stato di famiglia della ragazza.

– Ti posso fare da sguattera.

Carvalho si installò in cucina e si riempì i polmoni di un'aria che odorava di frittata francese. Passò in rassegna gli utensili superando il logico sconforto col ricordo dei tempi in cui cucinava in carcere soltanto con un cucchiaio e un piatto di alluminio.

– Vedo che avete una alimentazione sana. Uova, carne alla griglia ed asparagi in scatola. Sono molto diuretici.

– A volte mi va di cucinare e allora cucino. Quasi sempre mangiamo fuori e la sera il bambino con una bistecca e un po' di patate fritte lo faccio contento. Menù?

– Trippa e testina di vitello con piselli e carciofi, e tonno fresco lardellato.

– Ehi, così facciamo notte.

– No, bastano tre quarti d'ora.

– Questo lo racconterai a tutte le altre.

– Giacché è evidente che non possiedi neanche un aggeggio per lardellare, e senza offendere il tuo impegno di donna emancipata, non avresti per caso un ferro da calza?

Carmela fece la faccia di chi è stato ferito nell'orgoglio, lasciò la cucina, e ritornò con tre diversi tipi di ferri da calza.

– Non farti illusioni. Sono di mia madre. Certe volte viene a stare con il pupo e si mette a sferruzzare maglioncini come una pazza.

Carvalho scavò varie gallerie nel pezzo di tonno e lo riempì con acciughe. Lo condì con sale e pepe, l'infarinò e lo mise a rosolare con qualche spicchio d'aglio. Aggiunse un dito di acqua e lasciò che il tonno si cuocesse a fuoco lento. Sfogliò i carciofi fino a che non comparvero i loro cuori bianchi. Tagliò le punte e divise ogni carciofo in quattro. Si mise a friggere i sedici spicchi, li mise da parte e nello stesso olio buttò la trippa e la testina, aggiungendovi un soffritto di pomodori e cipolla. Quando il tutto si fu amalgamato, aggiunse del brodo preparato con un dado della svariata dadoteca di Carmela e infine i piselli. Il tonno era già cotto sull'altro fornello. Carvalho lo tolse dal tegame e lavorò il sugo fino ad ottenere una salsa spagnola corretta con un odore di finocchio. Mise da parte la salsa e ritornò alla trippa per aggiungere i carciofi precedentemente fritti, una manciatina di nocciole, mandorle, pinoli, aglio e pane tostato ammorbidito con un po' di brodo. Reputò finito questo piatto e aspettò che il tonno si raffreddasse per tagliarlo a fette, disporlo su un piatto da portata e coprirlo di salsa calda.

– Ma questi sono due secondi piatti.

– Erano troppi giorni che non cucinavo. Tutto quello che avanza sarà buonissimo domani, specialmente la trippa.

Carmela si servì due volte la trippa e si accontentò di una rotella di tonno lardellato.

– Ogni giorno cucini così?

– Sherlock Holmes suonava il violino. Io cucino.

– E mentre cucinavi, a che pensavi?

– Alla cultura. Al fatto che voi marxisti credete di farne tanta mettendo in musica gli slogans sulle condizioni materiali, e ciò nonostante ne siete schiavi quanto tutti gli altri. Perfino le percentuali elettorali per voi si trasformano in cultura. In Francia c'è una cultura del 22 per cento. In Italia del 30 per cento. Qui avete una cultura del nove o del dieci per cento.

– Questo ti passava per la testa mentre cucinavi la trippa o il tonno?

– L'assassino di Garrido è un altro tema culturale. O è un traditore o un messia. In tutta la storia del movimento comunista c'è soltanto un delitto alla grande provocato dalla necessità di un'igiene di emergenza. Quello di Beria. Stavo pensandoci nel momento in cui temevo che i piselli surgelati non fossero abbastanza cotti da potervi aggiungere i carciofi. Non bevi vino?

– Mi dà subito alla testa.

– Diverso tempo fa, quando ancora parlavo il vostro linguaggio, forse te lo avrei spiegato meglio. Avete la chiara coscienza di essere il motore della Storia, sia che abbiate il dieci o il trenta per cento elettorale. Siete riusciti a farlo credere anche ai vostri nemici e così vi temono sia con il dieci che con il trenta per cento. Il vostro pericolo può non essere quantitativo, ma sarà sempre un pericolo qualitativo. Garrido è stato ammazzato per fare di voi una banda di freddi assassini, calcolatori, culturali, che hanno bisogno del protocollo di un Comitato Centrale per mettere in scena il sacrificio. L'assassino è uno dei vostri e in questo momento sa che è condannato a morte, non da voi che siete in piena operazione di innesto culturale liberale, ma da quegli stessi che lo hanno istigato a commettere il crimine.

– Perché non se la squaglia?

– Dopodomani potrò darti una risposta. Ma potrei quasi anticipartela. Perché è in trappola, decisamente in trappola e deve recitare la sua parte fino in fondo.

– Che rabbia. Andremo giù di un punto alle prossime elezioni.

– Forse no. Adesso avete l'opportunità di scegliere un segretario generale a misura di mercato. Ma non lo farete. La vostra cultura ve lo impedisce. Vi sentirete spinti verso l'alternativa di scegliere o un capo storico per continuare a ciucciare mitologia, oppure una creatura del sistema, abbastanza furbo da essere arrivato fin qui senza gravi intoppi. L'ora della verità arriverà nel giro di quindici o venti anni, quando non ci saranno più eroi della lotta contro il franchismo e le basi saranno ritornate definitivamente antiliturgiche. Forse non vivrò per vederlo e del resto non è che mi interessi granché, ma sarà molto interessante il momento in cui nessun partito comunista europeo disporrà di martiri, e neanche di uno studente vittima di un processo nel 1974.

– Mi pare improbabile. Non più di quindici giorni fa ci hanno accoltellato un compagno a Malasaña.

Carmela aveva voglia di rimanere a parlare, malgrado la sua difficoltà dialettica. Mise un disco di Joan Baez sul giradischi portatile e offrì a Carvalho una sfilza di bottiglie semivuote: anisetta, cognac, cointreau. Carvalho si versò un'anisetta in un bicchiere spaiato e sprofondò in un divano che lo accolse nelle sue molle lamentose. La donna ascoltava la musica seduta sul bordo di una delle poltrone del salottino, si stringeva le ginocchia con le mani, ed emergeva dal formicaio dei suoi pensieri soltanto per osservare Carvalho.

– È molto tardi. Passano taxi da queste parti?

– Rimani qui a dormire.

– E tuo marito e tuo figlio?

– Ho portato il bambino a casa dei miei suoceri e lui va' a sapere dove sta. Non credo che torni a dormire.

Era una conversazione anonima tra la padrona di una pensione ed un cliente indeciso. Carvalho cercò di sbirciare da lontano nella scollatura della sua eventuale padrona, tassista, o compagna di viaggio. Fu in quella sessione della Marna dell'agosto del '56 che Garrido parlò del culo della compagna, non del culo della compagna in astratto, ma del culo concreto della compagna sorpresa nel letto di Biel Ciurana, studente di medicina che era venuto al corso accompagnato dalla Passionaria di Farmacia. Benché le regole delle riunioni clandestine del partito non fossero codificate sotto il profilo fisiologico, la separazione tra gabinetti maschili e femminili continuava nei dormitori, un ostacolo tanto imprevisto quanto inaccettabile per Roser Bertran, più conosciuta come la Passionaria di Farmacia, sempre pronta a dimostrare l'inseparabilità dell'obiettivo di Marx, cambiare la Storia, da quello di Rimbaud, cambiare la vita. Fu così che una notte, Roser e Biel giacquero insieme su uno dei letti metallici di quella specie di scuola o residenza estiva del Partito Comunista Francese: sorpresi al 3° round da un compagno veterano che nel 1939 aveva preso per un pelo il penultimo o l'ultimo battello nel porto di Alicante, Roser si limitò a proporgli, dalla sua posizione teorico-quasi-pratica di donna scopata da uno studente in psichiatria (metodo lacaniano): « Ti dispiacerebbe spegnere la luce, compagno? ». Il veterano spense la luce, ma un'ora dopo la coppia veniva convocata dallo stesso Garrido. Incontro che il segretario generale sdrammatizzò, offrendo una sigaretta alla coppia, senza distinzione di sesso, e chiedendo scusa per un puritanesimo imposto dall'austerità della clandestinità: « Per farvi venire qui abbiamo messo in moto non soltanto gran parte dell'organizzazione del partito nell'interno e in Francia, ma anche un'importante rete sostenitrice del Partito Comunista Francese. Siete venuti qui per chiarire la situazione del nostro paese e la nostra azione futura. Tre, quattro giorni, una settimana. Non mi pare giusto che tu risponda a questo sforzo organizzativo distraendoti con la contemplazione del culo della compagna ». Il sunnominato culo saltò su dalla sedia e piantò una grana femminista, molto pioniera e benemerita nel contesto di un corso nel quale le donne costituivano un precario 15 per cento, secondo le speranzose statistiche che Helena Subirats aveva dichiarato il primo giorno di ritiro. Che cosa sarebbe stato peggio? Che si fosse distratto Biel, guardando il culo della compagna, o che l'avesse fato lei, Roser Bertran, pensando al culo del compagno? Anche se mancavano più di dieci anni prima che Germaine Greer pubblicasse *L'eunuco femmina* e si lasciasse fotografare il sesso su *Schuck*, Garrido aveva letto la Kollontai in piena adolescenza e si rese conto di aver preso un brutto scivolone maschilista.

« È che voi donne avete una maggiore capacità di concentrazione », giustificazione così gratificante che persino la Passionaria di Farmacia si dichiarò soddisfatta e uscì dal colloquio non soltanto riconfortata, ma convinta che non bisognava fidarsi eccessivamente della propria privilegiata capacità di concentrazione: sarebbe stata una bella dimostrazione di civiltà praticare l'astinenza fino al termine del corso, non si dovessero credere quei veterani dell'assalto alla contraddizione di fondo che le nuove generazioni mancassero di autocontrollo.

– A che pensi?

– Al culo delle compagne.

– Al mio, per esempio?

– Non ad un culo concreto, ma ad un culo in generale.

– E già. Dev'essere un culo orrendo, maltrattato da ore e ore di riunioni.

– O frequenti poco le riunioni, o il tuo culo è di eccellente qualità.

– È un'insinuazione?

Il culo della compagna. Guardati dal culo della compagna e studia l'assassinio di Garrido. Carvalho fece uno sforzo per ingoiare la pillola del tabù politico che gli era andata di traverso.

– Voi comuniste mi bloccate. Ho il sospetto che avete soltanto una idea epica o meglio un'idea etica della scopata.

– Non so di cosa stai parlando. Può darsi che le cose stessero così durante l'assedio di Stalingrado. Sei rimasto indietro.

– Sicuramente ho una fissa adolescenziale.

– Ai tempi tuoi non si praticava l'amore libero?

– No. E adesso?

– Nemmeno.

Carmela sospirò, sconsolata.

– Ma di etica e di epica, proprio niente, puoi starne sicuro.

Carvalho riuscì a scrollarsi dalla rumorosa plastica ed a rimanere seduto in un cantuccio di fronte a Carmela. Faccio un sorriso complice e vado direttamente al sodo. Si sentì il rumore del portone d'ingresso che si apriva.

– Ecco arrivato il momento in cui entra il marito e accoltella l'amante della sposa infedele. Sarà una morte ingiusta.

Carmela guardava verso la porta perplessa e seccata.

Non era lui. Il vano della porta era quasi insufficiente per il grassone sorridente che, pistola in pugno, impose silenzio a Carvalho. L'uomo invase la stanza, e dopo di lui apparve un biondino pallido discendente per linea diretta da un figlio illegittimo, fino ad ora sconosciuto, di Carlos II, il Malvagio.

– Comodi, comodi. Lei, signora, non abbia paura. Il suo amico le dirà che sono un uomo pacifico.

– Chi è questo tizio?

– Non lo sa? Sono lo zio di Pepe. Vero, Pepe?

– Lo zio d'America, o dell'Unione Sovietica?

– Fa ancora lo spiritoso? Chi se ne frega A lei, gliene frega? Hai sentito, Pérez? Non vi ho presentato il mio amico Pérez. Ha un cognome che sembra fasullo.

Il grassone rideva mentre riponeva la pistola senza tuttavia perdere d'occhio Carvalho.

– Siete di passaggio o dovete rimanere?

– In visita, signora, in visita. Prima di tutto, signor Carvalho, auguri per il suo spettacolo al « Vip ». Lei è un po' suicida perché quel ragazzo che lei ha colpito non se lo dimenticherà facilmente. In più mi hanno riferito che ha rotto un braccio a uno, e questo non sta bene, anche se si tratta di un mio concorrente. Riconosco che lei è un uomo di grandi risorse e per questo ho preferito incontrarla in terreno neutrale. Niente albergo, né angoli di strada. Qui, in casa di questa simpatica signora. Ha un fascino tipicamente madrileno.

– Molte grazie.

– C'è chi dice che gli spagnoli più simpatici sono gli andalusi. Io propendo per i madrileni.

– Ringrazio a nome del commosso popolo di Madrid.

Il biondo, più che osservare, annusava la stanza. Il grassone si burlò di lui muovendo il muso come un coniglio e si sedette all'estremità del divano dove era rimasto Carvalho.

– Non ci hanno presentato – disse Carmela incrociando le gambe e accomodandosi mollemente sul divano.

– Io sono un uomo comune che si occupa solo di accertare le cose, e Pérez è il mio aiutante.

– So perfettamente cosa fa questa signora, e quindi non mi secca la sua presenza durante la nostra conversazione.

– Se ci sarà una conversazione, perché io non ho niente da dirle.

– Non sia precipitoso. Invece sì che ha molte cose da dirmi. Nel giro di alcune ore, poco importa quante, lei stesso si stupirà di quante cose mi avrà detto. Dall'ultimo nostro colloquio, lei ha avuto incontri molto interessanti. Fonseca, Santos Pacheco, Leveder, Sepúlveda Civit. Mi sembra che siamo quasi all'ultima scena.

– Me la racconti. Sia lei che quelli del marciapiede di fronte conoscete il finale.

– Le do la mia parola di onore, io non lo so. Stia attento a ciò che le dico. Io, dico io, non lo so. Mi hanno detto: prega il signor Carvalho di dirtelo ed io eseguo gli ordini. Signora, non si muova.

La voce era stata perentoria, impensabile che venisse fuori da quel corpo molle, quasi insaccato in un angolo del divano, ma allo stesso tempo attento a tutto quello che poteva accadere nella stanza.

– Debbo fare pipì.

– Pérez, accompagna la signora, esamina la toilette prima che entri e dopo falla entrare con assoluta libertà.

Carmela uscì seguita da Pérez.

– Finalmente soli. Ma non creda per questo di avere una maggiore disponibilità di forza. Sono molto più rapido di quanto lei immagini e le conviene che Pérez non si innervosisca, perché è un duro, un autentico duro che non fa nessuna differenza tra i due sessi. Un autentico selvaggio. Torniamo a noi e facciamo presto. Cavallo vincente? Faccia un pronostico.

– Lei mi sopravvaluta. Ho appena incominciato.

– Abbiamo visto Santos Pacheco molto nervoso. Soprattutto quando vi siete incontrati alla Città Universitaria. Senza dubbio teme il verdetto. È comprensibile: comunque sia, lui ci perde sempre. Mi metto nei suoi pan ni: per un vecchio comunista come Santos Pacheco deve essere molto duro, molto, dover incassare una cosa del genere. Non faccia il furbo. Non creda che tutto finirà sulle nostre spalle.

– Che cosa mi consiglia? Da esperto a esperto. Passo prima l'informazione a lei o agli altri?

– Non c'è dubbio. A me. Se potessi parlare la convincerei facilmente che rappresento la scelta più conveniente.

– Non abbiamo parlato di denaro.
– Ci sono molti modi per pagare.
– Per esempio?
– La vita, la tranquillità, le sembra poco? Non divaghiamo. Stiamo avvicinandoci alla conclusione. Mi dica i nomi dei più sospetti.
Carmela ritornò seguita da Pérez.
– Quando divento nervosa mi scappa di fare pipì.
Di nuovo si sentì il rumore del portone d'ingresso e subito dopo un fischio di avviso.
– No! – esclamò Carmela.
Il grassone si mise in piedi a fatica e nella mano di Pérez apparve una Beretta. Quando i passi si avvicinarono alla porta, Carvalho si buttò di fianco sul grassone, che cadde a gambe all'aria sul divano, rovesciandolo. La pistola di Pérez esitò se puntare su Carvalho, su Carmela o sull'uomo che dalla porta gridava: – Che succede qui!
Carmela si slanciò in avanti, ma Pérez la trattenne per un braccio. Il nuovo arrivato avanzò sicuro fino al biondino.
– Lasci stare mia moglie!
Carvalho si buttò su Pérez e lo spinse contro il muro, dove rimase come un povero cristo.
– E lei chi è? – ebbe il tempo di chiedere il marito di Carmela prima che Carvalho prendesse la ragazza per la mano e la spingesse fuori dalla stanza.
– Carmela, dove vai, Carmela!
– Corri anche tu!
– Ma che cazzo succede...!
Carvalho uscì sul pianerottolo e si precipitò giù per le scale senza mollare la mano di Carmela.
– Scappa, Paco, scappa...! – gridava lei con la faccia verso l'alto.

Uscirono sulla strada. Carvalho si nascose dietro una macchina e obbligò Carmela ad accucciarsi. Gli occhi della ragazza rimasero all'altezza della tasca della giacca del detective, videro che ne usciva una pistola, nera, pesante, che odorava di grasso e di chiuso.

– Che sarà successo al mio Paco?

– È un po' lento, il ragazzo.

– Avrei voluto vedere te al suo posto. Vado a cercarlo.

– Non gli faranno niente. Sta' tranquilla.

Dalla porta improvvisamente illuminata uscirono il grassone ed il suo aiutante. Camminavano lentamente, conversando su qualcosa che li preoccupava ma non troppo. Non presero alcuna precauzione. Percorsero il marciapiede, girarono all'angolo, sparirono le loro figure e le loro voci. Carvalho fece segno a Carmela di restare giù e lui si nascose tra le macchine per seguire parallelamente il cammino dei due uomini. Quando arrivò all'angolo li vide entrare in un'automobile parcheggiata. Attese che mettessero in moto, che i fanalini scomparissero in fondo alla spessa notte e tornò là dove aveva lasciato Carmela. Non c'era. Attraversò la strada, salì le scale a due a due. La porta dell'appartamento era chiusa.

– Sono io, Pepe.

Carmela aprì. Aveva gli occhi pieni di pianto.

– Bastardi. Che gli hanno fatto al mio Paco.

Carvalho la scostò e raggiunse il soggiorno in due salti. L'uomo stava in una poltrona con un fiore rosso di sangue sulle labbra spaccate e un braccio rotto, penzoloni lungo il fianco, dolorante in tutto il corpo. Gli occhi scrutarono Carvalho e poi si rivolsero a Carmela chiedendo spiegazioni.

– È un amico.

– Può camminare?

L'uomo fece di sì con la testa.

– Bisogna portarlo ad un ambulatorio o ad un pronto soccorso, soprattutto per il braccio.

Gli occhi dell'uomo sdraiato sul sedile posteriore della macchina guardavano ora la nuca di Carvalho, ora quella di Carmela, in una muta ricerca di logica di quanto era successo.

– Racconta che è stata una rissa. Che volevano rapinarvi. Inventati due o tre facce. Se gli dicessimo la verità ci terrebbero tutta la notte e sveglierebbero addirittura il ministro degli Interni.

La macchina entrò nel tunnel del pronto soccorso. Mentre Carmela forniva i dati all'incaricata di riempire il visto di entrata, un infermiere portava Paco sulla sedia a rotelle fino all'interno del tempio.

– I familiari non possono entrare. Fra mezz'ora vi faremo sapere qualcosa. Potete andare nella sala d'attesa.

Una macchina automatica per caffè automatico ed un'altra per l'acqua minerale, coca-cola, aranciate non meno automatiche. Genitori di motociclisti fracassati contro la notte, donne vittime di pugnalate anonime, figlie adulte di madri colpite da emiplegia, non tanto grave, dopo una cena proprio buona, cavolo, patate e un bel pescetto che ancora muoveva la coda, un tassista che aveva sfracellato un vecchio in via Soria, il marito allampanato di un donnone incinto che si era fritta la mano nello stesso olio in cui avevano gorgogliato i calamari alla romana. Carvalho uscì dalla sala d'attesa per accendersi una sigaretta e si diresse guardando le autoambulanze che arrivavano e se ne andavano dopo aver lasciato lì il loro straziato carico di vittime della notte. « Quando scende la notte e le sue tenebre spande, pochi gli animali che non chiudono gli occhi e cresce il dolore degli infermi », aveva scritto Ausías March. Carvalho se lo tradusse con la precisa volontà di storpiare i versi. Dall'orizzonte notturno apparve un vecchio zoppicante che si premeva il basso ventre con una mano e con l'altra cercava di spingere il suo corpiciattolo ad avanzare.

– È medico lei?

– No.

– Vengo a piedi da Lavapiés. L'altra notte mi hanno messo una sonda per l'orina e mi fa male.

Barba di più giorni, piccola testa scarnita di pulcino sotto il berretto, mani tremanti che sbottonavano la brachetta e mostravano a Carvalho un sesso fasciato dal quale veniva fuori un tubo di plastica fino a una sacchetta piena di orina, appoggiata a una coscia di polletto magro piena di vene e di pellecchie cadenti.

– Prenderà freddo.

– Mi fa tanto male.

Carvalho lo prese per un braccio e lo aiutò ad arrivare all'ingresso. L'impiegata scosse la testa seccata.

– Di nuovo lei?

– Mi fa molto male.

– Ma che è ritornato a piedi? Andiamo, venga dentro –. L'uomo entrò nel tempio. La donna continuava a tentennare il capo e commentò verso Carvalho:

– Sta aspettando un posto per farsi operare alla prostata e capita qui all'improvviso, certe volte alle quattro o alle cinque di mattina. Viene sempre a piedi e solo.

Albeggiava quando il taxi lasciò Carvalho all'hotel Opera. Nell'ascensore tolse la sicura alla pistola pronto a disfarsi di qualsiasi ostacolo gli impedisse di fare una doccia calda e di rilassarsi un momento tra due lenzuola morbide. Aprì di colpo la porta della stanza, lo stesso fece con quella del bagno. Mise il chiavistello e si fece una lunga doccia, piacevole. Nel letto si masturbò per tranquillizzarsi e cercò dapprima nel soffitto, e poi nella caverna formata dalle lenzuola sulla sua testa un motivo per addormentarsi. Non lo trovò. Si alzò, si vestì; passò in rassegna un noioso orizzonte di bignè, cornetti e cappuccini sui banconi dei mattinieri caffè del quartiere. Finalmente ne trovò uno nel quale, anche se non erano disposti a preparargli un panino con prosciutto e pomodoro, neanche lo buttarono fuori davanti alla sua assurda pretesa, chiaramente catalana, e si convinsero a cucinargli una cotoletta panata, con l'inevitabile sapore di iguana o di coccodrillo castrato che hanno le costolette madrilene.

Marcos Ordóñez Laguardia era un fervente praticante della vecchia cultura del partito, cultura anzitutto contrassegnata dal senso della puntualità. « Se un compagno ritarda cinque minuti, cattivo segno. Sicuramente si trova in difficoltà. Questo ci ha educato al senso della puntualità », precisò Marcos Ordóñez a Carvalho quando gli spiegò la matematica coincidenza tra rintocco delle nove e l'apparizione del vecchio comunista sulla porta della Fundación José Díaz. A varie ondate continuarono ad entrare gli altri impiegati, accolti dal tollerante sorriso di Ordóñez e da qualche commento su come si stava belli caldi nel letto. « È che tu sei di prima della guerra, Marcos. Di acciaio. Un grosso Komsomol, questo sei, Marcos! », scherzò una bruna che aveva le calze con la cucitura e un neo vicino alla bocca. Marcos sorrideva soddisfatto per il suo trionfo mattutino, ogni giorno rinnovato, che lo stimolava anche ad iniziare la sua giornata sotto il segno di un successo piccolo ma sicuro. Sembrava un vecchio mandarino, educato, gentile, con una amabilità quasi giapponese.

– Non voglio ingannarla. Santos mi ha avvisato che lei voleva parlarmi. Ha voluto prepararmi al peggio. La sincerità è una virtù comunista. Ecco che cosa gli ho risposto.

Chi aveva ammazzato Garrido? Nessuno? Tutti? No, lui si riconosceva incapace di isolare una faccia, un braccio assassino, un motivo. Per quale ragione? A quale scopo?

– Lo scopo è chiaro. Per screditare il partito. Il perché, questo è il mistero. Lo so perché interroga me. Ho avuto una storia disgraziata ma si è anche esagerato. Non esiste parto senza dolore. Non esiste Storia senza dolore. Al momento stesso in cui venivo messo in disparte dalla direzione e me ne andavo a lavorare in una fabbrica in Cecoslovacchia, mille greci erano massacrati dalla controrivoluzione capitalista, mille asiatici e africani soffrivano la persecuzione per le loro idee antimperialiste. Quanti furono torturati e morirono? Chi ci pensa? E in cambio si pensa sempre agli errori, grandi o piccoli, senza dubbio inumani, commessi dal movimento comunista. Io potrei lamentarmi e non mi lamento. Io ho imparato, ho imparato molto, questo sì. Ho sofferto, e molto, anche questo è vero, ma sapevo che la mia sofferenza aveva una finalità storica, che trascendeva dalla mia peripezia personale.

– La pensava così anche quando sputava sul partito o sulla buona donna che partorì Garrido?

– Non nego che a volte ho sputato su questo e su molte altre cose ancora! Tutti abbiamo odiato talvolta quello che più amiamo. L'odio passa, l'amore rimane.

– Garrido si giustificò con lei?

– Non direttamente. Erano altri tempi. Si stava lottando contro lo stalinismo e a volte con gli stessi procedimenti di quando era vivo Stalin. Di fatto la tendenza, o corrente di opinione alla quale io appartenevo, era molto più stalinista di quella di Garrido. La Storia ha dato ragione a lui.

– Che provò quando vide Garrido assassinato?

Una paralisi repentina ha trasformato la vecchia faccia in una maschera, ma lentamente il movimento muscolare riprende e le labbra mormorano:

– Perplessità.

– Lei ha fatto la guerra sul fronte di Madrid; non nella retroguardia, ma in prima linea. Lei è un uomo che sa battersi. Dopo ha combattuto in Catalogna.

– Sapevo usare il pugnale, se vuole arrivare a questo. Certo. Opportunamente allenato è possibile che io avessi la forza di usarlo ancora, magari per una volta soltanto. Forse sono già un vecchio arteriosclerotico che non ragiona come in altri tempi. Da tutto questo si può dedurre che ho pugnalato Garrido nonostante mi avesse riabilitato e dato un posto nella direzione. Sa come ci chiamano a noi dirigenti del partito? Il Fronte della Gioventù, perché chi più, chi meno, tutti abbiamo trent'anni per gamba. Ma non cerchi tra i vecchi. Apparteniamo alla vecchia cultura. Siamo tutti dei Bukharin. Avremmo tutti preferito la morte piuttosto che recare danno oggettivamente al partito. I giovani sono diversi. Se gli domanda se sarebbero capaci di sacrificarsi per un rapido cammino della Storia rispondono che a loro la rapidità non interessa. Hanno vissuto in altre circostanze. Mi piacerebbe vederli a tu per tu con una guerra civile e con quella che fu la clandestinità negli anni quaranta e cinquanta. Ma l'esperienza degli altri non vale.

Il discorso continuò nel ricordo di vecchi esempi di cultura marxista del sacrificio. Lo stesso London. Lei conosce il caso London? Proprio London non ha parlato se non quando il suo esempio poteva servire alle nuove direttrici del comunismo, al socialismo dal volto umano. A Carvalho gli si abbassavano le palpebre.

– Ha sonno?

– Non ho quasi dormito.

– Bisogna dormire le ore necessarie. Gli eccessi si pagano.

Lecumberri Aranaz era confinato in un ufficietto della Fundación José Díaz, maneggiava una vecchia calcolatrice con rulli di carta.

– I conti non mi tornano mai. Scusi un momento.

Carvalho approfittò del momento per un piccolo dormiveglia che si trasformò in un breve sonno profondo, dal quale uscì con la bava all'angolo della bocca e gli occhi imbambolati sotto lo sguardo sardonico che Lecumberri gli lanciava dall'altro capo del tavolo.

– Non sarebbe meglio che si facesse una dormita?

– Da quando sono arrivato a Madrid non ho potuto dormire tranquillamente neanche una notte. Quando non mi picchiano mi minacciano con la pistola.

– Contro Franco stavamo meglio.

Non era una battuta sarcastica basca. Sembrava più una battuta paradossale di genere mediterraneo, e quindi estetizzante. Carvalho si strinse nelle spalle.

– Lei ha avuto una vita molto interessante. Credo sia stato attivista dell'ETA.

– Sì, ma l'ETA di allora non era quella di oggi. C'era meno movimento. Confronti statisticamente gli attentati dei miei tempi con quelli di adesso: non c'è paragone.

Era talmente basco che gli mancava soltanto il berretto in testa e un tegame di peperoni ripieni sulla tavola, occupata adesso dalla contabilità della Fundación José Díaz.

– Che fa un basco come lei in una città come questa?

– A volte me lo chiedo.

– Come attivista dell'ETA ha di certo ricevuto una formazione speciale, un addestramento per la lotta armata.

– Come no! Quattro fregnacce e un po' di tiro a segno. Ripeto, erano altri tempi. Tutti eravamo volontari. Adesso è diverso. Si parla addirittura di campo di addestramento negli Emirati Arabi o in Libia. Allora andavamo in montagna nella parte basca francese, quattro cazzate e poi via a rompere le scatole al franchismo. Questo era tutto.

– Perché diventò comunista?

– Perché ritenni che il ruolo storico dell'ETA si era già concluso. Anche se sono sempre dell'idea che il Partito Comunista non ha mai capito perfettamente la questione nazionale basca e là è rimasto. Credevo pure che inserimenti come il mio potessero contribuire a baschizzare il partito. Oggi non so proprio che dirle. Queste pareti mi soffocano. Capisco di fare un lavoro utile. Ma queste pareti mi stanno strette.

– Lei fu preso dalla polizia come rivoluzionario dell'ETA.

– Sì.

– Torturato, suppongo.

– Supposizione giusta.

– Ma non ebbe una condanna troppo pesante.

– Beccarono quelli del processo Burgos e si accanirono su di loro. Non avevano la minima prova contro di me.

– La polizia non le ha dato più fastidio.

– Scaramucce.

– Ho sentito dire che lei ha chiesto una aspettativa come funzionario del partito.

– Lo ha saputo dalla televisione? Non sapevo di essere tanto popolare.

– Perché?

– Non sono all'altezza delle circostanze. Un dirigente del partito va avanti senza avere vita privata. Prima a causa della clandestinità. Adesso per la scarsezza di quadri e la necessità di agire su tutti i fronti democratici. La famiglia preme. Ho quasi quarant'anni e ho vissuto poco. Mi piacerebbe fare il giro del mondo, per esempio, o fare quello che più mi piace durante i finesettimana. Passeggiare in riva al mare, vedere come giocano i ragazzi sulla spiaggia. Veder crescere i miei figli. Sentire di che parlano. Ho un mestiere, non sono solo un attivista, sono stanco. Non sono un rivoluzionario, sono semplicemente un antifascista. Questa è una scoperta che abbiamo fatto in molti dopo la morte di Franco e non l'abbiamo chiarita abbastanza a noi stessi. Brutta cosa quando la militanza si trasforma in routine. Io sono svuotato, senza desideri. Senza fantasia. Voglio andarmene a casa! Appena ci saremo sbarazzati del cadavere di Garrido io me ne ritorno a casa.

Bocca stretta, occhi neri brillanti, caparbietà nerboruta in un piccolo corpo, parole sputate fuori con passione: « Hanno ammazzato mio padre, per me Fernando era come un padre, più che un padre, come Santos, dal giorno in cui sono nato io li venero ». Esparza Julve, grossista di frutti tropicali, kiwis, manghi, papaie, frutti della passione, ananas, avocados.

– A quanto i galiziani?

– Cento pesetas i più a buon mercato.

– Di quali galiziani parla?

– Ci sono kiwis neozelandesi e kiwis galiziani, coltivati in serra. Faccia il confronto: quelli dell'Oceania sono più belli, i nostri sono più duri, anche se sono lo stesso saporiti, un po' più aspri forse. Ehi, tu! Trattami le casse come se fossero tua madre! Meglio di tua madre! Lui sbatte tutto e poi la mercanzia arriva come arriva. Ci fu un periodo in cui stavamo insieme tutto il giorno. Quando mio padre morì in carcere io me ne andai in Francia e vissi in casa di Santos. Bene, Santos andava e veniva, perché pochi sanno che è stato più tempo qui in Spagna che all'estero, rischiando sempre di persona. Santos, così come lo vede, amabile, educato, diplomatico, ha due palle così! Ancora ricorro a lui quando ho qualche problema, di qualsiasi tipo. Sembra che non capisca altro che la politica, ma è un genio in tutto. E Fernando, per Fernando io avrei fatto qualsiasi cosa, tutto quello che mi avesse chiesto. Quando decisi di lasciare il partito come effettivo, lei pensa che mi censurarono?, nossignore, mi hanno incoraggiato, perché sapevano che il mio lavoro io lo facevo, magari a malincuore, ma lo facevo lo stesso. Ma quella vita non era fatta per me. Mille ore di riunione per settimana. Sono sempre stato un uomo inquieto e ho bisogno di portare avanti le mie iniziative. Adesso sto nel Comitato Centrale come rappresentante delle piccole imprese, le più piccole, ma comunque servo ancora il partito. Esparza, mi dicono, una cambialetta di qua; Esparza, cinquantamila pesetas di là. Ed Esparza mette mano al portafoglio perché il partito si può aiutare in tante maniere. C'è chi gli dedica tutta la vita. C'è chi ci mette la sua intelligenza. Altri la buona volontà, o il denaro. Questo è il bello di un partito aperto e moderno, un partito di tipo nuovo, come diceva Fernando. A me piaceva di più un partito di cellule, certo. Perché negarlo? Mi sembrava, non lo so, più comunista, ma anche in questo, o ti rinnovi o te lo sbatti, perché quello che mi fa incazzare dei più conservatori è che magari si presentano come i più fottuti progressisti del mondo, ma se guardi bene, in fondo propongono solo cose di quando Berta filava. E sì. Leninisti e non leninisti. Vediamo un po' che avrebbe fatto Lenin in Spagna nel 1975? Si sarebbe buttato contro le baionette? No, perché non era stupido, e le stupidaggini le fanno solo gli stupidi. A me non sono mai piaciute le teorie. Mio padre era minatore, io pure facevo il contadino finché non diventai un effettivo del partito; dopo ho cominciato un piccolo commercio, semplice, ed ho avuto la fortuna di ascoltare gente che sapeva ciò che è bene per la classe operaia. Perché un buon comunista non è soltanto quello che si apre il petto contro la borghesia e si riempie la bocca di parole come dittatura del proletariato, ma pure chi ha una visione globale di quello che sta succedendo, e di quello che dovrebbe succedere a beneficio della classe operaia. Gradisce un « frutto della passione »?

Osceno coglione di vecchio pieno di polpa insipida e acida.

– Bisogna abituarsi al sapore. In certi ristoranti ci fanno i gelati, persino i gelati. Non sanno più che preparare. Se un contadino s'inventa un melone col gusto di tonno in agrodolce diventa miliardario.

– Lei aveva molta familiarità con Garrido; non le ha mai accennato qualcosa che potesse essere un preavviso di quanto è successo?

– Garrido era un uomo molto moderato, non si impressionava per qualsiasi sciocchezza. Io l'ho visto proprio un momento prima di entrare nella sala il giorno che morì. Un gruppo di compagni manceghi lo aspettava per fargli un omaggio: mi ha scorto tra di loro e mi ha messo un braccio sulla spalla. Come va, Julvito? Non so perché mi hanno sempre chiamato Julvito. Cominciò Santos e gli altri appresso. Da ragazzo ho trascorso parecchie vacanze in Crimea o in Romania con i figli di Santos e di Garrido. Tanti ricordi, tante speranze.

– Era tranquillo Garrido il giorno del delitto?

– Come me e lei adesso. Io stavo insieme a lui quel giorno in cui uscendo dalle Cortes delle donne di Forza Nuova cominciarono a chiamarlo assassino e a dirgli vattene a Mosca. Garrido andò verso di loro e disse: « Preferisco essere un ergastolano in Spagna piuttosto che un uomo libero a Mosca », e le comari rimasero tutte a bocca aperta, gli poteva entrare la Bibbia tutta intera in quelle bocche così. Moderato. Moderato. Il giorno del delitto scambiammo qualche parola. Lo interrogai sulla questione sindacale, questi socialisti ficcano il naso dappertutto: normale, mi rispose, fanno la loro politica, come noi, però alla fine del cammino ci incontreremo. Il giorno del Giudizio Universale, gli dissi io, perché con lui parlavo con un tono confidenziale e ci scherzavo molto. Non così tardi, Julvito, non così tardi. È che a volte bisogna avere pazienza, perché i compagni socialisti a loro modo non sono male, detto tra noi. L'ha già detto non so chi: Noi siamo usciti dalle prigioni, ma ci sono certi che sono spuntati da sotto le pietre. Bene. Proprio bene anche quelli del PSOE, cent'anni di Storia... e quaranta di vacanze. Non bisogna essere settari, ma a volte quelli là rendono tutto molto difficile. Non si fidano di noi, o per meglio dire, gli interessa far vedere che di noi non si fidano perché così ci squalificano agli occhi della borghesia. Chiaro che in passato gli abbiamo fatto qualche carognata, però anche loro, ma poi siamo stati bene gomito a gomito durante la guerra. Io, in fondo, continuo a starci dentro per essere fedele a me stesso, ma sarebbe ormai il caso di riposare, perché ho sgobbato da matti per anni e anni; io, a dire la verità, volevo già mollare tutto, ma fu Santos a convincermi; ancora qualche anno, Julvito, per dare l'esempio, perché i più giovani crescano con voi, e sappiano in che consiste il patrimonio morale dei comunisti; per questo sto ancora nel Comitato Centrale, ma non è più roba per me, io continuerei a lavorare con la base, ad aiutarla comunque, ma il Comitato Centrale è per altri, per quelli con la Storia davanti a loro, non dietro, come me. Io avevo già mandato tutto all'aria, quando avevo una trentina d'anni, due figli e zero davanti e di dietro. Me ne andai come un emigrante. Da emigrante, a lavorare con queste due mani in Germania, ma lì ci sono ricascato, l'organizzazione del partito nel settore emigrazione; ma che fai? mi domandava Santos ogni volta che veniva a trovarci, te ne vai dalla Spagna per perderci di vista e qui ricominci a incasinarti! Era una cosa più forte di me, l'avevo ciucciata con il latte da bambino. E ora più che mai, in questi momenti più che mai, per dimostrare agli assassini che non ci distruggeranno, che se non ci riuscì il franchismo, neanche questa mafia ci riuscirà.

– Garrido è stato assassinato dalla mafia?

– No, mi riferisco al Tripartito. Chi, sennò? Garrido e l'eurocomunismo gli stavano scomodi. Quell'immagine del comunismo civilizzato, come deve essere, no? beh, disarmava molti anticomunisti e questo dava ai nervi a quelli del Tripartito.

– Il Tripartito può uccidere un uomo senza togliergli la vita. Può organizzargli contro una campagna diffamatoria da schiacciarlo.

– Sono stati loro. Non cerchi altrove. Volevano distruggere un'immagine, rendere impossibile il progetto eurocomunismo. Pensi che guaio e che scandalo. Con che faccia restiamo davanti al mondo intero? E questo conta, perché come diceva Garrido, non possiamo vivere isolati, dobbiamo avere una visione totale del tutto e di tutti quelli che compongono il nostro partito, e del posto che il nostro partito occupa nel contesto della società spagnola.

– La sa a memoria.

– Quando si ha un Garrido vale la pena di farne tesoro. Sono quarant'anni di comunismo spagnolo quello che hanno cercato di massacrare.

Insistette perché assaggiasse un kiwi galiziano e un kiwi oceanico.

– È vero che si somigliano? Oggigiorno si può coltivare tabacco al Polo Nord: crei alcune condizioni ambientali artificiali e esce quello che vuoi. Io mi sono messo in affari come socio in un consorzio che coltivava indivia, quell'insalata bianca, belga. Fu un disastro, allora, ma adesso si è imposta bene. Ogni cosa a suo tempo: quello che arriva prima del momento dato spesso finisce male. Lei l'ha visto come procedono le cose. La Storia non ha cuore, e neppure cervello.

« La Gestione Democratica dei Comuni », corso dal 15 al 30 di ottobre, sotto il patrocinio dei servizi culturali del Comune di Madrid: « Politica municipale e mezzi di comunicazione », relatori Ana Segura e Ferrán Cartes, gita a Chinchón, visita allo stabilimento della Gazzetta Ufficiale dello Stato, tavola rotonda su « Semiologia urbana », duecentodieci sindaci, consiglieri comunali, addetti alla cultura, facce bicolori, teste scoperte, mani rozze, avvocati coi loro vulcani di parole, ex preti relatori, Escapá Azancot? non so se è venuto, chi, quello del piffero? Escapá Azancot! Si presenti all'ufficio stampa! Camminava di lato, sole in faccia, economia gestuale da contadino, duro d'orecchio sinistro con inclinazione compensatoria da torre di Pisa, mi scusi ma mi sono distratto prendendo appunti.

– Qui la conoscono come quello del piffero.

– È che lo suono.

– E che cos'è?

– È uno strumento ad aria, come la zampogna, ma più corto. Si suona nella Mancha da sempre, nonostante dicano sia di origine francese. Mio nonno lo suonava, pure mio padre, e mio zio li costruisce. Non si usava più, prima della democrazia. Ma siccôme adesso tutti tirano fuori qualche tradizione popolare anche da sotto le pietre, allora noi per l'appunto abbiamo il piffero, che gliene pare?

– Il partito appoggia la rivendicazione del piffero?

– Non ha detto di no. E ogni volta che quelli della direzione passano per il mio paese un concerto di un'ora non glielo leva nessuno.

– Porta il piffero pure alle riunioni del Comitato Centrale?

– Escapá. Anche quelli che parlano oggi sono tutti del tuo partito?

– Non sono certo del tuo, che non avete nessuno che riesce a mettere due parole insieme. Quello è un socialista. Sono furiosi perché fino ad ora tutti i relatori sono comunisti e gli rode perché il sindaco di Madrid è socialista. Serve quello che dicono o no? È questo che bisogna domandarci e non metterci a discutere se sono da guardia o da caccia.

– Mi pare che gli faceste un omaggio, a Garrido, il giorno dell'attentato.

– Era pronto un concerto di piffero nella Casa del Popolo, ma Fernando non poteva venire: allora prendemmo i pifferi e andammo al Continental. Roba da poco. Una canzone e basta, perché era già in ritardo e lo stavano aspettando i compagni del Comitato Centrale. Gli abbiamo consegnato il piffero d'onore e basta. Disse che aveva poco orecchio e che se l'avesse suonato lui, poveri noi.

– Cos'è il piffero d'onore?

– Un distintivo per il bavero della giacca. È un piffero in miniatura. Glielo abbiamo fatto rosso apposta per lui.

– Garrido se lo mise?

– Glielo appuntai io e dissi due parole.

– Avete regalato molti distintivi di quel tipo?

– Come quello nessuno. Generalmente sono dorati o argentati. Ma decidemmo che per Garrido fosse meglio rosso, no?

– L'ha ordinato lei il distintivo speciale per Garrido?

– No, io no. In verità l'idea non era venuta a noi. Un giorno arrivò un compagno del Comitato Centrale per spiegare quello di cui si era parlato alla riunione. Anch'io appartengo al Comitato, però preferisco sempre che venga un altro compagno a riferire su quanto si è detto. Dunque, è arrivato un compagno e al solito si è finito per parlare del piffero. Oh, dovreste farlo sentire a Garrido. Per noi, non c'è problema. E sarebbe bello che lo faceste socio d'onore del gruppo perché la gente veda come il partito promuove la cultura popolare. Sì, socio d'onore: gli appuntate il piffero d'onore, e basta. L'idea ci entusiasmò e il compagno ritornò a Madrid con un modello di distintivo per ordinarne uno speciale per Garrido.

Carvalho aveva lo stomaco pieno di un vuoto ghiacciato. Stava sulla porta del mistero e cercava di complicare le intenzioni del sindaco contadino, come se non credesse alla semplicità della verità e quanto fosse facile arrivarci. E quando formulò la domanda conclusiva dopo ore ed ore di giri intorno, giri di moscone o di libellula, di avvoltoio o di vespa, gli sembrò strana la sua stessa voce.

– Chi era il compagno che lanciò l'idea e poi fu incaricato di far preparare il distintivo speciale?

– Esparza.

– Esparza Julve?

– Sì, Julvito. Però c'è mancato poco che tutto andasse a monte, perché il distintivo arrivò appena in tempo per darglielo, a Garrido, nella hall del Continental. Mi ero dimenticato di questo particolare per colpa del gran casino che è successo dopo. Ogni volta che andrò nella Mancha me lo metterò, disse Garrido. Bello sforzo, esclamò qualcuno, il piffero bisogna metterlo qui, nella capitale. E lì finì tutto. Lui continuò a camminare verso la sala della riunione. Chi l'avrebbe detto che Garrido stava per morire con il piffero al bavero. Scriverò un articolo per « Mondo Operaio ». I compaesani non ci crederanno.

– Nell'inventario di oggetti trovati sul corpo di Garrido il distintivo non figura.

– È un coso talmente piccolo. Dev'essere passato inosservato.

– Hanno inventariato persino le briciole di tabacco che aveva in fondo alle tasche.

– Allora non capisco. Può darsi che gli sia caduto quando abbiamo spostato il corpo. Ci fu un momento di confusione fino a che i due medici membri del Comitato Centrale dissero che non c'era più niente da fare. Che c'entra in tutto questo il piffero?

– Bisogna tener conto di tutti i dettagli.

– Sta per iniziare la discussione e non voglio perdermela. Il corso costa un occhio della testa e io non sono nato sindaco, comprende? Quello che uno non sa deve impararlo.

Carvalho si lasciò alle spalle il ronzio dei partecipanti al corso e rimase in un incrocio di strade che soltanto lui vedeva: Fonseca? Santos Pacheco? Ritornare da Esparza? Giocare un tiro a quei filibustieri che dovevano certamente stare ad aspettarlo sulla porta del Comune?

– Alla Puerta del Sol.

– Ma se sta qui a due passi.

– Mi sono alzato stanco.

– Allora il piacere le costerà un bel po'.

– Ci sono piaceri più cari.

– E poi dicono che c'è la crisi.

– Mi lasci sulla porta della Direzione Generale di Polizia.

– Avanti a tutta forza per una Missione Impossibile.

Il tassista non smise un istante di osservarlo dallo specchietto retrovisore. Salutò rispettosamente vedendo la mancia di trenta pesetas. Carvalho scese rapidamente e con un salto raggiunse il poliziotto armato, di guardia al portone.

– Il signor Pérez Hinestrilla de la Montesa.

– Vuol dire Pérez-Montesa de la Hinestrilla.

– Uno che porta il gilè.
– Non mi pare un'indicazione sufficiente.

Anatra o pavone? Si poteva scegliere solo dopo aver esaminato attentamente se l'attributo decisivo si riferiva al lungo collo interrotto da un grosso pomo d'Adamo, oppure alla testa piccola, tutta becco e niente mento, che terminava con un ciuffo tagliato sotto l'influsso di due culture diametralmente opposte: la spazzola prussiana o la rapata punk. Pérez-Montesa de la Hinestrilla cercò di venire a patti.

– Lei comprenderà che io non posso rivelarle informazioni segrete senza conoscerne l'obiettivo, senza saperne lo scopo. Lei mi chiede notizie molto riservate sui componenti del Comitato Centrale del PCE. Benissimo. Io gliele do ed è una prova di fiducia, ma lei in cambio deve darmi un'altra prova che mi giustifichi davanti ai miei superiori.

– Vuole che le dica il principale indiziato?

– Sarebbe giusto.

– Mi garantisce che non morirà un quarto d'ora dopo che le avrò detto il suo nome?

– Che cosa vuole insinuare?

– È tanto difficile capirlo?

– Lei sta parlando con un funzionario pubblico, con un servitore di un governo democratico e con un vecchio democratico. Io sono stato azionista della rivista « Quaderni per il Dialogo ».

– Lei sembra una brava persona, ma è in grado di garantirmi quello che chiedo? Vuole assumersi la responsabilità di fare il nome di un uomo perché subito me lo buchino come un colabrodo?

O era collera o lotta con se stesso. Sospirò e si lasciò andare contro l'alta spalliera della poltrona.

– Perché mi mette in questo ginepraio?

Era vero. Lo metteva di fronte a un dilemma morale che poteva costargli la carriera, una brillante carriera, chi lo sa, direttore generale, poi incaricato del governo in qualche ente autonomo, ministro a quaranta, quarantacinque anni; e soltanto perché aveva l'aspetto di un deboie principe quel detective cinico si permetteva un ricatto morale che non avrebbe di certo usato con un altro. Perché proprio con lui?

– Lei è stato membro del Partito Comunista.

– Fu una ragazzata. Solo pochi mesi. Non sapevo nemmeno che cosa fosse il Partito Comunista. Io credevo si trattasse di un tentativo per ricostruire la FUE. Quale universitario della mia età non ha avuto idee marxiste in un certo momento della sua vita? E per tutti o quasi tutti è servito da vaccino. Ma non debbo niente al partito.

– Questa storia non è più una faccenda di partiti o di intermediari più o meno potenti. Ci sono dei gangsters di mezzo, autentici professionisti del crimine politico che vogliono portare a termine il loro lavoro.

– E a me che me ne importa? In fin dei conti è un assassino, ci stiamo palleggiando la vita di un assassino.

Carvalho si strinse nelle spalle: sembrò abbandonarsi alla comodità della poltrona Oxford, e socchiuse le palpebre come se volesse riflettere o dormire. L'altro parlava a voce alta, con se stesso, con Carvalho, con il passato, con il futuro, con l'Umanità.

– Lei andrà subito a riferire al partito.

– Le do la mia parola che il partito non saprà mai il ruolo che lei ha avuto in tutto questo.

– Non ho avuto nessun ruolo né penso di averlo. Devo consultare i miei superiori o, in ogni caso, il commissario Fonseca.

Carvalho sorrise con tutta la tristezza che poté concentrare sulla faccia.

– Perlomeno debbo dirlo al ministro.

Carvalho scosse il capo come se mezzo chilo di tristezza si fosse aggiunto a quella che già faceva di lui un uomo vinto dall'incomprensione e dalla mancanza di solidarietà.

– Al capo del governo. Non ha neanche fiducia nel capo del governo?

– Lei crede che il capo del governo può mantenere il segreto su un fatto tra lei, lui e me?

– Mi lasci una via d'uscita. Non posso assumermi da solo tutta la responsabilità.

– Voglio che il capo del governo si impegni a che tutto rimanga tra noi tre.

– È assurdo, ma tenterò.

Tirò fuori un taccuino dalla tasca. Compose tre numeri su un telefono interno che sembrava mantenere una regale distanza dal normale telefono collegato al centralino.

– Linea dieci...

Il pomo di Adamo era diventato frenetico di gioia, deciso a battere il record di andata e ritorno lungo un collo umano.

– Salve, presidente carissimo. Sì, sono io di nuovo.

Socchiuse gli occhi di voluttà nel constatare il rispetto con cui Carvalho assisteva a tanta dimestichezza.

– Senti. C'è la possibilità di accelerare quella faccenda ed ho bisogno del tuo permesso per dare in visione alcuni rapporti confidenziali. È necessario che tutto rimanga tra te, me e lui. No, questo no. Neanche. Lo so bene che è difficile, ma non c'è altra alternativa. Grazie per la tua fiducia.

Aprì un cassetto e tirò fuori una mano piena di Kleenex che gli servirono per asciugarsi un sudore immaginario. Fece segno a Carvalho di seguirlo in una stanza vicina, un posto dove si potevano appena mettere i piedi tra gli alti armadi marrone scuro che occupavano tutte le pareti. Tirò fuori un mazzo di chiavi dalla tasca, armeggiò intorno a una serratura complicata. Agli occhi di Carvalho apparvero delle cassette di zinco macchiate di ossido e di vecchiaia. Il vicedirettore generale ne scelse una, se la mise sotto un braccio magro, perso nella manica della giacca, richiuse l'armadio, tornò nell'ufficio, mise la cassetta sul bordo di un tavolo, di fronte a Carvalho.

Il detective la prese, tornò al suo divano, incrociò le gambe in modo che la cassetta rimanesse nascosta al funzionario. Aprì. Cercò una scheda. « Figlio di Emerenziano e Leonora. Padre: minatore, militante nel Partito Comunista Spagnolo dal 1932. Madre: attivista nel settore minerario fino al suo arresto, ottobre 1934. Amnistiata dal Fronte Popolare nel febbraio 1936. Matrimonio al fronte dell'Ebro nel febbraio del 1938. Esilio 1939. Nasce Félix Esparza Julve a Tolone, gennaio 1940. Partecipazione del padre alla Resistenza francese. Madre deportata con il bambino al Massiccio Centrale. Il servizio domestico in casa di un ufficiale superiore tedesco la salva dalla deportazione in campo di concentramento. A guerra finita il padre entra in Spagna clandestinamente come partigiano. Arrestato nei dintorni di Villafranca del Bierzo nel 1947. Studi del figlio nel Collegio Marcel Cachin di Parigi finanziato dal PCF. Campi estivi in

URSS e Romania. Membro della delegazione spagnola al Festival della Gioventù di Mosca del 1958. Studi di ingegneria agronoma all'Università Humboldt della Germania Est. Rapida ascesa nel partito. Prima missione in Spagna, attività sovversiva, scioperi in Asturia nel 1962. Arrestato sotto falso nome a Madrid nel 1965. Detenzione di otto mesi nel carcere di Carabanchel. Non luogo a procedere. Nuovo arresto, retata dei responsabili del partito a Ciudad Real, 1967. Condanna a quattro anni di carcere da scontare nella prigione di Cáceres. Concessione di libertà condizionale nel 1967. Abbandona apparentemente l'attività nel partito e organizza una società agricola di prodotti esotici. Si sposa nel 1968 con la figlia di uno dei soci. Viaggi di affari prevalentemente in Belgio e Olanda. Irregolarità contabili, 1969. Prima separazione matrimoniale. Bancarotta fraudolenta e fuga in Germania. Contattato a Francoforte. Non luogo a procedere. Bancarotta fraudolenta e rientro in Spagna. Consultare cifrario " Maguncia ". Nuova attività commerciale di prodotti tropicali. Irregolarità contabili. Definitiva separazione matrimoniale. Cifrario " Fieltro ". Nuovo rapporto col partito sotto la protezione di Santos Pacheco. Cifrario " Doblón ". Formazione ST 68, servizi Tornasole Uscita. Ombrelli ».

Come dire, pensò Carvalho, eccellente formazione, servizi ultra specializzati, protezione assoluta. E mentre lo riassumeva tra sé e sé captò uno sguardo furtivo di Pérez-Montesa de la Hinestrilla diretto verso il soffitto, verso un angolo preciso della stanza. Carvalho nascose rapidamente la cartella tra le altre e cercò di alzarsi.

– Stia tranquillo! Non sempre funziona. Lei sa come vanno le cose in Spagna. A volte sorvegliamo e a volte no.

Carvalho cercò l'occhio nascosto del circuito chiuso

televisivo. Gli sembrò di scorgerlo nell'ala di un angiolotto alla Murillo, che volava verso lo zenit del *trompe-l'oeil*.

– Neanche io so quando funziona.

– Però lo sapeva che a volte funziona.

– Quasi mai. Glielo assicuro. Glielo giuro.

Una bussata formale dietro la grande porta. Poi, una rapida pressione sulla maniglia e Fonseca entrò con la mano tesa verso Carvalho, seguito da un Sánchez Ariño mortificato ma sorridente, con le mani in tasca.

– Mi hanno detto che era qui e mi sono detto, andiamo a salutare il signor Carvalho. Se Maometto non va alla montagna, la montagna va da Maometto.

Fonseca finse la più critica delle sorprese nel vedere la cassetta metallica sulle ginocchia di Carvalho. Alzò le sopracciglia come per interrogare Pérez-Montesa de la Hinestrilla. La faccia del direttore generale si rimpicciolì più che mai in cerca della consistenza metafisica dell'autorità. Quella faccia respingeva la domanda e il dubbio emergenti dalle sopracciglia di Fonseca. Carvalho li guardava interpretare i loro ruoli di piccolo capo sospettoso e di risoluto burocrate senza tuttavia perdere di vista Sánchez Ariño, il quale perplesso davanti al mistero delle proprie unghie, stava come immerso in un mondo astrale suggeritogli dalla superficie scanalata delle sue unghie. Se poi girava lo sguardo da un così magico richiamo era per sputare indifferenza e tedio sui restanti attori.

– Mi sembra che... – mormorarono le labbra di Fonseca.

– Quello che le sembra non ci riguarda – tagliò corto il vicedirettore. Ma Fonseca aveva deciso di perseverare, e indicava con un dito la cassetta posata sulle ginocchia di Carvalho. Il vicedirettore si eresse su tacchi inesistenti per dar fiato alla propria voce ed emettere un sonoro:

– Basta.

– Fonseca alzò le spalle e strizzò l'occhio a Carvalho.

– Dove comanda il padrone non comanda il marinaio. Per me faccia pure delle fotocopie e le distribuisca a chi vuole.

– Non credo che ne valga la pena. I rapporti scritti non sono mai stati il suo forte. Lei ha sempre preferito i rapporti orali.

– Molto perspicace. Molto intelligente. Cinque anni fa mi sarebbe piaciuto averla qui. Allora avrei visto dove se le metteva, lei, la sua astuzia e la sua intelligenza. Io lo so, eccome, dove se le sarebbe messe, una dietro l'altra.

Ma sorrideva, con la evidente volontà di fare buon viso a cattivo gioco.

– Se lei sa qualcosa e non ce la comunica, a noi che siamo i legittimi rappresentanti del governo, sa già cosa rischia.

– Gliel'ho già detto pure io – esclamò Pérez-Montesa de la Hinestrilla.

– Questo non è un film di spionaggio. In giro ci sono molti farabutti e lei se n'è accorto.

– Anche per la sua sicurezza – aggiunse quello del gilè per ingraziarsi i due.

– Per la sua stessa sicurezza, chiaro. Questo è l'importante.

Fonseca era entusiasta del nuovo argomento messo in evidenza.

– La sua sicurezza prima di tutto.

– Innanzitutto – rincarò il vicedirettore.

Carvalho si alzò: passando accanto a Fonseca sentì un'acuta minaccia, come se la violenza contenuta in quell'uomo, simile a una scarica elettrica, volesse colpirlo a morte. Lasciò sul tavolo la cassetta di zinco.

– Mi avete convinto. Non voglio saperne più niente. Ecco qui la cassetta.

– Sta scherzando. Ha saputo quello che voleva e adesso vuole prenderci in giro.

– Signor Carvalho, desidero avvertirla per l'ultima volta. Lei si sta assumendo una grave responsabilità davanti al paese, davanti al governo e davanti alla sua coscienza.

Tutto il breve discorso del vicedirettore generale era stato confermato con forza dalla testa di Fonseca. Carvalho rimase interdetto: alzò le spalle rassegnato, convinto che tutto quello che gli dicevano fosse per il suo bene, però era vittima di una logica personale e professionale, che, ne era certo, poteva condurlo al disastro. Forse l'alzata di spalle non fu abbastanza eloquente perché Sánchez Ariño impedì la sua uscita di scena ponendogli la palma della mano sul petto. Una palma violenta, che premeva con forza sul suo petto.

– Questa porta è sua?

Sánchez Ariño raggrinzò le guance in una specie di sorriso.

– Sono in arresto? È arrivato il momento di esclamare: Voglio parlare con il mio avvocato?

– Lo lasci uscire. Però, signor Carvalho, le parlo molto seriamente: ripeto, lei si è assunto una grave responsabilità davanti al paese, davanti al governo, davanti alla sua coscienza.

– Non lo ripeta. Questo dovrebbe essere stato già registrato e filmato.

Carvalho indicò il buco sul soffitto. La palma della mano di *Dillinger* si spostò dal suo petto. Uscì dall'ufficio lasciandosi alle spalle il relax degli attori dietro il sipario calato. Questo non è giocare, ma essere giocato, ripeteva fra sé mentre guadagnava porte, corridoi, stanze, fino all'uscita dell'edificio: per la strada restò in dubbio se cancellare le proprie orme o renderle più evidenti. Parlare con Santos, ma anche parlare con gli altri, siglare con un aggettivo storico l'assassinio. Un altro tassista deluso dalla politica, dal sindaco, dalla città, dal suo taxi, dalla vita. Professore Waksman? Lei sa chi era? Un cercatore d'oro? Ma che dice? Quello che inventò la streptomicina, quella venuta dopo la penicillina. E dopo, che c'è stato? Intrugli, tanti intrugli, ma in realtà niente di serio. Il portiere oggi indossa una divisa rigorosamente in ordine. Non si gratta le palle sotto la livrea e accompagna Carvalho fino all'ascensore, con la deferenza di un assistente universitario anni cinquanta. Arriva al piano di James Wonderful, alias Jaime Siurell, sale alcuni gradini verso l'appartamento di sopra, aspetta. Il portiere deve averli avvisati col citofono, staranno aspettandolo, quattro, cinque minuti, saranno nervosi, si aprirà la porta. Si apre la porta, il centroeuropeo della notte di Gladys si affaccia, si assicura che non ci sia nessuno sul pianerottolo, parla sulla porta.

– Non c'è.

– Hai guardato bene?

È la voce di Wonderful. Il biondo esce di nuovo con fare indolente ma sempre tenendo la mano nella tasca della giacca. Si avventura fino alla scala di accesso e poi ritorna di sopra, dove lo aspettano le suole delle scarpe di Carvalho che gli cadono sugli occhi e gli riducono il mondo in polvere di stelle mentre l'odore del sangue, il suo, gli brucia le narici. Carvalho lo colpisce sull'orecchio e sul collo. Lo lascia cadere lentamente, come se il corpo temesse l'impatto con il parquet e cercasse una dolce caduta. Carvalho lo scavalca. Con una mano afferra lo stipite della porta, con l'altra impugna una pistola che lo precede nell'appartamento. La porta di comunicazione dell'anticamera con il *living* è aperta e laggiù in fondo c'è Wonderful in piedi, in attesa, gli occhi stretti per inquadrare meglio l'immagine che avanza verso di lui.

– Shuster, che succede?

Davanti a Wonderful, come un parapetto, la sedia a rotelle sopra la quale il vecchio lascia cadere le mani, preso dallo sconforto che la presenza di Carvalho gli provoca.

– Che cerchi qui? Sei un idiota, completamente idiota, non hai imparato niente.

Parla con più scioltezza che nel precedente incontro, quasi si direbbe che gli occhi gli siano rientrati nelle orbite, ma le lacrime dei suoi occhi invalidi, senza scampo, dilagano nelle pupille dilatate. Toglie la mano dalla sedia, lascia cadere le braccia, Carvalho gli si avvicina e subito Wonderful si abbassa, concentra tutta la forza che gli rimane nelle braccia e spinge la sedia come un proiettile contro Carvalho. Il detective ha scelto di guardare quella faccia rabbiosa piena di venuzze rosse, acque sporche, rughe violacee, e riceve l'impatto della sedia sulle ginocchia e nel ventre. Cade in ginocchio, respira profondamente, lascia che Wonderful recuperi l'agilità necessaria per avanzare verso un mobile-bar, e quando le mani tremanti del vecchio stanno per raggiungere il nascondiglio dell'arma, la voce neutra di Carvalho lo paralizza.

– Lei non prenderà mai quella pistola. Io invece ne ho una. Sia ragionevole.

– Imbecille. Sei un imbecille. Che sei venuto a cercare qui?

– Mi manca qualche dato.

– Chi te lo darà? Io?

Una speranza spianava la faccia rugosa del vecchio. Carvalho fece rapidamente un mezzo giro e sparò prima che lo facesse il latinoamericano con il braccio al collo. L'uomo cadde sul braccio rotto svelando la presenza di un'ombra che cercò rifugio nella scala. Carvalho si lanciò verso Wonderful, lo afferrò per il bavero della vestaglia e lo spinse in avanti. Il latinoamericano con la mano del braccio sano cercava di tamponare il sangue che gli usciva dal petto. Carvalho non dovette parlare. Wonderful gli aprì la strada gridando:

– Attenti a quello che fate! Sto qui davanti.

Due uomini furiosi guardavano impotenti come Wonderful e Carvalho prendevano l'ascensore incollati uno all'altro. Uno dei due era il biondo impassibile. A Carvalho sembrò che sorridesse. Passando davanti al portiere, Wonderful accentuò la sua difficoltà motoria, ma ugualmente il solerte cerbero spalancò tanto d'occhi dinanzi al miracoloso spettacolo di un paralitico che cammina. Questa repentina sorpresa gli impedì di notare la rigidità del braccio di Carvalho sulla schiena di Wonderful, malgrado lo stupisse il fatto che quell'uomo, di colpo, abbandonasse il vecchio vacillante sul marciapiede per saltare su un taxi, non semplicemente per prenderlo, vista la quantità di taxi che c'erano all'angolo; però la stranezza più grossa rimaneva sempre l'improvvisa deambulazione del vecchio. Wonderful seguì per un momento con gli occhi la corsa del taxi con sopra il detective, poi si lasciò condurre e interrogare.

– Da un po' di giorni posso fare qualche passo. Mio nipote desiderava tanto che lo accompagnassi fino al portone. A volte cose del genere stimolano di più delle migliori medicine. Erano tanti anni che non lo vedevo. È il figlio di mia sorella piccola, la prediletta.

Anche Carvalho si girò indietro per accomiatarsi dal vecchio, per guardare la sua sottomissione al portiere che l'avrebbe ricondotto in casa. Imbecille. Sono un imbecille. Non ho capito niente. Ed inoltre vado sparando sulla gente, gli spacco le braccia, più i miei nemici sono potenti e più da pazzo mi comporto, non ce la farò a diventare vecchio e tantomeno tornerò ad essere giovane. Garantito. Imbecille. Non ho capito niente. Che mi frega a me degli aggettivi? Lascia gli aggettivi ai politici. L'assassino? Tal dei tali, e basta. S'impadronì di una cabina telefonica frapponendo il suo corpo tra questa ed una accalorata signora che senza dubbio l'aveva vista per prima. Mentre chiamava Santos, ascoltava il monologo indignato che gli recitava la signora appiccicata ai vetri come un'orangutanga in collera:

– Mi scusi, ma era un caso di emergenza. Cercavo un medico.

– Questo lo poteva dire subito, così si comportano le persone come si deve.

Ma Carvalho non attese la predica morale e tornò al suo taxi.

– Dove?

– Faccia un giro.

– Un giro? Per Madrid? Non è di qui, lei?

– No.

– Si vede. Un giro per Madrid in taxi!

Ma fece il giro, da un ingorgo all'altro.

– Dicono che all'ora di pranzo si circola bene. Guardi un po' lei.

L'ora di pranzo. Per la prima volta, in molti anni l'appuntamento con il pranzo non gli diceva niente.

– Mi lasci davanti al Ritz.

Il tassista canticchiò:

Ah che piacere
ballare un fox-trot

con un donzello
che parla d'amor!

Pure a cent'anni
non scorderò le sere del Ritz.

Julio stava appoggiato all'angolo della facciata dell'hotel leggendo « Lo Sport ».

– Vada su per il marciapiede fino al secondo isolato. Lì c'è Carmela che l'aspetta. Non con la solita macchina, ha una Talbot blu.

Carvalho colse al volo queste parole. Si girò due volte per accertarsi di non essere seguito. Carmela gli aprì da dentro lo sportello.

– Il marito, sano e salvo?

– Poverino. Me lo hanno lasciato tutto pesto. Ha un faccino! Voi uomini, non sapete essere malati. Se aveste dovuto partorire, con tutto quello che viene dopo, altro che dolori di testa, altro che stomaco a pezzi. Ti vedo stranito. Ti sei incontrato ancora con quella gentaglia?

– Con altra gentaglia simile.

– Santos ti aspetta.

Fermò la macchina nella Gran Vía, angolo Plaza de España. Gli indicò l'anonima scalinata della Torre di

Madrid stagliata contro un incantevole cielo crepuscolare. 17° piano.

È un piano unico: chiedi di Pino Betancort, l'appartamento è a suo nome. Attraversò la piazza alle spalle di quei due grulli di don Chisciotte e Sancho Panza. Nessuno gli domandò dove andava finché non si trovò davanti ad una bruna dai grandi occhi e dalla lunga gonna fantasia, che copriva due alti stivali neri. Santos sedeva scomodo sul basso divano-letto di una stanza piena di immagini di donne emancipate. La brunona prese una borsa, lo salutò con la testa e se ne andò. Carvalho si lasciò cadere accanto a Santos e gli parlò del piffero, del distintivo speciale, del segnale di morte, dei kiwis galiziani e di quelli neozelandesi, di Esparza Julve, di Julvito, sì, di Julvito, dell'incontro con Pérez-Montesa de la Hinestrilla, quello del gilè; quello del gilè? Sì, quello del gilè, Fonseca. Santos si alzò in piedi come se stesse sollevando quattro corpi pesanti quanto il suo. Uscì sul balcone per ammirare il panorama della vecchia Madrid già quasi avvolta nelle nebbie della sera, oltre l'agonia autunnale di Plaza de España, tra l'architettura del Palazzo reale e quello della Vie Lumière della Gran Vía. Diciassette anni di distanza tra la realtà ed il desiderio, pensò Carvalho, senza sapere bene perché, e senza muoversi dal divano. La testa canuta di Santos Pacheco brillava al riverbero del sole. Su quella testa ormai non passavano più le ombre vaganti del dubbio, ma ricordi, una, due, tre, mille biografie legate ad Esparza Julve, a Julvito. Carvalho aveva visto negli occhi di Santos la progressiva formulazione di una preghiera: lui no, per favore, un altro qualsiasi, ma lui no. Santos rientrava dal terrazzo per dire:

– Per denaro? Per odio?

– Questo lo sa solo lui. Ma se ci atteniamo ai fatti fu sicuramente per denaro. Sbandamenti caratteriali. Bancarotta fraudolenta. Lei ne sapeva qualcosa?

– Qualcosa. sì.

– Che tipo di sbandamenti?

– Fu dopo il suo matrimonio e il distacco dal partito. Aveva vissuto la dura vita di orfano del partito, di combattente comunista, e d'un tratto era un uomo libero con dei soldi in tasca. Nessuno poteva aiutarlo. Io seppi quello che gli succedeva, ma non potevo aiutarlo economicamente. Non ho mai pensato che fosse qualcosa di tanto drammatico, da portarlo fin dove è arrivato.

– Tutto coincide. L'epoca. Il viaggio in Germania. Sicuramente troveremmo che non ha mai lavorato in nessuna fabbrica, che ha ricevuto un addestramento speciale.

– Tanta doppiezza. Non me la spiego.

– Si può odiare ciò che si ama, soprattutto se ha condizionato una vita fatta di eccezioni.

– Dev'essere stato così. Lo abbiamo circondato del culto di suo padre. Volevamo tutti che ci somigliasse. Vogliamo sempre che i nuovi quadri somiglino a noi. Che parlino come noi. Che pensino come noi. Le dispiacerebbe andarsene?

Uscì di nuovo sul terrazzo. Il sole era calato abbastanza perché la sua testa non brillasse più, pallida, opaca, incassata tra le spalle, vinta.

– Il mio lavoro è finito – disse Carvalho senza osare muoversi.

– Per favore. Mi conceda qualche ora. La cercherò prima di notte. Domani chiuderemo con lei e potrà andarsene.

Le parole uscivano da quella testa immobile, senza alcun dubbio.

– Non mi spiego come mai quelli della Divisione Generale di Polizia non se ne siano accorti.

– A domani.

Stava per dirle: « Carmela sono inguaiato, sai dove posso mangiare della buona trippa a quest'ora? », quando si rese conto che lo sguardo paralizzato di Carmela era dovuto ad una presenza estranea nella macchina: sul sedile posteriore stava l'uomo che aveva offeso al « Vip » chiamandolo « brutto frocio ». Questi perquisì Carvalho con mano esperta mentre l'altra restava nascosta.

– Fermo. E tu sai già quello che devi fare, cocca.

Carmela lo sapeva. Cercò di andare verso via Princesa girando dietro l'edificio España, poi discese fino alla Puerta de Hierro. Uscirono sulla provinciale della Coruña.

– Madrid è un fazzoletto. Ci siamo rivisti vicino al « Vip » ed ora di nuovo mi portate in posti conosciuti.

– Ci portano – precisò Carmela.

L'uomo non rispose. Si era piazzato in modo di mantenere una giusta distanza tra Carmela e Carvalho.

– Quando vedi l'insegna del « Mesón del Cojo » rallenta. Sai, non ho mangiato niente. Sono digiuno.

– A digiuno tu? Sarai mezzo morto. Ma non credo che questo signore ti lascerà prendere un panino.

– Dove andiamo? È previsto un pranzo?

L'altro chiuse gli occhi ed arricciò il naso. Lo scocciavano.

– Mi porterò dietro un brutto ricordo di Madrid. Ho dormito poco, quasi niente. È una città dove non esistono né porte né intimità. Ti portano dove vogliono. Non sono potuto andare neanche ai ristoranti di moda.

– Io ho fatto quel che ho potuto. Presenta un reclamo per iscritto.

Carmela aveva la voce di una studentessa in procinto di sostenere un esame.

– El « Mesón del Cojo » – disse l'altro.

Carmela ridusse la velocità.

– La prima a destra.

Imboccarono una strada fiancheggiata da inferriate e steccati.

– A sinistra.

– Ancora avanti.

– A destra. Rallenta.

L'uomo si chinava verso di loro con una pistola puntata alla testa di Carmela.

– Cristo, non mi spaventare! – gridò Carmela, isterica.

– Buona, Carmela. Finirà tutto bene – sussurrò Carvalho.

– Fermati davanti alla cancellata verde.

Cancellata verde. Che ricchezza di vocabolario, pensò Carvalho. La macchina si fermò. L'uomo si sporse in avanti per sfilare la chiave dell'accensione e mettersela in tasca. Spinse leggermente Carmela perché uscisse dalla macchina, uscì lui, e dal marciapiede con un gesto impose a Carvalho di venir fuori. Attraversarono tutti e tre un giardino di acacie ed arrivarono ad una porta in ferro battuto, dietro la quale si intravedeva la luce dell'illuminazione interna. La porta si aprì. Un uomo calvo, piccolo, magro, apparve sfregandosi le mani come se avesse freddo. Poteva anche darsi che il freddo venisse dalle pareti scrostate, macchiate dall'umidità e da erosioni astratte. Neanche un mobile. Forse per questo gli sembrò confortevole la mole dell'uomo grasso, una mole sorridente che gli venne incontro insieme al visitatore notturno dell'appartamento di Carmela.

– Che piacere vederla! Comodi. Tutti e due: comodi. Siete miei ospiti. Mia nipote e mio nipote. Mi scuso del pessimo arredamento di questa casa. È fredda. Inospitale. Quanto prima finiamo, meglio è. Non c'è neanche dove sedersi.

– Ho bisogno di sedermi.

– Si vede, signor Carvalho, non ha una buona cera. Lei è troppo impetuoso. Sembra di un'altra epoca, come se avesse imparato il mestiere nei romanzi di Klotz. Raner si agita troppo, è violento, aggressivo. Questo non si usa più. Pensi ai personaggi di Le Carré. Quello è il modello. Ufficio, molto ufficio. Archivio, molto archivio. Calcolatrici. Tutto si disumanizza. Smiley usa la testa, non i pugni. Mi scusi se le parlo sempre di Smiley, è che il personaggio mi affascina.

– Sono digiuno.

– Neanche un pezzetto di pane in tutta la casa. Un motivo in più. Prima finiremo, meglio sarà. Mi sembra che lei sia arrivato alla fine del cammino. Ci interessa sapere chi è stato il prescelto.

– Già lo sapete.

– Non mi risulta.

– Posso appoggiarmi alla parete?

– No.

Era un no che l'obbligava a restare lì in piedi, come Carmela, come gli altri che avevano formato un cerchio intorno ai due volti pallidi. Carvalho buttò la testa all'indietro per liberare le spalle da una dolorosa tensione di acciaio. Il soffitto era pieno di stucchi floreali smangiati che confluivano verso un lampadario a gocce.

– Basta un nome.

Basta un nome. Un condannato a morte. Qualche ora regalata a Santos Pacheco per preparare una strategia avvolgente. Alla fin fine non erano mica suoi clienti, questi.

– Cerchi di capire. Ho dei doveri verso i miei clienti. Anche per lei esisterà il segreto professionale.

– Il nome.

Carvalho disse di no con la testa. Il grassone mosse appena il braccio. L'uomo calvo, mingherlino, freddoloso, si avvicinò a Carmela e la schiaffeggiò sulle due guance fino a farla vacillare. Il grassone e Carvalho si guardarono. Gli occhi del sicario erano di ferro.

– Il nome.

Carvalho guardò Carmela. La ragazza si era coperto il viso con le mani; non piangeva né si lamentava.

– Debbo consultarmi con la mia collega. È lei che sta peggio.

– Non dica niente a questi figli di troia! – gridò Carmela con una voce alterata da baritono rauco.

Il calvo cercò di ripetere l'operazione e davanti alla barriera opposta dalle mani di Carmela le assestò un pugno nello stomaco che la fece crollare a terra con le ginocchia aperte e lo stupore negli occhi.

– Lo vede da sé. Fuori il nome.

No, disse la testa di Carvalho. L'aguzzino si chinò su Carmela, l'afferrò per i capelli e la rimise in piedi. La mano libera corse in cerca del corpo della ragazza, ma Carmela gli si avventò contro dandogli un calcio nello stinco. Le sue mani si erano avvinghiate alla faccia dell'ometto, le unghie graffiavano le palpebre e calavano sulle guance lasciando solchi di sangue e pelle sgarrata. L'ometto mollò i capelli per proteggersi la faccia e Carmela ingaggiò con lui un corpo a corpo; gli altri due andarono verso di loro ignorando un ordine muto e tardivo del grassone. Carvalho si lanciò contro il ciccione nonostante l'improvvisa apparizione di una pistola nella sua mano. Un calcio nell'inguine gli dimostrò che era sensibile a determinate aggressioni della realtà. Su Carvalho caddero due corpi umani che non sapevano se immobilizzarlo o pestarlo a suon di pugni. Respirava affannosamente ed affannosamente gridava a Carmela di scappare.

– Sta scappando – disse qualcuno e Carvalho si trovò in balìa di un solo attaccante. Udì il rumore della porta che si chiudeva. Si alzò in piedi e cercò di raggiungere la porta. Non sapeva chi lo stesse colpendo. Chi gli afferrava le ginocchia sbattendolo a terra. Chi gli si sedeva sulla schiena. Sull'orizzonte dello zoccolo scolorito che i suoi occhi percorrevano non apparivano le gambe di Carmela. Lo rimisero in piedi e lo spinsero contro la parete. Il pachiderma in un angolo con le mani premute sui coglioni, l'uomo calvo sporco del proprio sangue e di quello che usciva dal naso di Carvalho. Il rubicondo compagno notturno del grassone, con la pistola in pugno. Mancavano Carmela e l'uomo impassibile.

– Lei non è un professionista! Lei è un kamikaze!

Il grasso faceva piccoli passi intorno a Carvalho. Gli altri due, fermi con l'artiglieria tra le mani.

– Lasciacelo. Basta con le delicatezze.

– Un kamikaze. Odio i kamikaze. Odio le persone irrazionali.

L'uomo impassibile tornò. Chiuse meticolosamente la porta, si avvicinò al grassone, gli disse qualcosa all'orecchio. Questi rispose sottovoce. Gli altri erano rimasti zitti aspettando notizie che non arrivarono. L'uomo impassibile uscì dalla stanza da una porta laterale. Carvalho si lasciò scivolare lungo la parete e si sedette sul pavimento. Ancora gli sanguinava il naso e gli facevano male i colpi ricevuti sulla spalla. Voleva dormire. Chiuse gli occhi e avvertì un messaggio di calore, da un punto preciso del corpo. Gli dolevano gli occhi per quanto li aveva tenuti aperti. L'appoggio alla parete gli alleviava il dolore alle spalle. Carmela non c'era. Era contento.

– Approfitti di questi cinque minuti di assenza del mio amico. Lei ha chiuso. Uscirà da qui soltanto con i piedi in avanti. È denaro quello che vuole? Dia un prezzo alle sue informazioni.

Carvalho comprese subito che ciò che distingueva i suoi inseguitori tra loro era che i primi volevano sapere quello che già sapevano e gli altri volevano sapere quello che non sapevano. I primi lo avevano inseguito, picchiato, ma con una strana sicurezza in se stessi. Invece questi non sapevano, era evidente che non sapevano neanche chi potesse essere l'assassino.

– Una sigaretta?

Il grassone gli tendeva un pacchetto di Ducados extra.

– Fumo solo sigari.

– Le va male. I cubani hanno avuto due pessimi raccolti e i depositi di avana pare siano vuoti.

– Di solito fumo sigari delle Canarie.

– Peggio per lei.

Il grassone appoggiò le spalle contro il muro e scivolò seduto accanto a Carvalho. L'impatto delle sue chiappe contro il suolo fece sì che le due gambe gli si sollevassero scoprendo i calzini neri tenuti su dalle giarrettiere. Spalla a spalla il grassone gli propinò una lunga dissertazione su quello che siamo, da dove veniamo, dove andiamo. L'importante è la vita. Irripetibile. Personale e irripetibile. Carvalho non seppe in quale momento del discorso cadde addormentato. Era cosciente di dormire in pessime condizioni, ma si afferrava al sonno come se fosse un alimento dal quale dipendesse la sua vita stessa. Lo svegliò lo sforzo degli altri due per riuscire a mettere in piedi il grassone. Il pachiderma si rimise a posto pantaloni e giacca e andò lentamente verso la porta dove l'uomo impassibile stava immobile come un manichino di moda autunnale in una vetrina. Parlottarono. Il grassone ritornò al centro della stanza. La sua faccia era una smorfia sorridente. Andò verso Carvalho. Lo guardò dall'onnipotenza della sua longitudine e latitudine. Si chinò lentamente su di lui. Gli mise le mani sulle spalle, afferrò le sue braccia all'altezza dei gomiti e lo sollevò dritto contro la parete, con la faccia giallastra per il bagno di luce della lampada anemica. Poi si spostò un poco come per contemplare la sua opera.

– Che peccato che non ci siamo conosciuti in circostanze migliori. Lei è un uomo in gamba. Mi sarebbe piaciuto che davvero fosse mio nipote.

Gli altri bisbigliavano con l'uomo impassibile. Sembrava che qualcosa stesse per finire. La tensione si era allentata, sebbene impugnassero ancora le pistole, come tizzoni ormai semispenti.

– Forse è il mio ultimo lavoro. Già le dissi che voglio ritirarmi. Ho trentacinque anni di anzianità.

Carvalho lo vide avvicinarsi. Si rese conto di non avere la forza per tentare qualcosa. Come se la fuga di Carmela fosse stata la sua stessa liberazione. Il grassone gli tendeva una mano. Con l'altra lo obbligò a stringergliela.

– A quanto pare non abbiamo più bisogno che lei ci dica niente. Può andarsene.

Può andarsene. Posso andarmene. Dall'angoscia alla sensazione di libertà. Carvalho agita il corpo perché le ossa tornino al loro posto, si trasformino in scheletro di animale fuggitivo.

– Ha sonno, si vede. Mi spiace non poterle offrire neanche un letto.

Si lascia alle spalle l'amabilità del grassone. Cammina verso la porta, incerto se mettersi a correre o avanzare verso di essa di spalle, con gli occhi fissi ad un eventuale sparo. Perché non corri? E si risponde: per gusto estetico. Perde anche qualche minuto per riflettere sulla quantità di cose che fa per gusto estetico, per schiavitù a modelli di condotta che mai più potrà riproporsi. E così pensando arriva in strada nel freddo della notte, nella notte, e la porta si chiude dietro di lui e la vita è solo un sentiero sotto le acacie. A metà sentiero ode il rumore della porta che si riapre, dei passi, una frase che ascolta paralizzato.

– Le chiavi della macchina. La sua amica si è dimenticata le chiavi della macchina.

È l'uomo impassibile. Gli tende le chiavi.

– Ma dov'è la ragazza?

– Cavoli suoi.

E si gira per rientrare in casa. La macchina è al suo posto. È un oggetto che lo lega a Carmela e senza il quale non potrà ritrovarla. Si siede sul cofano e aspetta. Carmela appare sull'angolo dapprima esitante, ma subito corre fino alla macchina e guarda Carvalho come fosse un resuscitato. Gli prende le mani. Gli appoggia una guancia dolorante sul petto. Lui la incita ad entrare in macchina. Carvalho si mette al volante. La casa rimane là come un peso lontano, un peso che si alleggerisce man mano che la macchina si allontana.

– Non ti preoccupare. Non c'era altro mezzo.

– Non gli ho detto il nome. Mi hanno lasciato andare con le buone. A quanto sembra o già lo sanno o non gli interessa saperlo. E tu? Come sei riuscita a scappare?

– Non sono scappata da nessuno. Non mi ha seguito nessuno. Prima sembrava che uno mi seguisse, ma non è neppure uscito dal giardino. Io correvo come una pazza, ma sono tornata per vedere se pure tu eri riuscito a sganciarti.

– Forse avevano paura di uno scandalo. Un inseguimento per le strade. Immagina.

– Quale scandalo? Tutte queste case sono disabitate. Ho cercato di entrare in qualcuna per telefonare e chiedere aiuto al partito, a Julio, non so. Non volevo allontanarmi molto, se per caso ti portavano via. Se per caso riuscivi a scappare.

– È talmente chiaro che non ci capisco più niente. Voglio dormire. Guida tu. Te la senti?

Carmela si mise al volante e non parlarono fino a quando non arrivarono a Madrid.

– Al diavolo il sonno! Non ho mangiato nulla. Sono digiuno.

– Se ti presenti a un ristorante con quei grumi di sangue, stiamo freschi.

– E tu, allora? Hai il viso pesto.

– Io mi metto un po' di trucco e tutto è sistemato.

– Andiamo a cenare a « El Amparo »? Nuova cucina basca. Non ti dice niente il nome?

– Baccalà alla biscaglina e cose del genere?

– Per favore non continuare. Se non sei distrutta ti ti propongo di andare a cenare e poi a ballare.

– Oh, John! Caro! Questa può essere la nostra notte!

– Per adesso portami all'hotel. Faccio una doccia. Mi tolgo le croste di dosso e torno come nuovo.

– Non tardare – gli disse Carmela quando Carvalho saltò giù dalla macchina.

– No – la rassicurò Carvalho con la mano. Chiese la chiave di profilo per non mostrare le tracce della lotta e si precipitò verso l'ascensore.

– Signor Carvalho, un momento per favore!

Il portiere gli tendeva una busta sulla quale risaltava la dicitura URGENTE vergata da una mano nervosa. Camminando, Carvalho strappò la busta:

Caro Signor Carvalho:

ho ripensato a tutte le cose che abbiamo detto e vissuto in questi ultimi giorni e sono giunto alla conclusione che il vero responsabile di quanto è successo sono stato io. Il mio accecamento davanti a certi fatti e alle persone che ne sono state protagoniste, è la causa profonda della morte di Fernando, dei gravi danni che questa morte può causare al mio partito e al processo democratico spagnolo. Assumo tutte le responsabilità per la fiducia che avevamo concesso a X per arrivare dove è arrivato e per fare ciò che ha fatto. Io ho creduto di vedere incarnate in lui le migliori virtù di un buon rivoluzionario e forse l'unica cosa che avevo visto era la mia stessa immagine riflessa in uno specchio benigno.

Ho attraversato momenti personali e collettivi molto dolorosi, ma nessuno come questo. Mi sento schiacciato dal fallimento. Io stesso sono un fallimento. Sento che ho percorso un lungo cammino per niente e voglio pubblicamente dichiarare che il fallimento è solo ed esclusivamente mio, e non tocca il partito né la sua politica. Quasi cinquant'anni di militanza accrescono la mia angoscia davanti a ciò che in questo momento ho tra le mani. Sicuramente uno dei miei difetti, uno dei nostri difetti, è la prepotenza, la fiducia cieca nella logica dei fatti e nella sua analisi, senza un distacco sufficiente: si cade, così, in una alienazione militante che può atrofizzare il senso della realtà. Mi mancano le parole, scopro la povertà del mio vocabolario quando voglio uscire da un linguaggio « interno »: non so se mi faccio capire, mentre invece desidererei tanto farmi capire. La Storia ci ha impedito la normalità, nel bene o nel male siamo sempre stati eccezionali: siamo nati come un'alternativa al revisionismo socialdemocratico, abbiamo dovuto affrontare immediatamente la lotta contro il fascismo, poi siamo diventati un movimento clandestino ferocemente perseguitato, condizionato dalla repressione nazionalista e dalla bipolarizzazione della politica mondiale; siamo arrivati alla legalità proclamando la libertà come uno strumento rivoluzionario ma eravamo culturalmente legati a una storia di eccezionalità e di sopravvivenza. Forse dovremmo fare « tabula rasa » e dare un significato al futuro del movimento comunista scavalcando gli alibi di un progresso nato dalla resistenza e dall'autorepressione, invece di guidare un processo di costruzione del socialismo nella libertà, con le armi della libertà e dell'energia storica delle masse. Gli dei sono morti ma noi sacerdoti siamo rimasti. Noi rispondiamo sacerdotalmente al sacerdozio aggressivo di una controrivoluzione in difensiva, ma forse questa non è una risposta, forse l'unica maniera di rispondere è di perdere il nostro sacerdozio, lasciare spazio ad altri sacerdozi. Mi guardo intorno e mi rendo conto, con angoscia, che non solo non abbiamo percorso quel cammino, ma che ci siamo dedicati a riprodurci liturgicamente nei nostri eredi, eredi senza alibi epici né etici, che finiranno per credere che il socialismo è il frutto di otto ore al giorno di lavoro ben fatto anche se mal pagato; e quel mal pagato è a sua volta un alibi finché non si ha il potere, un alibi che è scomparso tra i sacerdoti dei paesi socialisti dove il potere comporta privilegi materiali. Fortunatamente il socialismo rimane un processo ed un obiettivo emancipatore degli uomini, e gli errori dei partiti come il nostro sono errori strumentali che non invalidano il significato progressivo della Storia, il significato progressivo dell'emancipazione umana contro tutte le limitazioni. Questo significato è in ciascun militante anonimo, capace di comprendere il senso collettivo della lotta e della lunga marcia, e capace di sacrificare parte della sua libertà individuale lottando per la libertà collettiva, e se è necessario sacrificando la vita per una storia più giusta. Bisogna purificare l'egoismo per comprendere, per essere coscienti dei mali derivati dall'egoismo primario, bestiale, o dall'egoismo razionalizzato della cultura e della civiltà capitalista.

Avendo chiaro l'obiettivo, così evidente il soggetto, che cosa ci impedisce di riconsiderare il metodo e lo strumento? Una cultura, una falsa coscienza di noi stessi come collettività, una falsa coscienza conservatrice, conservatrice metodologicamente e strumentalmente. Quanto le dico non è frutto della depressione che mi opprime, ma delle molte riflessioni e conversazioni, a volte sostenute con lo stesso Garrido, cosciente come me del fatto che ci muovevamo spinti dal ghiacciaio del nostro bagaglio storico, ma incapaci, ambedue, di provocare lo scandalo di una rivoluzione culturale interna iniziata con la distruzione degli idoli e con la cremazione delle reliquie.

Adesso mi trovo faccia a faccia con il cadavere di Fernando, assassinato dal mio figlioccio e mi sento come un vecchio idiota, fallito, vuoto, al quale non resta altro che imbalsamare il cadavere e cercare di ricucire il partito, affinché le apparenze siano salve. Non voglio essere io il fautore di questa scelta, di questa falsa scelta, e vorrei dare un significato esemplare all'atto della mia autodistruzione. Le debbo questa spiegazione perché in fin dei conti siamo ricorsi a lei per avere un'assoluzione ed io affermo che questa assoluzione è impossibile. Anche nella strumentalizzazione che la controrivoluzione ha fatto e farà di quanto è successo, si approfitta della nostra drammaturgia. Spero che la mia uscita di scena provochi almeno un rispettoso silenzio.

Saluti.

José Santos Pacheco

Madrid, 12 ottobre 1980

Carvalho si mise la lettera in tasca. D'un tratto si sorprese a camminare verso l'ascensore, poi verso la porta d'ingresso, di nuovo verso l'ascensore. Rilesse un brano della lettera scelto a caso: « Bisogna purificare l'egoismo per comprendere, per essere coscienti dei mali derivati dall'egoismo primario, bestiale o dall'egoismo razionalizzato dalla cultura e dalla civiltà capitalista ».

Frase eccellente, ma difficile da pronunciare per un moribondo, per quanto buoni polmoni possa avere, pensò Carvalho in lotta contro una incredulità sulla difensiva. Si ritrovò sul marciapiede e Carmela in macchina, all'angolo, che gli faceva gesti, esprimendo la sua sorpresa per la sua decisione. Camminò automaticamente verso la macchina. Chi sono io per impedirgli il ruolo di capro espiatorio?

– Dove abita Santos?

– La sua famiglia vive a Legazpi. Ma lui conserva ancora un appartamento personale.

– Dove?

– È un segreto. Lo sa pochissima gente.

– Tu lo sai.

– Sì.

– Andiamoci.

– No. Mi devono autorizzare.

Carvalho girò intorno alla macchina e si sedette accanto a Carmela. Le tese la lettera e le indicò due o tre frasi. Carmela si lanciò in velocità. Cominciò a singhiozzare quando arrivò al terzo semaforo.

– Per esserci, c'è.

La portiera non aveva abbandonato l'iniziale aria di sospetto con la quale aveva accolto la strana, affannata coppia che le chiedeva se il signor Santos era in casa. La donna fece cenno di sì e li lasciò salire solo quando Carmela le mostrò la tessera del partito.

– Ci sono tanti di quei neri in giro.

Carvalho e Carmela quasi bruciarono la suoneria del campanello ma nessuno aprì. Stavano di nuovo davanti alla portiera recalcitrante, sospettosa di fronte a tanta incongruenza.

– Per esserci, c'è.

– E allora se c'è e non risponde è perché è successo qualcosa. Ha le chiavi?

La donna studiò le facce di Carmela e di Carvalho. Sembrava convinta davanti a quella di Carmela, ma non tanto davanti a quella di Carvalho.

– Anche lei è del partito?

– Questo signore è molto importante ed è venuto da fuori per vedere Santos.

Inarcò le sopracciglia, sospirò rassegnata, entrò nella portineria e ritornò con un mazzo di chiavi in mano. Mentre salivano le scale, la donna cercava la chiave dell'appartamento di Santos e commentava tra sé:

– Sono trent'anni che lo conosco, tanti anni, e non è mai successa una cosa del genere. Ventura, perché io continuo a chiamarlo Ventura, ha sempre lo stesso comportamento, piova o ci sia il sole: e questo è difficile, soprattutto in un uomo, perché dove c'è un uomo c'è un lunatico, e non esagero.

La portiera raggiunse il pianerottolo, considerò tutti gli elementi della porta e premette il campanello con la sicurezza e la familiarità di un'esperta che, oltretutto, era della stessa tribù. Guardava Carvalho e Carmela con l'aria di dirgli: A me sì che mi risponde. Ma neanche a lei rispose. Si piazzò di fronte alla porta presa da un subitaneo sospetto; sfiorò il buco della serratura facendovi penetrare abilmente la chiave e davanti ai tre apparve un ingresso disadorno e un corridoio male illuminato da una nuda lampadina accesa.

– Signor Ventura, è qui? (È che da venticinque anni per me si è sempre chiamato Ventura e Ventura continua ad essere). Signor Ventura, è qui?

Stava lì. Mezzo addormentato su una poltrona di vimini, su uno sfondo di scaffali di pino non verniciato, pieni di libri.

– Si è addormentato.

Carvalho scostò la portiera per arrivare rapidamente vicino a Santos: gli prese il polso, gli alzò una palpebra.

– Caffè. Fanne il più possibile. O meglio, il caffè lo faccia lei. Tu, chiama un medico del partito se può venire immediatamente, se no, chiama un'ambulanza.

La portiera ripeté i gesti di Carvalho. Prese il polso. Alzò una palpebra. Guardava l'uomo e la donna a bocca aperta.

– Una embolia?

– Caffè. Lei faccia il caffè o questo muore.

– Gesù!

Prese la posizione di corridore negro-americano recordman dei cento metri e uscì mostrando le suole di gomma delle pantofole felpate. Carvalho rovesciò indietro la testa di Santos, gli aprì la bocca, gli infilò due dita in gola, che provocarono nel dormiente una reazione nervosa, come se tossisse dallo stomaco. Carvalho insisté, con la mano piena di saliva, e un primo conato si materializzò in una bava spessa e bianca che colò sulla barba brizzolata, mal rasata di Santos. Piegò il corpo in avanti. I conati di vomito si succedevano, come se uno stantuffo interno spingesse verso le labbra il male oscuro del sonno della morte.

– Caffè.

Era troppo caldo. Carvalho lo raffreddò con dell'acqua; strappò la copertina patinata di un libro sul teatro di Majakovskij e ne fece un imbuto che introdusse nella bocca ansimante di Santos.

– Regga bene.

La portiera afferrò l'imbuto con una mano, mentre con l'altra accarezzava i capelli bianchi del dormiente. Carvalho lasciò colare un sorso di caffè e la testa di Santos cominciò a dire di no, a rifiutare la bevanda; ma Carvalho insisteva e Santos si rovesciò in avanti sputando caffè e un latte bianco che usciva tra spasmi, con un rumore di tubatura ostruita.

– Poveretto. Sembra una tortura cinese.

La portiera accusava Carvalho di crudeltà perché il detective continuava a mettere l'imbuto nella bocca di Santos convulso, sbavante, balbettante: di nuovo il vomito si tramutò in un incontrollato squasso del corpo. Più tardi, gli occhi stanchi di Carvalho si chiusero sulla figura di un giovane medico che si occupava di Santos e accolsero con fastidio i tentativi di Carmela di razionalizzare la situazione. Avvisare il partito. Perché? Avvisare la famiglia. Perché?

– Come sarebbe perché, perché...?

– Quest'uomo ha tentato di suicidarsi senza chiedere il permesso né al partito né alla famiglia. Non lo trasformare in un tema per l'ordine del giorno del prossimo Comitato Centrale o in un rimprovero di vedova presunta. Inoltre se ne impadronirebbero tutti i giornali.

L'argomento dei giornali fu convincente. Carmela annuì e tornò accanto al medico.

– Io non mi assumo la responsabilità se non lo portiamo in ospedale. Reagisce bene, ma potrebbero esserci complicazioni.

– Non possiamo permetterci uno scandalo politico – ribatteva Carmela mentre Carvalho osservava Santos.

Che te ne frega, adesso, a te, di uno scandalo politico. Sarebbe ingiusto che ti mettessero nelle pagine della Storia in mutande. Sarebbe meglio se ti ci mettessero con la tua divisa di detenuto, con il tuo travestimento da cospiratore, con la tua armatura di marmo. Gli occhi di Santos erano due fessure dolenti. Il suo corpo giaceva su un letto di metallo tutto scrostato, una sedia accanto alla testa, libri per terra su dei fogli di giornale, una finestra su un cortile interno. Pressappoco una cella. Il resto non era che un corridoio verso il nord di una cucina dalle mattonelle bianche sbreccate, un fornello di ferro delle cosiddette « cucine economiche » a carbone. E verso il sud un bagno pulito, ma ormai rassegnato alla cospirazione dell'ossido, ossido sullo specchio, sulle cerniere del coperchio della tazza, sulla doccia, sullo scaldabagno elettrico dalla capacità minima. Una sala da pranzo con un tavolo di pino al centro, tre o quattro sedie di pino e paglia, scaffali, libri, Lenin, Lukács, Stalin, *Storia del Partito Comunista Italiano* di Paolo Spriano, *Scritti politici* di Togliatti, *Il comunismo* di Bukharin, *Scritti politici* di Rosa Luxemburg, *Stalin* di Isaac Deutscher, *Anti-Duhring, La formazione storica della classe operaia* di Thompson, *Carlo Marx* di Mehring, *Storia del pensiero socialista* di Cole, *Manuale di Economia* dell'Accademia delle Scienze dell'URSS, *L'alternativa comunista* di Berlinguer, *Il diritto alla pigrizia* di Lefargue, *Teoria dei quattro movimenti* di Fourier, *I ribelli* di Hobsbawm, *Il marxismo* di Lichstein, quattro o cinque Lefebvre, tre o quattro Garaudy, *La confessione* di London, *Opere scelte* di Mao, *Memorie di un rivoluzionario* di Serge, *Lettera ai comunisti spagnoli* di Arrabal, *Autobiografia di Federico Sánchez* di Semprún, *Opere complete* di Majakovskij, *Così si temprò l'acciaio* di

Ostrovski, *Saggi sul materialismo storico* di Labriola, *Per conoscere Lenin* di Fernández Buey, *Storia del movimento operaio europeo* di Abendroth, *L'umanesimo socialista* di Fromm e altri, *Socialismo* di Ramsey Mc Donald, *Opere scelte* di Gramsci, *La rivoluzione russa* di Carr, *Opere complete* di Balzac, *Critica del gusto* di Galvano della Volpe, *La Miniera* di López Salinas, *Centrale Elettrica* di López Pacheco, *Venti anni di poesia spagnola* di José María Castellet, *Scritti su Heine* di Manuel Sacristán, *Rousseau e Marx* di Galvano della Volpe, *Studi socialisti* di Jean Kanappa, *La crisi del movimento comunista* di Fernando Claudin, *Eros e civiltà* di Marcuse, *Storia del* PCUS, *Trotski* di Deutscher, *Corrispondenza segreta tra Stalin e Churchill, I processi di Mosca* di Broué, *Quale socialismo?* di Norberto Bobbio, *L'alternativa* di Rudolph Bharo, *Seppellite il mio cuore a Wounded Knee, Seppellite il mio cuore a Wounded Knee, Seppellite il mio cuore a Wounded Knee...*

Così anche l'ultimo dei capi guerrieri Sioux era diventato un indiano di più delle riserve, disarmato, senza cavallo, senza alcuna autorità sul suo popolo e prigioniero di un esercito che non era mai riuscito a vincerlo sul campo di battaglia. Tuttavia continuava ad essere un eroe agli occhi degli indiani più giovani, la cui adulazione risvegliò subito le gelosie dei vecchi capi. Cavallo Pazzo non si curò di quanto lo circondava, lui ed i suoi uomini vivevano pensando soltanto al giorno in cui Tre Stelle Crook avrebbe mantenuto la sua promessa di concedergli una riserva nel Powder. Verso la fine dell'estate, Cavallo Pazzo sentì dire che Tre Stelle Crook desiderava che andasse a Washington per partecipare ad un Consiglio, convocato dal Grande Padre. Il capo indiano rifiutò, non vedeva alcuna ragione di dover discutere nuovamente della riserva promessagli. Sapeva bene, lui, che cosa succedeva ai capi che andavano alla grande capitale: tornavano grassi e lustri per il buon cibo ed il confort del grande-padre-bianco, e ogni traccia di valore e di coraggio era scomparsa dalle loro persone. Aveva visto i cambiamenti subiti dagli stessi Nuvola Rossa e Coda Dipinta, i quali, ben coscienti di ciò, non avevano simpatia per il capo più giovane. In agosto arrivarono notizie che i Nasi-Forati, che vivevano oltre le Shining Mountains, erano in guerra con le Giacche blu. Nei distretti furono affissi bandi per il reclutamento di giovani guerrieri per quella campagna, in qualità di esploratori. Cavallo Pazzo avvertì i suoi giovani guerrieri di non prestarsi a quella lotta fratricida, ma furono in molti a non ascoltare i suoi consigli, e si lasciarono comprare dai soldati. Il 31 agosto, quando le nuove reclute misero per la prima volta le uniformi blu della cavalleria degli Stati Uniti, Cavallo Pazzo fu così disgustato che annunciò il suo immediato ritorno al territorio del Powder. Quando Tre Stelle Crook si rese conto della novità, grazie alle sue spie, ordinò che otto compagnie si mettessero immediatamente in marcia, verso l'accampamento di Cavallo Pazzo, situato a poche miglia da Fort Robinson, per farlo prigioniero. Però il capo indiano fu avvertito da alcuni amici e i suoi fedelissimi si dispersero in tutte le direzioni. Poi Cavallo Pazzo decise di partire da solo per il distretto di Coda Dipinta, per cercare rifugio presso il suo vecchio amico Touch-the-clouds. E lì i soldati lo acciuffarono, lo fecero prigioniero e gli comunicarono che sarebbe stato portato a Fort Robinson per incontrarsi con Tre Stelle. Una volta al forte gli dissero che era troppo tardi per vedere Crook quel giorno, di modo che fu affidato alla sorveglianza del capitano James Kerningon e di un indiano della polizia interna del campo. Questi non era altri che Piccolo Grande Uomo, il quale non molto tempo prima aveva sfidato i delegati che volevano togliere agl'indiani il loro sacro *Paha Sapa*; lo stesso Piccolo Grande Uomo che aveva minacciato di uccidere il primo capo che avesse fatto il benché minimo cenno di voler vendere le Black Hills; il valoroso Piccolo Grande Uomo che aveva lottato fianco a fianco di Cavallo Pazzo contro Mantello d'Orso Miles sul versante gelido delle Wolf Mountains. Ora gli uomini bianchi avevano comprato Piccolo Grande Uomo e lo avevano trasformato in poliziotto di uno dei campi. Mentre camminava tra loro, lasciando che il soldato-capitano e Piccolo Grande Uomo lo portassero dove volevano loro, Cavallo Pazzo probabilmente si sforzava d'immaginarsi in un mondo sognato, diverso, per sfuggire alle tenebre del presente, dove Tenebre ed Ombre presagivano solo follia. Passarono davanti a un soldato con la baionetta innestata e si arrestarono davanti ad una porta, dietro le cui sbarre si potevano vedere alcuni disgraziati incatenati. Era peggio della più crudele gabbia di animali e Cavallo Pazzo si lanciò in avanti, come un animale che si dibatte nella sua impotenza, trascinando dietro di sé Piccolo Grande Uomo. Lo scontro durò pochi secondi, qualcuno gridò un ordine ed il soldato di guardia, William Gentles, affondò la sua baionetta nell'addome di Cavallo Pazzo... Quel fresco e chiaro autunno vide durante tutto il suo corso l'esodo di lunghe file di indiani che, scortati da soldati armati, avanzavano penosamente verso le terre aride. Alcune bande, poco numerose, riuscirono a fuggire durante la marcia, per iniziare un cammino non meno lungo, certamente più promettente, verso il Canada, dove contavano di riunirsi con Toro Seduto. Con loro se ne andarono anche il padre e la madre di Cavallo Pazzo, portandosi dietro il cuore e le ossa del loro figliolo. In un luogo conosciuto solo da loro, dettero sepoltura definitiva a quei poveri amatissimi resti. Si trovarono allora vicino a Chankpe Opi Wakpala, il ruscello conosciuto anche con il nome di Wounded Knee.

– Che stai leggendo?

Carvalho chiuse il libro e lo tese a Carmela.

– Una storia di indiani, adatta al momento. Si è svegliato.

Santos mosse la testa sul cuscino seguendo con gli occhi Carvalho.

– Gli altri vadano via.

Carvalho si sedette sul bordo del letto mentre gli altri eseguivano l'ordine del vecchio.

– Sono molto stanco.

– Anch'io. Ho passato tre giorni a fuggire. Da quando sono arrivato in questa città, non so cosa sia dormire né dove sta il nord o il sud. Ma per me questa faccenda è terminata.

– Anche per me. La ringrazio per quello che ha fatto. Non posso dirle che sono contento.

– Fra qualche ora avrà inizio la riunione del Comitato Centrale.

– Invierò due parole per comunicare che sto male. Devono cominciare a funzionare senza di me.

– Vogliono nominarla segretario generale.

– Non glielo permetterò.

– Io non depongo né incorono nessuno. È affar vostro. Resta un piccolo problema: cosa fare dell'assassino.

– Ho già inviato opportune disposizioni.

– Non voglio perdermi il finale. Vorrei assistere ai prolegomeni della riunione del Comitato Centrale.

– Parli con Mir, lui le risolverà qualsiasi problema. Lui la pagherà.

Carvalho si alzò. Tese la mano, che fu più afferrata che stretta dalle due mani bianche, di colpo rimpicciolite, di un uomo che in poche ore era caduto nel pozzo della vecchiaia.

– La lettera che le ho mandato.

– Sì?

– La distrugga.

– Già fatto. Non conservo la corrispondenza e talvolta non leggo nemmeno le lettere che ricevo.

Santos chiuse gli occhi sorridendo.

– Mi sembra che in lei ci sia ancora confusione tra quello che è eccezione e quello che è regola.

– Come no? Si abbandona il marxismo e si finisce per credere agli oroscopi, senza saper distinguere il bene dal male.

– Chi abbandona il marxismo ha già perduto il senso del bene.

– *Kirie eleison*.

– Immagino che oggi verranno tutti.

La segretaria fece una smorfia scettica. Mir fece un conto approssimativo delle cartelle rimaste al bordo del bancone, accanto a quelle nuove in cui i membri del Comitato Centrale del Partito Comunista Spagnolo avrebbero trovato l'ordine del giorno, lo schema del rapporto politico elaborato dal Comitato Esecutivo, e una proposta di convocazione del Congresso Straordinario per gli inizi del 1981, esattamente tra il 2 e il 6 gennaio.

– Il 6 di gennaio? Ma è la Befana!

Leveder chiedeva spiegazione a tutti i membri del Comitato Esecutivo che incontrava tra i vari gruppi.

– Come normalizzeremo il nostro rapporto con la società se non possiamo dividere con i nostri figli la gioia di ricevere i giocattoli nel giorno della Befana?

– Smettila.

– Più d'uno se la dovrà vedere con sua moglie, perché è il colmo che anche il giorno della Befana si debba fare politica.

– Mia moglie mi chiede se sono sposato con lei o con il partito.

Leveder andava provocando piccole tempeste dialettiche.

– Mir. Ho un'idea per risolvere il problema del giorno della Befana.

– Per me non c'è nessun problema.

– Ed i bambini? Aspettano ansiosi i doni dei Re Magi.

– I miei figli sono grandi. E poi sono repubblicani dalla nascita.

Leveder se ne andò ridendo e Mir strizzò l'occhio alla segretaria.

– Quello là crede che sono nato ieri.

– Ha sempre voglia di scherzare.

– È un buontempone, ma a me non la fa di certo.

Di buon umore per il successo dialettico a spese di Leveder, Mir elargì sorrisi.

– Ho saputo che Santos sta male. Qualcosa di serio? Chi presiede oggi?

– Il segretario organizzativo.

Mir rispose a Sepúlveda Civit. In un gruppetto si rideva fragorosamente di un certo commento di Leveder.

– Che dice di me quell'euro-anarchico?

– Sta proponendo che il giorno della Befana portiamo alla sede del Congresso i figli e tu gli consegni i giocattoli vestito da uno dei Magi.

– Buona idea. Il negro. Ho fatto questo per tutta la vita, il negro. Lo proporremo alla fine. Che ci fa quello, qui?

Parlò ad alta voce vedendo Carvalho preceduto da un membro del servizio d'ordine.

Il detective avanzò verso Mir, lesse nei suoi occhi il fastidio per la sua presenza.

– Santos mi ha dato il permesso e mi ha detto che lei avrebbe risolto i miei problemi.

– È il mio mestiere. Quali problemi?

– Riscuotere, e vedere che succede prima che abbia inizio la riunione.

– Riscuotere: giusto. Vada lì a destra e chieda di Céspedes: è il responsabile delle finanze ed è stato avvertito. Per il resto, non vedo il problema, visto che sta già qui.

– È arrivato Esparza Julve?

Mir gli studiava il volto.

– E perché non dovrebbe venire?

– È stato convocato normalmente?

– Come tutti gli altri.

Si guardarono fissi.

– Adesso vado a riscuotere, non si sa mai.

Rojo, il responsabile delle finanze, era un uomo pallido, calvo, diffidente e aragonese. Carvalho attribuì il commento iniziale ai proverbiali modi aragonesi.

– Si porta via una bella sommetta.

– Le dà fastidio?

– A me, e perché? Una volta pagati, usciti sono.

Quello che mi dispiace è la poca serietà con la quale questo partito considera le questioni finanziarie. Ogni volta che presento una relazione, o si addormentano o vanno a pisciare, e dopo è Rojo che deve tappare tutti i buchi e a volte non mi bastano le mani per quanti sono. C'è chi crede che la rivoluzione si fa gratis. Lo vuole sbarrato?

Carvalho annuì. Si mise l'assegno in tasca e tornò nell'ampio atrio. Appena entrato ebbe la sensazione che la scena fosse cambiata del tutto. Un silenzio quasi assoluto imbalsamava i gruppi ancora uniti. I corpi avevano assunto una rigidità tradita solo dalle teste che cercavano di guardare da qualsiasi parte eccetto che in una, esattamente quella dove Esparza Julve stava prendendo la sua cartella e conversava amabilmente con la segretaria, con un tono che sembrava aumentare nel silenzio che si era creato intorno. Esparza Julve si mise la cartella sotto il braccio, si avvicinò ad un gruppo di compagni, fece qualche commento al quale fu risposto a monosillabi. Tentò la fortuna in un altro gruppo. In un altro ancora. Il suo passo s'era fatto stanco. Dalla sua posizione Carvalho indovinò che Esparza Julve cercava di avvicinarsi alla porta senza dare l'impressione di una fuga. Ma lì stava Mir, davanti a lui. Senza neppure uno sguardo, ordinò: La riunione sta per iniziare. Esparza cercò di superare Mir, ma non poté. Questi lo prese per un braccio e lo spinse tranquillamente verso il salone. Esparza sorrideva pallido, cercava di dire qualche battuta scherzosa. Carvalho seguì la coppia nella sala, ma si fermò sulla soglia guardando le spalle di Mir e di Esparza fino a quando arrivarono alla prima fila di tavoli. Mir lasciò Esparza, che cercò il suo posto abituale per occuparlo. Come fosse un segnale, i membri del Comitato Centrale del

Partito Comunista Spagnolo al completo si alzarono in piedi, scostarono rumorosamente le sedie, formarono un cerchio compatto intorno a Esparza Julve, un cerchio largo, come a creare un vuoto d'aria intorno al punto marcio, un cerchio silenzioso, occhi come chiodi, duri, alcuni pieni di lacrime, rossi, irati, sprezzanti. Esparza Julve si alzò lentamente, raccolse la cartella, avanzò di alcuni passi, arrivò fino ad un punto del cerchio, che si aprì, come obbedendo ad un ordine segreto. Fu allora che qualcuno gridò con voce strozzata: « Si vede, si sente, Garrido è presente! ». Esparza Julve passò davanti a Mir senza guardarlo. Carvalho si spostò dalla porta per farlo uscire e l'uomo gli passò accanto guardandolo di sbieco con il viso sudato e gli occhi di animale che ha paura di morire.

– Riservi la sua paura per fuori. Qui l'hanno giustiziata solo moralmente. Ma fuori, finché è vivo, avrà sempre una pistola puntata addosso. Lei è il complice più scomodo della terra.

– Di cosa sta parlando?

Ma non si fermò. Scappava come se scivolasse in un tunnel di sudore. La porta del salone era stata richiusa. Aveva inizio la riunione del Comitato Centrale. Carvalho uscì dietro Esparza Julve. Gli lasciò guadagnare terreno. Scendere gli scalini di marmo con la finta agilità di gambe che gli dolevano come fossero il cuore. Carvalho si arrestò, non voleva che il suo inseguimento potesse essere interpretato come una persecuzione. Corri, corri, coniglio. E lasciò che il coniglio uscisse con trenta metri di vantaggio, apertura automatica delle porte a vetri, come se contribuissero alla scenografia del dramma, e nel momento in cui si richiusero, una raffica di mitra le trasformò in un cielo di ragnatele sul quale si disegnò la sagoma deformata di Esparza Julve che cadeva come un otre di vino forato da mille colpi. Carvalho si buttò a terra e l'atrio dell'hotel Continental si riempì di voci e di grida. Il detective si alzò e corse verso le porte, che avevano conservato una frantumata compattezza. La vicinanza dell'uomo mise in funzione la cellula fotoelettrica, le porte cominciarono ad aprirsi come se non fosse successo niente e poi si scomposero in polvere di vetro lasciando allo scoperto l'insanguinato pupazzo sui gradini dell'albergo. Carvalho passò accanto al cadavere di Esparza Julve senza guardarlo, quasi si fosse trattato di un vestito vuoto. Carmela stava in mezzo alla folla tenuta indietro dalla polizia. Interrogò Carvalho con lo sguardo. Questi si fece accompagnare fino alla macchina e vi entrò, aspettando che Carmela si mettesse al volante.

– Chi era?

– L'assassino di Garrido. Lo hanno ucciso.

– È stato da una macchina. Io stavo telefonando all'asilo dalla cabina lì all'angolo. C'era una macchina parcheggiata in doppia fila, come molte altre; improvvisamente hanno cominciato a sparare coi mitra mentre si allontanavano. Chi era?

– Esparza Julve.

– Sei pazzo? Ma sai di chi parli?

– Era già un cadavere quando è uscito dall'hotel. Lo avevano ucciso con il disprezzo.

Il ponte aereo nella stazione madrilena sembra una prova generale di reduci catalani nel contesto di un film sulla guerra delle galassie. Carvalho mise il suo tagliando nel taschino della giacca e cercò di convincere Carmela a tornarsene a Madrid. Carmela non gli diceva né sì né no, ma continuava a camminare al suo fianco, su e giù per uno stupido e ampio corridoio che andava da un chiosco di orrendi sandiwiches al prosciutto fino al più assoluto niente. Impossibili i desideri, anche le parole erano finite, e forse per questo Carvalho propose di bere qualcosa, una birra per esempio, alla antialcolica Carmela. Birra sempre fresca nel suo gusto naturale, canticchiò lei.

– Subito due birre alla spina! E una braciola di maiale!

– Sarà buona la braciola?

– È simbolica. È un monumento al maiale sconosciuto.

Cominciò a mangiare: e nel cercare una migliore posizione per i suoi gomiti chiese scusa al vicino. Là, a un palmo dalla sua faccia, stava quel triste gufo di Cerdán con le sue palpebre scese, i suoi occhi scesi, il suo labbro sceso.

– Tanti anni senza vederci e adesso un giorno sì e uno no.

– È vero.

– Hai finito il tuo lavoro a Madrid?

– Finito.

– Vado a Barcellona.

– Lo intuisco.

– C'è molto da fare lì. Continui ad avere rapporti coi vecchi compagni?

– No.

– Io sì. Sono quasi tutti delusi, è il risultato di una politica riformista. Cercherò di fare qualcosa. Bisogna raggiungere un minimo di unità di azione e da lì forzare i partiti storici a reagire, a gettare a mare una direzione piccolo borghese.

– Ti auguro un buon successo nel tuo lavoro.

– Siamo in pochi. Calunniati. Stanchi.

– Mi ricordate una barzelletta sui galiziani.

Cerdán sospirò, ancora una volta rassegnato ad ascoltare l'assurda razionalità di Carvalho.

– Che barzelletta?

– Quella dei cinquemila galiziani vaganti per il Museo del Prado che piangono disperati: Ci siamo perduti!

– La situazione non mi fa ridere. Mi fa piangere.

– Cavoli tuoi.

– Continuiamo a vivere in tempi in cui non è possibile essere amabili. Che fine hanno fatto i sorrisi del neocapitalismo? Non è una burla alla classe operaia e ai popoli oppressi di tutto il mondo, il sorriso del pacifismo eurocomunista?

Cerdán tentava di masticare svogliatamente un panino al prosciutto, selciato di pane, prosciutto plastificato e aria di montagna.

– Come va la salute?

– Non mi assiste.

– Nonostante la ginnastica e il rigore dietetico?

– Nonostante tutto.

– Hai provato con un regime di baccalà in umido, champagne freddo e scopare da matti?

– Ho un misero stipendio di assistente. Tu, invece, non fai politica, né carriera universitaria, né niente. Però le cose ti vanno bene lo stesso. Sembravi timido, ma sei un uomo pieno di risorse. Certo che...

– Che?

– No. Non mi ricordo più cosa ti stavo dicendo. Lasciamo perdere.

– Ma sì, certo che te lo ricordi! L'altro giorno stavi sul punto di farmi una domanda dopo la faccenda del libro. È una domanda che ti è rimasta dentro come una spina. La faccio io per te?

– Vediamo?

– Che ci facevi quel giorno in via Layetana, nella tana della polizia di Barcellona? Che ci faceva un rosso come te, tranquillo su per le scale di un palazzo come quello?

– Non è esattamente così, ma la mia domanda sarebbe più o meno la stessa.

– Sono tentato di non risponderti.

– Puoi farlo.

– Potremmo fissare un appuntamento fra altri venticinque anni. In questo aeroporto. In un'altra delle tue scale della rivoluzione rinviata e alla fine di un altro dei miei affari: allora te lo direi.

– Io non vivrò altri venticinque anni.

– Me lo giuri?

– Quasi.

– Allora voglio essere misericordioso, ti svelo il mio segreto. Ti confesso la mia colpa. Sono quasi galiziano, e non c'è galiziano che non abbia una cameriera, un gendarme o un poliziotto in famiglia, un parente più o meno stretto. È così. Da quando sono nato ho saputo che era arrivato in una famiglia di serve, di gendarmi e di rossi condannati a morte nel 1936 o nel 1939. Anche il proletariato è pluriculturale.

– Un parente.

– Un parente.

– Avresti potuto dirlo.

– Ero un giovane esteta.

Cerdán rinunciò definitivamente alla lotta contro il panino. Carmela leggeva « El País », estranea alla conversazione tra i due uomini; Carvalho vedeva suo cugino Celestino in fondo al bicchiere, un giovanottone celtico, ignorante, un bravo ragazzo con le mani sporche di fascismo.

– Non mi piace Pepiño, ma se gli dico di no sono fregato. Bisogna fare buon viso, cercando di svicolare appena possibile.

O le mani sporche di terra o le mani sporche di carne umana.

– Fra poco ci imbarcheremo.

– Così sembra.

– Viaggiamo con lo stesso aereo?

– Non credo.

Cerdán la reputò una risposta scientifica, sebbene Carvalho non si fosse neanche dato la pena di confrontare il colore dei fogli d'imbarco.

– Addio.

Carmela alzò gli occhi dal giornale.

– Non è stato un incontro molto simpatico, diciamo così. Era evidente che proprio non lo reggevi.

– A quell'uomo debbo solo un cinquanta per cento di quello che sono stato e assolutamente niente di quello che sono.

– È un uomo onesto.

Carvalho si strinse nelle spalle. « I passeggeri provvisti dei fogli azzurri si preparino alla partenza ». Carmela lo prese per un braccio e camminarono come due sposi verso la sala d'imbarco.

– Ritorna, uno di questi giorni. Quando avrai risolto la contraddizione tra il culo astratto e il culo concreto delle compagne.

– Dovresti ingrassare almeno cinque chili. La mia coscienza mi impedisce di andare a letto con donne che pesino meno di cinquanta chili.

– Ma se ne peso cinquantatre!

– Che peccato! Perché non me lo hai detto prima?

Carmela lo baciò sulle labbra con la sua piccola, dolce bocca. Carvalho cercò di lasciare cento passeggeri di distanza tra lui e un Cerdán che salì sull'aereo e prese posto senza girarsi indietro.

Sebbene Biscuter gli assicurasse che Charo stava benone e lo istigasse ad andare in ufficio per un pranzetto di suo gusto, Carvalho preferì chiamare Charo e poi andare direttamente dall'aeroporto a casa, a Vallvidrera. Dormire o non dormire, questo è il problema, dopo lo spettacolo delle ronfate e dei soprassalti che aveva offerto in aereo a una dozzina di dirigenti barcellonegni e madrilonesi, che avevano accolto con sorrisi, risate e persino schiocchi di lingua il disperato, goloso dormire di Carvalho.

– Ci vediamo stasera?

– Dormirò tutto il giorno. Ti aspetto a Vallvidrera.

– Ti amo tanto, Pepe.

– Come no!

Come no. Un giorno o l'altro, quando non avesse avuto niente da fare, avrebbe segnato su qualche calendario la data di nozze con Charo. Prima dell'anno 2000, sicuro. O nel giro di quindici giorni. Non riuscì a ricordare dove aveva lasciato la macchina nella immensità del parcheggio dell'aeroporto e dovette cercarla come si cerca un viso tra la folla. Sono qui, reclamò l'animale abbandonato, coperto di intemperie e d'oblio. Era il primo contatto con la sua tana, la sua tana rotolante; salutò la macchina chiedendole come se l'era passata. Ricevette una prolungata, ribelle risposta dalla messa in moto, poi il motore si spazientì fino all'ingolfamento, mentre lui pagava il posteggio, finché la macchina infilò allegramente il raccordo per l'autostrada di Castelldefels. Era un giorno di sole, e le colline del Tibidabo e di Montjuïc apparivano sostenute da un Mediterraneo rassicurante, da un Mediterraneo che prolunga il sangue dei rivieraschi fino al limite dei quattro punti cardinali più accoglienti del mondo. Una fede mediterranea nella vita si impadronì dei suoi muscoli stanchi, e, giunto all'uscita della circonvallazione di Ronda, alla traversa delle Cortes, sbagliò volutamente la rotta di casa per cercare la Diagonale, in vista di un pranzo robusto e autentico di carni arrosto e vini sinceri. Dopo un buon pranzo, dormire sarebbe stato un piacere preciso e controllato, non una fuga, non una fuga di cane bastonato, sperduto, senza collare. Entrò ne « La Estancia Vieja » come uno che va a mangiare il mondo, a mangiarlo e a berlo.

– Un aperitivo? – gli propose Juan Cané, il padrone.

– Un *pisco sour* per due.

Cané andò dentro per fare preparare una buona *tapa de bife* per Carvalho, l'*entraña* no, oggi l'*entraña* è dura. Dopo il secondo *pisco sour* Carvalho decise che il mondo non era da buttare via e si lasciò guidare dalle proposte tentatrici di Cané: assaggini di paté, *matambre* alla griglia, crostini di cervello, di verdure, di tutto un po'. *Chinchulines*? Carvalho non ricordava che cosa fossero i *chinchulines*. Budellini di vitello cotti alla brace. Vada per i *chinchulines*. Cervella al burro? Anche. Del formaggio fritto con erbe aromatiche? Perché no. E in più la *tapa de bife*? Certo. Chiaramente Cané cominciava a preoccuparsi davanti alla dinamica che egli stesso aveva scatenato. Sedette alla tavola di Carvalho per assistere allo spettacolo di un pasto folle. Vino, *Paternina* riserva '59. E ora dimmi, spiegami, magari in argentino, che vogliono dire queste meravigliose parole: grigliata *de tira*, *tapa de bife, entraña, chimi-churri*. L'argentino tirò fuori dalla tasca una penna e cominciò a disegnargli degli animali a quattro zampe, a pezzi, i differenti tagli tra una cultura povera di carni, come quella spagnola, e una cultura nella quale la carne è tutto, come quella argentina.

– Voi tagliate orizzontali le costole di manzo e le utilizzate per il brodo. Laggiù, le tagliamo nel senso verticale, e questo è l'arrosto *de tira*. Piano. La bontà dell'arrosto sta tutta nel farlo cuocere pian pianino. La *tapa de bife*? La *entraña*? Qui tagliate le costate in una sola maniera. Ma in ciò che voi chiamate costate ci sono carni con differenti tessuti, sapori, e a seconda di come si squarta questa parte della bestia si hanno tagli diversi: la *tapa de bife*, la *entraña*. La *entraña* è problematica, perché se l'animale non è giovane, tenero, ben fatto, viene dura. Quando riesce bene è il pezzo migliore della bestia. E il *chimi-churri*, quell'oceano di salsetta col quale tu, Pepe Carvalho, hai condito la carne, è una salsa per arrosti: aglio, prezzemolo, peperoncino tritato, qualcosa somigliante al *chile* messicano ma non così forte, e poi erbe aromatiche, olio. Ancora hai fame per inzuppare il pane nel *chimi-churri*?

– Non è fame, Juanito, è sonno.

La seconda bottiglia di *Paternina* del '59 fu patrimonio esclusivo di Carvalho. Cané mangiava nel ristorante tutti i giorni, Carvalho alcune volte soltanto, e se non si autocontrollava finiva col fegato in bocca. Da dove vieni? Da Madrid. Come vanno le cose? Dovrei andarmene via dalla Spagna con il ristorante in spalla? Non succederà niente. Chi è stato quel fottuto che ha fatto fuori Garrido? Che te ne sembrava di Garrido?

– Cos'è che stanno mangiando laggiù a quel tavolo?

– Hai ancora voglia di guardare nei piatti altrui?

– Bisogna sempre desiderare le donne ed i piatti altrui.

– È petto d'agnello arrosto. Vuoi assaggiarlo?

Un altro giorno. Dicevi? No. Non succederà niente. Non dovrai andartene con il ristorante in spalla. Garrido? Ancora non si sa. Che me ne sembra? Non lo so. Non si saprà molto presto. O un capo indiano o un rivoluzionario in transito tra l'assalto al Palazzo d'Inverno e il socialismo emergente, come un fico maturo. Ma io non ne capisco niente di politica. Non farò mai il minimo sforzo per imparare il linguaggio dei *Watussi*. Non farò il benché minimo sforzo per imparare la politica. Fino ad ora ho letto i giornali, adesso neanche questo.

Cané notò che Carvalho parlava senza togliere gli occhi dal tavolo dove avevano servito l'arrosto di petto d'agnello; stava per ripetere l'offerta dell'assaggio quando si rese conto che Carvalho non guardava il piatto, ma una donna, tra il castano e il rosso, con una splendida pelle rosata, una bocca stupenda, ossa di alta architettura. Gli sembrò pure che gli occhi della donna e quelli di Carvalho si incontrassero tra una parola e l'altra, tra un boccone e l'altro, al di là dei tre uomini che l'accompagnavano, al di là del padrone del ristorante.

– Dolce?

– Caffè.

– Quanti?

– Cinque.

– Ma non volevi dormire?

– Ho tutta la serata davanti a me.

Lo sguardo di Carvalho continuava a fissare il tavolo, la ragazza o il petto d'agnello, mangiato lentamente, come una leccornia.

– Sigaro?
– Sigaro.
– Un bicchierino?
– Sai preparare un *bajativo*?
– Lo abbiamo nella lista. Non è argentino. È cileno. È un digestivo eccellente: cognac e crema di menta.

Il cameriere portò il digestivo per Carvalho. Il detective prese il bicchiere, esaminò in controluce il verde topazio, alzò il bicchiere come offrendolo a qualcuno, e, in effetti, Cané vide che Carvalho faceva un brindisi alla donna rosata e che lei, furtivamente, prendeva un bicchiere di vino e ricambiava il brindisi continuando a conversare con i suoi commensali.

– Vuoi rimorchiarla?
– No. La conosco. Si chiama Gladys. È cilena. È stata lei a farmi provare per la prima volta quel digestivo.

Aprile 1979 - Gennaio 1981

Questo volume è stato stampato
su carta Grifo vergata
delle Cartiere Miliani di Fabriano
nel' mese di aprile 1996
presso la Nuova Graphicadue a Palermo

La memoria

1 Leonardo Sciascia. Dalle parti degli infedeli
2 Robert L. Stevenson. Il diamante del Rajà
3 Lidia Storoni Mazzolani. Il ragionamento del principe di Biscari a Madama N.N.
4 Anatole France. Il procuratore della Giudea
5 Voltaire. Memorie
6 Ivàn Turghèniev. Lo spadaccino
7 Il romanzo della volpe
8 Alberto Moravia. Cosma e i briganti
9 Napoleone Bonaparte. Clisson ed Eugénie
10 Leonardo Sciascia. Atti relativi alla morte di Raymond Roussel
11 Daniel Defoe. La vera storia di Jonathan Wild
12 Joseph S. Le Fanu. Carmilla
13 Héctor Bianciotti. La ricerca del giardino
14 Le avventure di Giuseppe Pignata fuggito dalle carceri dell'Inquisizione di Roma
15 Edmondo De Amicis. Il "Re delle bambole"
16 John M. Synge. Le isole Aran
17 Jean Giraudoux. Susanna e il Pacifico
18 Augusto Monterroso. La pecora nera e altre favole
19 André Gide. Il viaggio d'Urien
20 Madame de La Fayette. L'amor geloso
21 Rex Stout. Due rampe per l'abisso
22 Fjòdor Dostojevskij. Il villaggio di Stepàncikovo
23 Gesualdo Bufalino. Diceria dell'untore
24 Laurence Sterne. Per Eliza
25 Wolfgang Goethe. Incomincia la novella storia
26 Arrigo Boito. Il pugno chiuso
27 Alessandro Manzoni. Storia della Colonna Infame
28 Max Aub. Delitti esemplari
29 Irene Brin. Usi e costumi 1920 - 1940
30 Maria Messina. Casa paterna
31 Nikolàj Gògol. Il Vij
32 Andrzej Kušniewicz. Il Re delle due Sicilie
33 Francisco Vásquez. La veridica istoria di Lope de Aguirre
34 Neera. L'indomani
35 Sofia Guglielmina margravia di Bareith. Il rosso e il rosa
36 Giuseppe Vannicola. Il veleno
37 Marco Ramperti. L'alfabeto delle stelle
38 Massimo Bontempelli. La scacchiera davanti allo specchio
39 Leonardo Sciascia. Kermesse
40 Gesualdo Bufalino. Museo d'ombre
41 Max Beerbohm. Storie fantastiche per uomini stanchi
42 Anonimo ateniese. La democrazia come violenza
43 Michele Amari. Racconto popolare del Vespro siciliano
44 Vernon Lee. Possessioni

45 Teresa d'Avila. Libro delle relazioni e delle grazie
46 Annie Messina (Gamîla Ghâli). Il mirto e la rosa
47 Narciso Feliciano Pelosini. Maestro Domenico
48 Sebastiano Addamo. Le abitudini e l'assenza
49 Crébillon fils. La notte e il momento
50 Alfredo Panzini. Grammatica italiana
51 Maria Messina. La casa nel vicolo
52 Lidia Storoni Mazzolani. Una moglie
53 Martín Luis Guzmán. ¡Que Viva Villa!
54 Joseph-Arthur de Gobineau. Mademoiselle Irnois
55 Henry James. Il patto col fantasma
56 Leonardo Sciascia. La sentenza memorabile
57 Cesare Greppi. I testimoni
58 Giovanni Verga. Le storie del castello di Trezza
59 Henryk Sienkiewicz. Quo vadis?
60 Benedetto Croce. Isabella di Morra e Diego Sandoval de Castro
61 Diodoro Siculo. La rivolta degli schiavi in Sicilia
62 George Meredith. La vicenda del generale Ople e di Lady Camper
63 Bernardino de Sahagún. Storia indiana della conquista di Messico
64 Andrzej Kušniewicz. Lezione di lingua morta
65 Maria Luisa Aguirre D'Amico. Paesi lontani
66 Giuseppe Antonio Borgese. Le belle
67 Luisa Adorno. L'ultima provincia
68 Charles e Mary Lamb. Cinque racconti da Shakespeare
69 Prosper Mérimée. Lokis
70 Charles-Louis de Montesquieu. Storia vera
71 Antonio Tabucchi. Donna di Porto Pim
72 Luciano Canfora. Storie di oligarchi
73 Giani Stuparich. Donne nella vita di Stefano Premuda
74 Wladislaw Terlecki. In fondo alla strada
75 Antonio Fogazzaro. Eden Anto
76 Anonimo. Storia del bellissimo Giuseppe e della sua sposa Aseneth
77 Vanni e Gian Mario Beltrami. Una breve illusione
78 Giorgio Pecorini. Il milite noto
79 Giuseppe Bonaviri. L'incominciamento
80 Leonardo Sciascia. L'affaire Moro
81 Ivàn Turghèniev. Primo amore
82 Nikolàj Leskòv. L'artista del toupet
83 Aleksàndr Puškin. La solitaria casetta sull'isola di Vasilij
84 Michaìl Culkòv. La cuoca avvenente
85 Anita Loos. I signori preferiscono le bionde
86 Anita Loos. Ma... i signori sposano le brune
87 Angelo Morino. La donna marina
88 Guglielmo Negri. Il risveglio
89 Héctor Bianciotti. L'amore non è amato
90 Joris-Karl Huysmans. Il pensionato signor Bougran
91 André Chénier. Gli altari della paura
92 Luciano Canfora. Il comunista senza partito
93 Antonio Tabucchi. Notturno indiano
94 Jules Verne. L'eterno Adamo
95 Manuel Vázquez Montalbán. Assassinio al Comitato Centrale
96 Julian Stryjkowski. Il sogno di Asril
97 Manuel Puig. Agonia di un decennio, New York '78
98 Victor Zaslavsky. Il dottor Petrov parapsicologo
99 Gesualdo Bufalino. Argo il cieco ovvero I sogni della memoria

100 Leonardo Sciascia. Cronachette
101 Enea Silvio Piccolomini. Storia di due amanti
102 Angelo Rinaldi. L'ultima festa dell'Empire
103 Luisa Adorno. Le dorate stanze
104 James M. Cain. Il bambino nella ghiacciaia
105 Enrico Job. La Palazzina di villeggiatura
106 Antonio Castelli. Passi a piedi passi a memoria
107 Wilkie Collins. Tre storie in giallo
108 Friedrich Glauser. Il grafico della febbre
109 Friedrich Glauser. Il tè delle tre vecchie signore
110 Mary Lavin. Eterna
111 Aldo Alberti. La Rotonda dei Massalongo
112 Senofonte. Le Tavole di Licurgo
113 Leonardo Sciascia. Per un ritratto dello scrittore da giovane
114 Mario Soldati. 24 ore in uno studio cinematografico
115 Denis Diderot. L'uccello bianco. Racconto blu
116 Joseph-Arthur de Gobineau. Adelaide
117 Jurij Tynjanov. Il sottotenente Summenzionato
118 Boris Hazanov. L'ora del re
119 Anatolij Mariengof. I cinici
120 I. Grekova. Parrucchiere per signora
121 Corrado Alvaro. L'Italia rinunzia?
122 Gian Gaspare Napolitano. In guerra con gli scozzesi
123 Giuseppe Antonio Borgese. La città sconosciuta
124 Antonio Aniante. La rosa di zolfo
125 Maria Luisa Aguirre D'Amico. Come si può
126 Sergio Atzeni. Apologo del giudice bandito
127 Domenico Campana. La stanza dello scirocco
128 Aldo Alberti. La Lega delle Dame per il trasferimento del Papato nelle Americhe
129 Friedrich Glauser. Il sergente Studer
130 Matthew Phipps Shiel. Il principe Zaleski
131 Ben Hecht. Delitto senza passione
132 Fernand Crommelynck. La martingala rovesciata
133 Rosa Chacel. Relazione di un architetto
134 Walter De la Mare. L'artigiano ideale
135 Ludwig Achim von Arnim. Passioni olandesi
136 Rudyard Kipling. L'uomo che volle essere Re
137 Senofonte. La tirannide
138 Plutarco. Sertorio
139 Cicerone. La repubblica luminosa
140 Luciano Canfora. La biblioteca scomparsa
141 Etiemble. Tre donne di razza
142 Marco Momigliano. Autobiografia di un Rabbino italiano
143 Irene Brin. Dizionario del successo dell'insuccesso e dei luoghi comuni
144 Giovanni Ruffini. Il dottor Antonio
145 Aleksej Tolstoj. Il conte di Cagliostro
146 Mary Lamb. La scuola della signora Leicester
147 Luigi Capuana. Tortura
148 Ljudmila Shtern. I Dodici Collegi
149 Diario di Esterina
150 Madame de Vandeul. Diderot, mio padre
151 Ortensia Mancini. I piaceri della stupidità
152 Maria Mancini. I dispiaceri del Cardinale
153 Francesco Algarotti. Saggio sopra l'Imperio degl'Incas